꽃 피는 산골

김 기 철

나는 이곳을 거창하게 꾸미고 싶은 생각은 추호도 없다.
다만 비어 있는 공간에 돌탑이나 돌담을 쌓아 그 옛날 가난하던 고향 뒷동산을 흉내 내고 싶다.
적어도 내가 여기서 농사를 지으며 도자기를 하는 한 찾아오는 손님들의 안식처가 되어
마음껏 자연과 교감할 수 있는 터전이 되었으면 한다.
제발 이곳만은 파괴되지 않고 언제까지고 신선한 자연으로 남아 있게 되기를 빌고 또 빈다.

달아실

꽃피는 산골

김기철

2장 그때 그 시절

3장 타고난 변덕

4장 40년이라는 세월

작가의 말

이 년 후면 소위 미수(米壽)라고 해서 여건이 되면 그동안 긁적댄 글들을 묶어볼까 막연히 생각한 적이 있었다. '여건이 되면'이라고 한 것은 무엇보다 이 년을 더 산다는 보장이 없고 변덕이 팥죽 끓듯 하는 내 성질에 어떻게 바뀔지 모른다는 뜻이다. 한편으로는 쓰레기장의 폐기물 같은 별로 향기롭지도 못한 소리들을 늘어놔 봐야 망신만 당하는 꼴이 되지 않을까 하는 눈곱만큼의 자존심도 끼어들어 어정쩡한 상태에 놓여 있었는데, 뜻밖의 운수대통이랄까, 기회가 찾아왔으니 그깟 것 여든여덟에 하든 여든여섯에 하든 세상 뒤집혀질 일은 아닐 테니 에라 될 대로 되라는 기분으로 책을 엮게 되었다.

하긴 쓰레기더미에서도 장미가 핀다는 속설(俗說)이 있듯이 정성어린 우정을 가지고 속속들이 찾아보면 의외로 장미향 이상의 기분 통쾌한 내용이 있어 삼년 묵은 체증이 뚫릴지 누가 알겠는가? 언젠가 부자 동네 쓰레기를 치우다 보면 놀랍게도 세계 명품, 값비싼 보석 장신구들이 나오는 일도 있다는 얘기를 들은 적이 있다. 부자고 빈자고 간에 난지도 쓰레기 집하장엔 현대 문명이 쏟아낸 별의별 것들이 다 쌓여 있겠다는 생각에 가슴이 답답했었다. 그랬던 곳이 이제는 하늘공원으로 바뀌어 아름다운 꽃들과 향기로 상쾌한 가슴을 활짝 펴게 해주니 꿈같은 현실이 이루어진 것이다.

천부당만부당한 착각일지 모르겠지만 내 글 역시 그렇게 되었으면 하는 마음 굴뚝같다. 그것은 전적으로 독자의 몫이겠지만 바라건대 연민의 정을 가지고 읽어주었으면 하는 마음 간절하다.

현대는 끝 간 데 모르고 치닫는 첨단 과학 문명으로 말미암아 인간성 상실, 환경 파괴, 그리고 언제 닥칠지 모르는 인류 파멸 등 이루 헤아릴 수 없는 대가를 반드시 치르게 될 것이다. 환경 파괴만 하더라도 그렇다. 내가 이곳에 내려와 농사를 짓던 40년~50년 전만 해도 쓰레기가 전혀 없었다. 모든 생활 찌꺼기는 자연스럽게 흙속으로 환원돼 재생산의 원동력이 되었던 것이다. 그것은 원시의 오염되지 않은 원형 그대로 모두가 신선하고 건강한 것들이었다. 땅은 점점 비옥해지고 보약이나 다름없는 농산물이 생산되었다. 농경 사회의 평화롭고 인정 많은 삶은 겉으로 보기에 비록 가난하고 보잘 것 없는 것 같지만 실제로는 고향의 따뜻한 품 안에서 꿈을 키울 수 있는 여유가 있었다.

고된 노동과 열악한 생활 조건은 미개의 표본 같았을지 모르지만 치열한 경쟁 사회의 소용돌이 속에서 겪어야 하는 끊임없는 신경 소모와 불안, 불만, 불쾌감 같은 병적인 요소는 오히려 적었다. 내 경우로만 보자면, 물론 모든 면에서 스스로 부족한 게 너무 많았지만, 조직 사회의 폭력 같은 불합리한 것들이 영 못마땅해 뛰쳐나올 수밖에 없었다. 그것은 결과적으로 그렇게 잊지 못하고 그리워하던 고향의 정서를 느끼며 자연 속에서 나날을 보낼 수 있게 한 계기를 마련해 준 것이다.

이번에 나오는 산문집에도 더러 끼어 있는 그런 일상의 위안이 읽는 분들로 하여금 공감될 수 있다면 더없는 기쁨이 될 것이다.

솔직히 잡동사니에 불과한 이 글을 꾸미는 데 마음을 써준 달아실출판사와 몇 분들의 우정 깊은 도움에 고마운 마음 표현하지 않을 수 없다. 또한 나와 인연 있는 모두에게 감사의 말씀을 전한다.

2018. 여름 끝자락

知軒

김기철

1장

흙을 벗 삼다보니

거기에는 자연과의 교감이 가능할 것이고 그 벽을 통해 밤하늘의 달과 별을 볼 것이며 깊은 숲 속의 향취나 자욱한 정적을 느낄 수 있을 것이다. 그보다도 여기서는 내면의 소리를 듣고 성찰하게 되는 것이 더 큰 역할로 나타나리라 믿는다.

— 「숨 쉬는 토방」 중에서

막돌탑

제목처럼 막돌로 괴어 맞춘 탑이다. 산비탈에 여기저기 뒹구는 볼품없는 막돌, 하다못해 구들장이나 축댓감으로도 쓸 수 없는, 솔직히 땅을 메우는 데나 처넣을 그런 돌들을 끌어다 되는대로 세운 탑을 가지고 왈가왈부해 보려고 한다. 나는 소꿉장난하듯 늘그막을 단순하게 살기를 바라고 있다. 가마 뒤의 '꽃피는 산골'이라고 이름 붙인 아늑한 골짜기를 어릴 적 고향처럼 포근하고 어리숙한 터전으로 꾸미는 것이 꿈이라면 꿈이라 하겠다. 옛날 고향에서 볼 수 있었던 갖가지 나무며 화초를 심고 또 거기다 돌탑이며 돌담 같은 것을 쌓아 조금은 사람 냄새를 곁들이고 싶은 것이다. 지난 봄 막 진달래 꽃망울이 터지려 할 무렵 몇 그루의 매실나무를 심다가 한쪽 구석에 '나물 먹고 물 마시고 팔을 베고 누웠으니' 하는 식으로 마냥 나자빠져 있는 돌팍 하나를 발견하였다. 그것은 돌팍이라기보다는 꽤 힘꼴이나 쓰는 장정 등판 같은 마구 생긴 바윗돌이라는 게 옳았다. 마침 시간 여유도 있고 나른한 봄날의 기분도 달랠 겸 돌장난이나 하다가 내려갈 생각이 들었다. 이렇게 심심풀이로 놀이 삼아 하는 일이지만 내 마음속에는 아주 오래전부터 파묻혀 있던 씨앗이 움틀 시기를 기다리고 있었던 모양이다. 일이 이만큼 물꼬가 트이니 돌 놀음이랄까, 소위 탑 쌓기가 쉽게 이루어졌다. 뜻밖에도 귀골풍까지는 못 되지만 제법 당찬 삼층 석탑으로 태어난 것이었다. 비록 오척 단구가 될까 말까 한 작은 체구지만, 작은 고추가 맵다고 제법 당당하고 위엄까지 갖춘 모습으로 내 앞에 버티고 서 있는 것이었다. 아직 겨울의 황량함이 가시지 않은 봄의 문턱에서 비록 허술한 구조물일망정 홀연히 하늘에서 내려와 앉은 인격체인 양 온 산골의 분위기를 살아 움직이게 하는 것 같았다. "야, 다보탑 같은데!" 나는 넋을 잃고 바라보며 감탄을 연발했다. 화사한 봄볕이 소나기처럼 내리퍼붓는 한낮의 산골은 순식간에 온갖 생명체들로 꿈틀거리고 당장이라도 꽃과 잎이 피어나 춤을 출 것 같은 기분이 들었다. 이상한 것은 방금 세운 탑인데도 원래 그 자리에 옛날부터 자리하고 있었던 것처럼 전혀 낯설지 않았다. 하늘을 찌를 듯 위용을 자랑하는 감은사 탑이나 정교하기 이를 데 없는 다보탑의 신비함과는 하늘과 땅 차이만큼이나 얕보일 수 있는 것이지만 적어도 나를 사로잡은 마력에 있어서만은 그만 못지않았다. 세상에는 기적이라는 것도 있고 소가 뒷걸음질 치다 개구리를 잡기도 한다. 이 탑의 경우가 바로 여기에 해당하는 것이 아닌가 생각한다.

이 탑이 탄생한 지 일 년이 되었다. 눈이 오나 비가 오나 말없이 그 자리를 지키고 있다. 아직껏 말 한마디 주고받은 일 없이 일방적으로 바라다보기만 했건만 정이 푹 들었다. 어찌 보면 덤덤하기 짝이 없는 시골 아낙네 같기도 하고 멋없고 투박한 나무꾼 같기도 하지만, 때묻지 않고 수더분한 모습은 언제 보아도 부드럽고 편안한 느낌을 주는 것이다. 한편 또 다른 면모를 지니고 있기도 하다. 의연함이다. 우리가 함부로 대할 수 없는 위엄 같은 것이 있다. 단호하고도 엄격한 자연의 질서라 할까. 그러면서 그 속에 영험한 힘이 솟아나와 인간의 소원을 풀어줄 것 같은 생각이 든다. 그러기에 우리 조상들은 큰 바위나 오래된 나무에 대고 절을 하며 기원을 했을 것이다. 이 탑을 대하면서부터 그런 마음이 이해되기 시작했다. 한 마디로 반 무당이 됐다고 할까. 어떻든 이것은 우리 산골의 터줏대감으로 요지부동하게 자리를 굳히고 있을 뿐만 아니라 다정한 친구 같은 존재로 커다란 기쁨을 주고 있는 것이다. 제 눈에 안경이라 할까, 눈에 콩꺼풀이 씌었다 할까, 앞으로 나올 말들이 황당무계하게 들릴지 모르겠지만 나로서는 보고 느낀 그대로를 옮기는 것이니 설령 표현 기술이 부족해서 '별 개떡 같은 소리를 다 한다'고 핀잔을 퍼분 대도 감수

할 각오는 돼 있다. 나는 거의 매일 아침 산골에 올라간다. 봄·여름·가을·겨울 그때그때의 변화와 신선함을 만끽하기 위해 풀벌레 한 마리 나를 부르지 않건만 숨이 턱에 닿게 올라가는 것이다. 그렇게 산골을 오르다 보면 변화무쌍한 날씨와 하루에도 수시로 변하는 빛의 조화에 따라 새로운 느낌의 경치와 분위기를 맞이하게 된다. 맑은 하늘 밑에서도 여명이 트이는 새벽부터 땅거미 지기까지 시시각각의 변화를 볼 수 있다. 비가 올 때, 눈이 내릴 때, 먹구름이 덮일 때, 폭풍이 칠 때, 안개가 낄 때…… 일일이 열거하자면 끝이 없다. 이러한 변화 가운데 지극히 일부만, 그것도 삼층 석탑 하나만을 가지고 몇 가지 늘어놓으려 한다. 오늘 아침 일이다. 자리에서 일어나 창문을 여니 뜻밖에도 세상은 온통 하얗게 눈으로 뒤덮여 있었다. 낙엽이 진 나뭇가지에 얹힌 설화(雪花)는 첫눈의 화사함을 한껏 펼쳐 보는 이의 가슴을 벅차게 했다. 나는 숲 속의 설경을 구경하기 위해 서둘러 산골로 올라갔다. 별천지였다. 정신이 멀쩡한 아침인데도 꿈속에서나 체험할 수 있는 환상의 세계를 날아다니는 것 같았다. 아직 해가 뜨기 전 서슬이 시퍼런 공기였지만 이제 막 피어난 목화솜 같은 눈꽃으로 한결 포근한 느낌으로 와 닿았다. 더구나 김이 서리듯 피어오르는 물안개 같은 모습은 더없이 신비한 설경을 자아내었다. 나의 눈은 바쁘게 움직이고 마음까지 공연히 허둥대고 있었다. 반면 차분하게 그러나 드높은 기상을 뽐내듯 버티고 서 있는 돌탑, 그 그윽한 자태는 주위를 압도하고 남았다. 각 층마다 한 뼘씩이나 쌓인 눈은 탑을 더욱 우람한 존재로 보이게 했다. 탑을 배경으로 휘어 늘어진 솔잎 가지와 낙엽송 가지에 얹힌 눈꽃은 베토벤의 로망스 선율보다도 더 섬세한 레이스 같아서 탑과 함께 부드러운 조화를 이루고 있었다. 나는 얼마동안이나 그 모습을 우두커니 바라다보고 있었는데, 때마침 막 솟아오르는 처녀 햇살이 그 투명한 날개로 탑신을 스쳐가기 시작했다. 그것은 참으로 신비로운 순간의 극치라 할만 했다. 탑의 모습은, 좀 과장해 허풍을 떤다면, 피라미드 같기도 하고 다보탑 같기도 한 인상을 주었다. 삼층 가운데 중간층과 맨 위층은 서로 상반되어 남대문 추녀 끝처럼 한쪽 끝이 허공을 향해 빗겨 올라가 비상하는 듯했다. 그렇다고 결코 경망스럽게 보이지 않았다.

희한한 것은 너무나 불균형한 돌로 얹혀 있는데도 불구하고 각 층이 절묘하게 안정된 균형을 이루고 있다는 사실이다. 아래층은 직삼각형 모양으로 각 변의 두께가 형편없이 다르다. 중간층·상층 역시 일그러진 직사각형 형태에 고르지 못한 두께이건만 맞춰놓고 보니 어느 쪽에서 보나 균형이 잡혀 있는 것이다. 불균형 가운데 균형을 이룬 안정된 위엄 그리고 무엇보다 은근한 빛깔과 질감은 우리의 마음을 더없이 푸근하게 해주는 것이다. 수천수만 년 전에, 아니 우주가 생성되면서 만들어진, 그 장구한 세월을 통해서 비바람에 씻기고 닦여 이루어진 작품이라 할 때 제 아무리 공력을 들여 손끝으로 짜낸 인간의 작품인들 비교나 될 것인가. 나는 그 배어나는 빛깔과 질감을 어떻게 설명해야 할지 모른다. 이런 자연 그대로의 작품에 바늘 끝만 한 인공(人工)도 가감하지 않고 쌓았다는 점이 남다른 감회를 자아내게 하는 까닭이 아닌가 싶다.

지난 봄 진달래가 온 산을 물들였을 때도 돌탑은 꽃잎 속의 꽃술처럼 느껴지기도 하고 꽃등으로 둘러싸인 위대한 존재를 보는 것 같기도 했다. 뒤이어 신록이 피어나고 온 산천이 초록빛으로 생동할 때, 또 여기 저기 들꽃이 애교를 부리듯 간들거릴 때도 탑은 더 근엄한 자태로 요지부동이었다. 그리고 기단 둘레로 구절초가 만발하고 잇따라 국화가 아우성을 칠 때, 그 초연한 자세는 차라리 냉엄하게 느껴졌다. 그러나 어느 오후의 풍광은 달랐다. 수정보다 더 맑은 가을 하늘을 배경으로 빗겨 내려오는 석양 무렵의 햇살이 윤기 도는 단풍잎을 살 속까지 비추고 있었다. 적어도 이 순간만은 서늘한 가을빛이 아니라 따뜻하고 포근하게 산골을 감싸는 것이었다. 그것은 마치 술에 취해 몽롱한 정신으로 저 세상 속에 앉아 있는 것 같기도 했다. 그리고 온갖 빛깔의 단풍은 단청(丹靑)이 되어 환상적인 분위기를 자아내었다. 아마 이런 것이 극락이 아닌가 할 만큼 아늑하고 편안한, 게다가 환희에 넘친 몰아지경은 숨마저 멈추게 했다. 한 가지 더 비유를 든다면, 불 속에 앉아 있는 도자기가 신의 존재로까지 승화하는 경지에 이르는 것처럼 이 돌탑의 존재 또한 내 눈앞에는 그윽한 후광에 옹위되어 오색영롱한 구름 위에 뜬 것처럼 하늘을 날아오르는 것 같았다. 그것이 허무맹랑한 한순간의 환각이라 치더라도 나로서는 그토록 아름답고 찬란한 모습은 일찍이 본 일이 없는 신비스런 체험이 아닐 수 없다.

언젠가도 비슷한 체험을 한 적이 있다. 비가 부슬부슬 내리는데 나는 휘적휘적 무작정 산골로 기어들었다. 이런 거야말로 어디 한군데 정신이 삐꺽하지 않고는 있을 수 없는 일이 아닌가. 그런데 뜻밖에도 돌탑은 파란 이끼로 만든 새 옷을 곱게 차려입고 나를 반겨주고 있었다. 신기했다. 열대의 사막처럼, 아니 화석처럼 굳어 있던 바윗돌이 피가 흐르듯 물기를 머금고 수천수만의 이루 헤아릴 수 없는 생명체들로 그렇게 살아난 것이었다. 눈을 가까이 대보니 바늘 끝만큼이나 미세한 이끼들이 활갯짓을 하고 있었다. 참으로 신선하고 생명력에 넘친 삶의 환희를 목청껏 외쳐대고 있는 것 같았다. 그동안 한 일년 지내보니 그 존재는 이제 가까운 혈육이나 다정한 친구처럼 느껴진다. 때로는 저 자리에 아무것도 없다고 생각하면 너무나 허전하다. 발부리에 차이는 막돌이 모여 저토록 갸륵한 돌탑으로 태어나 우리와 함께 있다는 사실이 고맙다. 수십 개의 돌팍들이 하나같이 별것도 아닌 것들이었건만 적재적소에 놓이고 보니 하나도 빠질 수 없는 훌륭한 역할을 해내고 있다는 것을 발견하고 새삼스레 감탄을 했다. 그날 이후, 나라는 사람도 저 주먹만 한 고임돌이거나 아니면 하다못해 기단을 두른 잡석 노릇이라도 변변히 할 수 있다면 더없이 다행이겠다는 생각을 하게 되었다. 知軒

들국화 꽃등

나라는 사람은 어떤 일에 본질 언저리에는 얼씬도 못하고 겉껍데기에 매달려 허둥대는 인간이 아닌가 하는 의구심을 품을 때가 종종 있다. 그 한 예로 가을이면 들국화 꽃등을 소위 전시실 천장에 매다는 것을 하지 않으면 중차대한 임무를 못한 것 같아 벙어리 냉가슴 앓듯 안달을 하게 된다. 이런 짓을 해온 지도 어느덧 수십 년이 흘렀건만 해마다 이맘때가 되면 무슨 큰 행사나 치루는 것처럼 혼자 끙끙거리고 지내는 꼴을 생각하면 한심하기 짝이 없다. 어지간히 어려운 일이라도 한 십 년 하다보면 도가 튼다는데 그까짓 들국화 꽃가지를 꺾어다 가지런히 꽃다발을 묶어 둥그렇게 꽃덩이를 만들면 될 것을 그걸 가지고 궁상을 떨고 있으니 타고난 소인배의 옹졸함을 밤낮없이 변명할 길이 없다.

실은 20년~30년 전 우리가 사는 가마 주위엔 묵어 자빠진 밭둑 산기슭 냇가 언덕으로 무진장의 들국화가 흐드러지게 피어 청명한 가을날 그곳을 가면 황금빛 찬란한 꽃떨기에서 그야말로 원초적인 향기가 뿜어 나와 정신이 번쩍 들게 하곤 했다. 그러던 것이 해가 갈수록 대형 아파트 단지로 둔갑을 하고 산기슭까지도 파헤쳐 그 좋던 꽃세상은 찾아볼 수 없게 돼버리고 말았다. 하는 수 없이 충청도 산골에 사는 조카에게 부탁을 해서 몇 번은 그런대로 꽃등을 만들어 달 수가 있었는데 그것 역시 남의 손을 빌려 하는 노릇이니 여의치 못했다. 한번은 강원도 평창에 지인이 있어 부탁을 해서 꽃이 왔는데 이미 반은 시들어 영 못마땅했지만 어쩔 수 없이 웅그려 달았더니 웬 진딧물 같은 벌레가 그 꽃등 속에 득시글거리고 계속 죽어서 떨어지는데 참으로 난감했다. 또 몇 번은 이집 저집 거지 동냥하듯 여기저기를 쑤시고 다니면서 꺾어 모아 해봤지만 그것 또한 자라온 환경 탓인지 때깔이나 모양새가 제각각이어서 잡동사니를 모아놓은 것 같았다. 그러던 중 궁여지책으로 국화 뿌리를 캐다가 양지바른 울안 언덕에 심어 자급자족을 꾀해봤으나 그것 또한 양이 태부족이어서 또 실망을 거듭하게 되었던 것이다.

처음에 그 많던 국화를 마음껏 잘라다 정월 대보름달보다도 더 크게 꽃등을 만들어 달았을 때, 실내는 그 즉시 별천지가 되곤 했다. 싱싱하게 막 피어난, 살아 숨 쉬는, 수천수만 아니 수십만이나 되는, 별 같은 꽃잎 하나하나가 아우성을 치면서 환호를 하는 것 같은 생동하는 모습을 볼 수 있다는 것은 세상에 없는 사치며 그 이상의 호사가 어디 있겠나 싶었다. 텅 빈 공간에 유아독존(唯我獨尊) 높이 떠 있는 황금빛 존재는 그 원초적인 생명의 향기로 실내를 가득 메우고도 넘쳐났다. 실내에는 아무것도 안 보이고 꽃등 하나만 내 눈과 가슴을 가득 채우고 있었다. 나는 실성한 사람처럼 넋을 잃고 쳐다보면서 감탄하고 감격하고 좋아서 죽을 지경이 되었다. 각종 보석으로 장식한 어느 황실의 샹들리에인들 이만할까? 이렇게 살아서 숨 쉬는 생명력 넘치는 화려한 존재는 나로 하여금 몇 날 며칠을 우두커니 앉아서 그것을 바라보는 것으로 시간을 잡아먹게 했다. 벌들이 향기를 따라서 날아들었고 금가루 같은 화분은 마루에 깔렸다. 시간이 지남에 따라 어쩔 수 없이 꽃은 말라 가고 꽃빛깔도 변해갔다. 그렇더라도 그 빛깔은 조금도 초라하지 않았다. 풍화 작용으로 바윗돌이 부드러워지고 고색창연한 질감으로 변모하는 것처럼 은은하고 포근한 모습으로 바뀌어 일 년 내내 향기를 뿜어줄 뿐만 아니라 실내의 습도 조절까지 해주는 것이었다.

이제 며칠 있으면 들국화가 피어날 것이다. 이번에야 말로 초기에 달았던 꽃등 못지않은 것을 만들어야 할 텐데, 미리부터 걱정이 앞서니 구제불능이라 할까? 하지만 여기저기 믿을 수 있는 친지들한테 부탁을 해놓았으니 넉넉하게 꽃이 도착하리라 믿는다. 뜻밖에 많은 꽃이 들어오면 집안 구석구석에 넘치도록 벌여놓고 비록 하잘 것 없이 흔해터진 들국화일망정 우리의 삭막한 마음이저 화려한 황금빛 꽃들로 말미암아 푸근하게 위안을 받을 수 있다면 얼마나 행복한 일인가. 모든 게 돈이 아니면 안 되는 세상, 착각이라도 들국화를 황금덩이로 알고 한순간에 벼락부자가 된 듯 가슴을 쭉 펴고 으쓱거리고 지낼 수 있을 것 같아 마냥 벌어진 입을 못 다물고 신바람이 나 있을 것이다. 知軒

분꽃

소 키우는 시골에 살면서 쇠똥내가 싫다고 하면 가증스럽게 들릴지 모르지만, 우리 집 바로 옆에 쇠거름 더미가 있어 그 곁을 지날 때는 어쩔 수 없이 상이 찡그려진다. 자기네 마당 한쪽에 해놔도 좋으련만 하필이면 남의 집 턱밑에다 거름 더미를 만들어서 매일같이 질척한 거름 더미가 한꺼번에 악취를 풍겨대는 것이다. 그런데 며칠 전 저녁을 먹고 어둑해진 마당가에 나갔더니 예의 그 못된 냄새가 아니라 은은한 꽃향기가 코끝을 스치는 것이었다. 마당가에서 피어난 분꽃의 향기가 아닌가? 나는 그 살짝 부딪히는 뜻밖의 꽃내음에 뭔가 까맣게 잊고 있었던 것을 되찾는 기분이었다. 그것은 바로 수십 년 동안을 잊고 살았던 고향의 체취였다.

40년~50년 전의 우리 고향은 문자 그대로 원시생활을 방불케 하는 미개와 가난의 표본 같았다. 그래도 거기엔 아련한 향수를 느끼게 하는 것들이 명화의 한 토막처럼 떠올라서 가슴을 설레게 한다. 한여름 저녁 나절이 되면 등에서 쉰 땀내를 풍풍 풍기는 아낙네들이 저녁거리 보리쌀을 이고 샘가로 모여든다. 그네들은 거친 보리쌀을 팔이 떨어져라 으껴대며 입방아를 찧고 시시덕대는 것이다. 저녁 햇살이 화사하게 쉰내 나는 여인네들을 내리쬐고 샘가 돌담 울에 입을 열기 시작하는 분꽃 위로 찾아든다. 그러면 역겨운 땀내는 물러나고 샘 언저리는 어느새 포근한 분꽃 향취로 메워지기 시작하는 것이다. 이상하게도 이 분꽃은 해가 서산에 걸릴 무렵부터 피어나기 시작했다. 그토록 곱고 향기로운 꽃이 저녁 무렵부터 몸단장하는 이유는 지금도 알지 못한다.

고향 마을 앞 주막에는 '곤자리 갈보'라는 빼빼 마른 중년 여인이 머슴애 하나를 키우면서 술장사를 하고 있었다. 그녀는 못생긴 곰보에다 성질도 사나워 툭하면 악을 쓰고 쌈박질을 했다. 그런데 저녁때가 되면 그 억석바위 같은 말상 다귀 얼굴에다 뽀얗게 분을 바르고, 머리는 기름을 들어부은 듯 반질반질 빗어 넘기고, 주막 툇마루에 앉아 부채질을 해대는 것이었다. 그러면 요란한 분 냄새는 신작로까지 풍겨 사내들 발길을 멈추게 했다. 이 여인은 어울리지 않게 분꽃을 울안 가득 심어놓았는데, 마치 외롭지 않게 시녀들을 거느리고 있는 것 같았다. 분꽃들은 너도나도 다투어 화사한 꽃잎을 열고 그 향긋한 내음을 저희 주인 못지않게 날려댔다. 빨간 놈, 노란 놈, 이 두 빛깔이 뒤섞인 갖가지 꽃송이들이 한꺼번에 어우러지면 그 횟뒷박을 뒤집어쓴 것 같은 갈보일망정 꽃가마 속의 여왕이라 해도 좋을 것 같았다. 하기는 전생에 꽃같이 어여쁜 수많은 시녀들을 거느리며 영화를 누리던 여왕이었을지 누가 알랴? 지금쯤 그 여인은 저 세상에서 어떤 모습으로 살고 있을지……. 거기서도 어느 길가에 주막을 차려놓고 저녁이 되면 뭇 남자들을 끌기 위해 짙은 화장을 하고 목을 빼고 앉아 있는 가련한 여인일지, 아니면 한 송이 분꽃이 되어 그 곱고 아리따운 자태로 천상의 이슬을 머금고 밝은 달, 반짝이는 별과 더불어 맑은 기쁨을 나누고 있을지…….

나는 아무래도 분꽃의 향기만 한 게 없다고 생각한다. 옥잠화, 모란, 장미 심지어 소심란 향기까지도 그만 못한 것 같다. 분꽃의 향기는 연하고 곱다. 그 여리고 여린 향취는 결코 요란하지 않으며 은근하고 그윽하다. 이곳의 분꽃은 티 없이 순박한 촌색시 같은 여운을 남겨주고 달콤한 애수를 느끼게까지 한다. 남들은 꽃잎을 다물 때 분꽃은 저 홀로 피기 시작한다. 석양의 서늘한 햇살이 마지막 숨을 거둘 무렵 그 따스한 자태를 우주 공간을 향해 열고 지상의 하고많은 사연들을 하소연하는 것 같다. 하긴 박꽃도 저녁에 피지만 그것은 심심하다. 분꽃은 빛깔마저 맑고 곱다. 마치 느티나무 고목 같은 줄기는 맑은 피가 흐르고 있는 것처럼 투명하고 깨끗하면서 생동하는 건강미를 보여준다. 더구나 한 포기에 빨강 노랑이 함께 피고, 다시 두 빛깔이 섞여 피는데 한

가지는 빨강 바탕에 금가루를 뿌린 듯이 바늘 끝 같은 노란 반점이 무늬를 이루고, 또 한 가지는 기하학적인 선으로 빨강 노랑이 엇갈려 초현대적인 추상미를 나타낸다. 마치 획일적인 전체주의가 아니라 각자의 개성을 마음껏 발휘하는 민주 사회의 이상 같은 느낌을 준다. 그리고 꽃이 피기 전에는 방금 알을 깨고 나온 병아리 주둥이 같다가 꽃잎이 벌어지면 나팔 모양이 되어 오묘한 음악이 하늘을 향해 일제히 터지는 것 같다. 꽃이 지고 나면 그 자리에 씨가 앉는데 그것은 마치 흑진주를 박은 여인의 백금반지 같기도 하다. 그러나 한 줄기에 수없이 박힌 이 생명체 — 꿈틀대는 흑진주는 지상에 내려앉은 천체의 구조 같기도 한 것이다. 어찌되었건 이 분꽃은 밤새껏 어두운 공간 속에 활짝 피어 꽃 잔치를 벌이다가 아침이 되어 속세의 찬란한 햇빛이 에워싼다 싶으면 오므려 버리고 만다. 그런 다음 예뻐지고 싶어 하는 이들을 위해 마지막으로 백옥같이 고운 분가루를 남겨주는 것이다.

요즈음 나는 해질 무렵이 되면 마당가에 심어놓은 분꽃 곁으로 간다. 그리고 꽃을 들여다본다. 수십, 수백 송이의 꽃이 저마다 입을 열며 반긴다. 그 하나하나가 어찌 그리도 귀엽고 예쁘단 말인가! 그러면서 아련한 향수를 불러일으킨다. 어느새 내 마음은 수십 년 전 때묻지 않은 고향을 향해 달리고 잊혀졌던 추억들이 주마등처럼 되살아난다. 분꽃과 더불어 나는 빛깔과 향기와 추억의 세계를 꿈속인 양 마냥 누리고 있는 것이다. 知軒

돌담 울

나는 곧잘 '돌담을 쌓다가 죽겠다'고 지껄인다. 이 일은 흙을 가지고 도자기를 빚는다든가 화초나 농사를 짓는 일 못지않게 나를 기쁘게 해주기 때문이다. 서울서 자라고 컸지만 본디 벽촌 무지렁이 출신이라 그런지는 몰라도 언제고 초라한 듯 헙수룩한 돌담을 보면 가슴속 깊이 고여 있던 순박한 고향의 서정이 밀물처럼 밀어닥친다. 그렇기에 어디 낯선 고장을 가더라도 꼬부랑 할머니 등줄기 같은 돌담 울이나 세상과는 담을 쌓고 마냥 팔을 베고 누워 있는 것 같은 산전 밭담 울을 만나게 되면 그토록 마음이 푸근하고 편할 수가 없다. 사실 산간벽지의 흙과 물과 빛과 바람이 어떻게 내 속에 비집고 들어와 피와 살이 됐는지 증명할 길은 없지만 적어도 나에겐 인간의 손길이 이룩해 놓은 수많은 구조물 중에서 자연의 일부처럼 와 닿는 것은 이 산전 밭둑의 굽이굽이 쌓여나간 돌담 울이 아닌가 하는 생각이 든다. 곡식을 갈아 먹으려면 주워내도 주워내도 한이 없는 그놈의 원수 같은 돌조각들이 농사꾼의 눈물을 말리면서 쌓이고 쌓인 것이 바로 그 밭담 울이건만 그렇게 자연스러울 수가 없다. 한 생명이, 인간이, 예술이 태어나자면 진통을 겪지 않고는 될 수 없는 것처럼 이 밭담 울 역시 하고많은 세월을 허리가 꼬부라지고 손발이 닳도록 피땀을 요구했던 것이리라. 그 보잘것없는 돌팍 하나하나가 한데 어우러져 그렇게 부드럽고 자연스런 구조물이 되었다는 사실은 아무리 생각해도 놀랍지 않을 수 없다. 요즘처럼 그렇게 꾀가 많고 기술이 좋은 세상에서 가난의 흔적처럼 가련한 돌무더기에 지나지 않을 그것이 우리의 지친 심신을 달래줄 수 있는 것은, 칼로 자른 듯한 그리고 번쩍거리는 현대 문명의 위력으로 세운 공룡 같은 축조물이 아니라, 자연에 순응하고 조화를 이루는 지극히 소박하고 조금은 모자란 듯한 것에 있다고 믿는다. 지극히 쓸모없는, 아니 사람 뼛골을 빼먹으려고 죽기 살기로 처박혀 있던 막된 돌팍들이 천대를 받으면서 한데 쌓이면 어느새 새로운 면모를 지니고 다시 태어난다는 사실이 대견하기 짝이 없다. 나는 우리의 산천을, 특히 인적 드문 깊은 두멧골을 찾을 때면 이 파도 치는 듯한, 어찌 보면 부드러운 무명필이 바람에 날리는 듯한, 산전 밭담 울의 아득한 사연을 읽는 것 같아 마음이 숙연해지기도 한다. 부석사나 송광사의 농짝 같은 돌을 포개놓아 이룩한 우람한 석축도, 서울 장안을 둘러친 성곽이나 남대문 동대문의 쪼아 맞춘 돌문도, 심지어 석굴암, 석가탑, 다보탑의 위대성도, 또 그 언제인가 찾아가 무릎을 꿇고 벌린 입을 다물지 못한 채 하늘을 우러르며 감탄하던 굴산사지 용이 승천하는 것 같은 당간지주도…… 나의 이 열리지 않은 눈을 통해 실핏줄, 살갗 구석구석까지 스며들기에는 이 헙수룩한 돌담 울만 못한 것이었다. 그렇다. 이 비바람 눈보라에 시달릴 대로 시달리며 견뎌낸 돌무더기는 한 많은 서민들의 제단이나 다름없었다. 자신들의 신세나 다름없다고 타박을 하면서 땀과 눈물로 쌓아올린 하나하나의 돌팍이건만 어찌 모진 하루하루를 연명해 나가는 데 소원이며 사연이 담기지 않았겠는가. 그렇기에 죽은 듯이 꼼짝 않고 누워 있으면서도 속에서는 살아 움직이는 혼이, 그들의 한이 서려 있는 것이다. 게다가 그것은 세월의 때깔이 깊이 스미어 태고의 신비를 보여주듯, 약삭빠른 인간의 계산이 얼마나 무모한가를 일깨워주고 있는 것이다.

한편, 이십여 년 전 서울에서 교편생활을 하던 때의 또 다른 돌담에 대한 체험이 지워지지 않고 생생히 살아 있는데, 그 당시 그 돌담이 나에게 큰 위안이 되었기 때문이다. 하루의 일과를 끝내고 집에 돌아가는 버스 칸에서 내다보는 연희동 어느 집의 돌담이 그렇게 좋을 수가 없었다. 이제나저제나 사회생활 빵점짜리 인생이 불만과 갈등으로 우그렁바가지가 돼서 지옥문을 드나

들듯 몸뚱아리만 왔다 갔다 하던 시절 엉뚱하게 나하고는 아무런 관계도 없는 남의 집 돌담이 내 황무지 같은 속 뜰을 꽃밭처럼 잔잔히 달래준 까닭을 지금 와서도 알 듯 모를 듯하다. 다만 나는 퇴근길에 그 석양볕을 받은, 또 어느 때는 빗속에 의연히 서 있는 담장을 바라보는 것으로, 아니면 어슴푸레한 저녁에 아득한 옛 성곽을 되새기듯 감회 어린 눈길로 그 어른거리는 윤곽을 쳐다보는 것으로 하루의 피로가 가볍게 풀리는 것을 느낄 수 있었다. 그 담은 반듯반듯한 화강암 석축에 회를 바르고 조선 기와를 이은 것이었다. 대체 저 담 안에 사는 사람들은 누구일까, 그 사람은 얼마나 행복할까 하는 생각을 하면서 기분은 더욱 무르익었다. 그때만 해도 으레 서울 바닥에는 기와집이 즐비했고 화강석 회벽과 나무 대문이 골목 안을 아늑하게 꾸며주었다. 내가 오늘날에 와서 이토록 돌담 울에 대한 애착을 지니게 된 것도 따지고 보면 이런 연유에서 비롯된 것인지도 모를 일이다. 우리는 참으로 많은, 그리고 좋은 돌을 가지고 있다. 나는 서양의 대리석보다 우리 화강암을 더 좋아한다. 나에게 아쉬운 것은 이 좋은 재료를 치쌓아놓고 왜 서양에서처럼 사원이나 궁궐을 짓지 않았나 하는 점이다. 우리 사찰만 하더라도 목조인 까닭에 화재로 몇 차례씩 소실돼 다시 지은 경우가 허다했던 것을 보면 안타깝기 그지없다. 석탑이나 석불 등이 우리의 돌 문화를 보여주는 것으로 자랑이나 위안을 삼아야 할지 모르겠지만, 하다못해 힘없고 가난한 시골에서 되는대로 둘러진 돌담이나 논둑 밭둑 돌무더기가 하나의 구조물로 그 옛날을 이야기해 준다고 볼 때 너무나 아쉬운 것이다. 우리의 냇돌만 하더라도 그 형태, 빛깔, 질감, 문양의 다양성을 무엇으로 설명할 것인가. 우리는 그 하나하나를 놓고 자세히 들여다볼 때 어느 것 하나 같은 것 없는 신의 작품이라는 것에 감탄치 않을 수 없을 것이다. 그러면서도 이들은 서로 튀지 않고 조화를 이루며 함께 숨을 쉬고 있는 것이 신기하지 않은가. 나는 이런 자연의 선물을 손상하지 않고 그 특징을 살려 이상적으로 이용할 때 더없이 아름답고 훌륭한 또 하나의 작품을 탄생시킬 수 있다고 믿는다. 다시 말해 그것은 돌담이 될 수도 있고 돌탑, 돌집도 되는 것이다. 물론 여기에서 지나치게 인위적인 재주를 부리거나 자연의 본질을 망각한다면 천편일률적인 벽돌장으로 한 것만 못할 것이다. 지극히 편안하고 자연스러워야 하는데, 그것은 자로 긋듯이 네 귀가 딱 들어맞는 그런 정확성이 아닌 어딘가 균형이 깨진 것 같은 조화미라 할까, 조금은 허술한 듯한 소박성 같은 것이 푸근하게 우리 마음 깊숙이까지 다가와야 한다는 뜻이다. 그것은 우리 한옥에서 바로 깎아 세운 기둥보다는 구부정한 자연 그대로의 것이 훨씬 정이 가는 것과 같은 이치이다. 너무 인공적으로 완벽하다는 것은 도리어 우리를 피곤하게 하고 여운도 없는 것이다. 나는 그런 맥락에서 도자기도 소위 완벽한 것은 성향에 안 맞고 자연스럽고 편안한 것을, 뭔가 좀 모자라는 듯한, 여운을 남기는 것을 좋아하는 것이다. 나의 이러한 돌에 대한 믿음은 내 타고난 체질대로 조금씩 실천에 옮겨진다고 할까. 원체 체질이라는 것이 가만히 앉아 머리를 쓰며 바둑을 둔다든가 화투짝을 때리는 것 같은 것은 속이 터져 못 견디기 때문이다. 죽으나 사나 하는 짓이 두 손 놀리는 노동인 것이다. 다행히도 우리 집 가마 뒤편은 양지바른 산비탈이어서 자잘한 냇돌을 주워다 그 옛날 우리 조상들이 산전 밭둑을 쌓듯 여러 층계의 야트막한 축대를 흉내내 보았다. 그렇게 만든 축대는 지극히 서툴고 초라한 것이지만 나의 바람대로 도자기 선처럼 부드러운 곡선을 이루었다. 그러고 보니 뜻밖에도 그 딱딱한 돌 축대가 파도처럼 굽이치는, 어쩌면 살아 넘실대는 것 같은 착각을 일으킬 만큼 산자락을 싸고돈다. 그리고 그 등판을 따라 우리 재래종 갖가지 빛깔의 국화를 심으니 봄부터 가을까지는 한층 갈기를 날리는 돌담 울이 되었다. 더구나 꽃이 한창 필 늦가을이 되면 유독 그 돌담 울만이 풍요로운 빛깔과 향기로 아우성치듯 요란스럽건만 그래도 어쩐지 한 맺힌 슬픔이 배어 나오는 것처럼 찬바람이 가슴을 시리게 해놓는 까닭은 무엇인지 모르겠다. 몇 해 전 고향 누님 댁을 찾았을 때 뜻밖에 낟가리 모양의 돌무더기라 할까, 돌탑이라 할까 아무튼 그런 촌색시 같은 돌 구조물을 보고 고향 식구들의 염원을 담은 정성이 하나하나 쌓여 있는 것 같아 푸근한 생각이 들었다. 나는 그 즉시 우리 가마에도 저런 돌탑을 쌓아놓고 아침저녁으로 바라보고 싶었다. 사실 돌팍이라는 것들은 산비탈 밭둑에 널려 있는 채석장의 돌조각처럼 날카로

우면서 그 산천에 걸맞게 무디고 못생긴 것들이었다. 그러나 그놈들은 수천수만 년을 그 산골 바닥에 처박혀 있었을망정 죽지 않고 살아 숨 쉬듯 생명의 씨가 깃들어 있는 것이었다. 바싹 마른 물이끼에 물기가 스며들면 파랗게 살아나는 것을 보면 참으로 경이로웠다. 결국 고향 돌은 가마에 실려와 가마 입구에, 역시 촌티를 못 벗고, 수더분하게 쌓였고, 어찌 보면 의젓한 구조물이 되었다. 그것은 마치 고향 산천의 내 살붙이들이 몰려나와 서로 의지하려는 것처럼 잔뜩 부둥켜안고 말없이 서 있는 것이다. 아무튼 이렇게 새 식구가 된 돌탑은 뿌리 깊은 고향의 느티나무처럼 나에겐 더없는 의지처가 되어주는 것이다. 어쩌다 나는 변덕이 발동하면 물을 퍼가지고 그리로 간다. 그리고 짓궂게 개를 골탕 먹일 때처럼 바가지로 쫙쫙 물벼락을 내린다. 그런 다음 살금살금 되살아나는 돌이끼, 파아란 어린 생명체들을 꼼꼼히 들여다본다. 이놈들은 돌 속에 갇혀 있던 씨앗인 양 눈이 아른아른하게 너도나도 얼굴을 내밀고 귀여운 몸짓을 해댄다. 신기하구나. 신기해! 나의 입은 감탄을 연발한다. 순간 나의 축 늘어졌던 영혼도 어느 틈에 그놈들 속에서 새롭게 피어난다. 참으로 새 기운이 샘솟는 희열의 순간이 저 수많은 생명체처럼 내 속에서도 팔딱팔딱 살아난다. 지금도 아무리 머리를 쥐어짜 봐도 저 죽은 흙먼지 같은 데서 어떻게 새 생명이 피어나는 것인지 풀리지 않는다. 나는 이럴 때마다 우리 인생도 저렇게 새로 태어날 수 있었으면 하고 엉뚱한 소원을 뇌까려 보게 되는 것이다. 知軒

한련화

작년만큼 가뭄으로 속을 태운 적이 없다. 농사를 짓는 사람들은 하늘에서 비가 내리지 않으면 밤낮으로 하늘을 올려다보며 빌다가도 끝내 욕을 퍼붓기도 한다. 과학 문명이 눈부신 도시에서는 비가 오든 말든 오불관언(吾不關焉), 먹고 마시고 노래하고 춤추며 일신의 향락에 젖어 쾌재를 부를지 모른다. 그러다가 바늘 끝만큼의 양심이 있는 사람이라면 "비가 왜 이렇게 안 와!" 쯤으로 불편한 심기를 들어내는 것이 현대 사회의 세태가 아닐까 싶다. 아무튼 나 같은 얼치기 농사꾼이라 해도 "해도 너무하네, 사람 죽이려 드네!"를 눈만 뜨면 주문 외듯 불평을 퍼붓고 다닌 것이 솔직한 고백이다.

내가 거처하는 산 밑자락은 제법 터가 넓어서 들어오는 입구에 원두막이

나 진배없는 정자를 하나 세웠다. 기분에 정자 옆에 파초 한 포기 심어놓고 비 오는 날 비 떨는 소리 들으면 얼마나 좋을까 싶었다. 그깟 파초 하나 못 심을 맹꽁이는 아니었다. 그리고 또 한편으론 자그마한 연못을 하나 파서 맑은 물속에서 물고기 노는 광경을 바라다보면 더 바랄 게 없을 것 같았다. 그런데 그게 나 따위 위인에겐 과분한 호사였는지 한 이 년 애를 태우다 메우고 말았다. 이유는 정체불명의 새 떼가 날아와 평화롭게 물에서 노니는 금붕어를 잡아 자시는데 몽둥이를 들고 지키고 있을 때뿐이지 지킬 방법이 없었다. 생각 끝에 망을 씌우고 보니 정작 즐기려던 노니는 물고기보다도 후줄근하게 늘어진 망이 눈에 거슬렸고 겨울이 되어 얼어붙은 연못은 맨땅만 훨씬 못했다. 애초 생각한 꿈은 산산조각이 나고 하나의 시행착오로 포기를 하고 말았다. 이제는 별도리 없이 흙을 실어다 붓고 꽃밭을 만드는 수밖에 없었다.

이른 봄 평소에 무척 좋아하던 한련 묘를 사다 심었다. 이렇게 꽃포기가 심겨서 앞으로 꽃이 만발할 생각을 하니 가슴이 두근댈 정도였다. 매일같이 드나들면서 한련이 자라는 모습을 보며 그렇게 즐거울 수가 없었다. 한련은 꽃 못지않게 그 잎이 보드랍고 해맑은 연한 빛을 띠고 있을 뿐만 아니라 그 풍기는 향기가 독특해서 참으로 사랑스러웠다. 그런데 '안 되는 놈은 자빠져도 코가 깨진다'는 말처럼 그놈의 터에 심보 못된 귀신이 붙어있는지 귀엽던 화초가 비들비들 맥을 못 추고 시들어 가기 시작했다. 비는 그 이후 한 방울도 내리지 않아 마른 땅에 물을 줘봐야 단 솥에 물 붓기였다. 결국 팽개쳐 놓고 까맣게 잊고 지냈는데 늦가을쯤 되어 잡초 사이에 어린 한련이 군데군데 숨죽이고 있는 것을 발견하게 되었다. 우리는 뒤늦게 서둘러 잡초를 뽑아내고 여리고 작은 한련을 호미로 북을 주고 살려냈다. 그런데 문제는 날씨가 추워지는 초겨울이 코앞에 닥친 것이었다. 겨울에 싹을 살려내려면 화분에 옮겨 심을 수밖에 없었다. (나는 진작부터 한련을 겨울에 키워보려는 마음을 품고 있었다. 견물생심으로 여러 해 전 겨울 강화도의 어느 음식점 창가에 한련이 넝쿨져 소담스레 피어 있는 것을 보고 크게 감동한 일이 내 속에 사라지지 않고 잠겨 있었던 것이다.) 여기저기 내팽개쳐 놨던, 화분이라고 생긴 것은 죄다 끌어다 거름흙을 만들어 한 포기도 포기하지 않고 신주 받들 듯 모셔다 심었다. 양지바른 실내 창가에 이 꽃이 피면 별천지 같은 환상의 세계가 펼쳐질 것을 상상하면서 그야말로 사는 재미를 만끽할 수 있을 것 같았다. 그중에 자연색 도자기 화분 두 개와 꽃모양 작품 밑 터진 자그마한 그릇에 심은 것은 각각 내 방 창틀 위에, 좀 큰 두 화분은 밥 먹는 아랫집 창가에 좌정시켰다. '세상 사는 기쁨이 별게 아니로구나!' 점심때 아랫집에 내려가 창가에 뻗어 올라가는 한련의 그 우아하고 싱싱한 잎을 들여다보는 즐거움! 그리고 그 줄기 마디마디 맺힌 꽃망울! 꿈결같이 펼쳐진 희망의 날개! 그리고 '지금 이때 아니면 어느 때가 있겠는가?' 하고 한껏 그 우아하고 화사한 꽃송이를 펼쳐 보이며 호사를 떠는 주

황색, 노랑빛깔의 꽃송이들! 먹을 것을 탐하는 내 창자를 충족시킬 음식보다는 한련 꽃의 존재가 환희로 얼굴을 펴게 했다.

한련꽃 하면 그 옛날 가난뱅이들만 모여 사는 북가좌동 시절을 떠올리지 않을 수 없다. 서울의 외곽 철도변을 따라서 그야말로 게딱지 같은 판잣집들이 빼곡히 이마를 맞대고 늘어서 있는 골목, 겨우 한두 사람이 비집고 들어가 빠져나올 수 있는 미로 같은 길을 비가 오나 눈이 오나 아침저녁으로 출퇴근을 했던, 추억이라고 해봐야 가련하게만 눌어붙어 있던 젊은 날의 단편이라 할 만한 것이었다. 그럼에도 불구하고 그 골목 허리쯤에는 놀랍게도 제법 마당이 빠끔하게 뚫린 집이 있었다. 여기서 말하는 마당은 결코 오므렸던 가슴을 펴게 할 만한 넓이는 아니었다. 문자 그대로 찌그러져 가는 단칸 판잣집 앞에 그만한 빈터가 공간을 펼쳐놓고 있다는 것이 신기할 정도였다. 그 집은 누가 사는지 흉가 같기도 하고 그 초라한 모습이 도시 빈민의 실상을 가감 없이 보여주는 것 같았다. 그럼에도 불구하고 내가 굳이 넓은 길을 제쳐놓고 그 골목으로 발길을 들이는 것은 이른 봄에서부터 늦가을까지의 마당이 풍겨주는 꽃밭의 변화라 할까 알뜰히 손길이 간 귀엽기 이를 데 없는 화초 때문이었고, 거기에 더해 대체 어떤 사람이 그 꽃밭을 이렇게 정성껏 가꾸고 있을까 하는 호기심 때문이었던 것 같다. 출퇴근길의 그 집은 언제고 텅 비어 있었다. 화초들은 대체로 피난 시절 고향에서 봤던 채송화, 분꽃, 과꽃, 나팔꽃, 봉숭아, 한련꽃에다 어떤 때는 수세미가 야구방망이 거꾸로 매달아 놓은 것처럼 옆집 바람벽을 따라 늘어져 있었다. 그중에도 한련이 유난히 넝쿨져 울안을 환히 밝히고 있는 것이었다. 나는 번번이 지나던 발길을 멈추고 그 꽃들을 들여다 보는 것으로 하루의 시름을 달랠 수 있었던 것 같다. 그 꽃들을 들여다볼라치면 어쩌면 그렇게도 오순도순 사이좋게 지상 천국을 이루고 있는지! 뻣뻣하게 굳어 뭉쳐진 가슴이 따스한 햇볕에 봄눈 녹듯 스멀스멀 풀어지고, 가슴속 그 어디엔가로부터 뜨거운 기운이 목줄을 타고 밀려 올라와 나도 모르는 사이 입을 벌리고 찬탄을 발하곤 했던 것이다.

주인공은 좀처럼 나타나 주지 않았다. 어떤 사람일까? 여자일까 남자일까? 젊은이일까 늙은 사람일까? 식구도 전혀 없는, 유령이 사는 집은 아니기에 이렇게 꽃밭을 가꿔 놓았겠지! 분명 누군가 지극정성으로 이 귀여운 아이들을 키우고 있겠지! 보고 싶었다. 그 주인공을!

그날따라 퇴근이 늦어 어두컴컴한 골목길을 접어들어 그 집 앞을 지날 때였다. 누군가 까만 비닐봉지를 들고 그 속으로 들어가는데 한쪽 다리를 몹시 절고 있었다. 등은 굽고 후줄근한 차림새에 뒤뚱뒤뚱 발을 떼어놓는 뒷모습이 가슴을 아리게 했다. 분명 혼자 사는 남자였다. 그런 일이 있은 다음 얼마 안 돼서 아침 출근길에 그 사람의 참모습을 보게 되었다. 아침 햇살이 맑게 비추이는 싱그러운 아침 그는 꽃밭에 앉아 꽃밭을 돌보고 있었다. 소담스레 피어 있는 한련 넝쿨을 조심스레, 아니 정성을 다해 꽂아놓은 나뭇가지에 붙들어 매고 있었다. 그 순간의 그의 모습은 그렇게 고귀하고 거룩해 보일 수가 없었다. 비록 허술한 옷을 걸쳤을망정 천상의 날개를 단 존재가 잠시 내려와 머무는 것 같았다. 꽃밭 속에서 그의 표정은 그렇게 맑게 빛날 수가 없었다. 하긴 아무리 극악무도한들 순결하게 핀 꽃을 보고 악을 쓰며 욕설을 퍼붓고 개판을 칠 놈이 있을까만 그가 꽃을 바라다보고 흐뭇한 표정으로 그 순간을 누리는 모습은 수십 년이 지난 지금도 나의 뇌리에 깊이깊이 자리하고 있는 것이다.

그런데 세 번째로 그를 보았을 때, 뜻밖에도 그는 전혀 다른 모습의 사람이 되어 있었다. 더럽고 질척대는 모래내 시장 바닥을 메우고 있는, 뭇사람들이 먹고 살겠다고 아우성을 치는, 저 아래 삶의 현장 그 한쪽 구석에서 그를 발견한 것이다. 그는 있는 듯 없는 듯 쪼그리고 앉아 지나는 사람들을 무심한 얼굴로 바라다보고 있었다. 앞에는 자그마한 좌판을 펼쳐놨는데 거기엔 면장갑을 비롯해 양말, 면수건, 주방에서 쓰는 행주 등 자잘한 물건들이 가지런히 놓여 있었다. 나는 나도 모르게 흠칫 놀라 어디론가 숨고 싶은 기분을 떨칠 수가 없었다. 어쩌자고 하필이면 아수라장 같은 이 난장판에서 그를 보게 되었을까……. 내 마음은 이유도 없이 실망감 같은 것으로 울적해지는 것이었다. 이 냉혹한 풍진 세상에서 살아가려면 속절없이 진흙탕 속으로 뛰어들어야 하는 건가? 내 마음은 갈피를 못 잡고 그 현장을 지나치고 말았던 것이다.

나는 옹졸했다. 무엇 때문에 그의 시선을 피하고 사라지고 싶었던 것인가? 왜 그때 그 앞으로 다가가 두 손을 꼭 잡고 그가 가꿔놓은 꽃밭에서 얼마나 큰 위안과 기쁨을 느꼈는지 모른다고 찬사를 건네지 못했을까? 그리고 고마운 마음에 목장갑이며 양말을 팔아줬다면 피차가 얼마나 흐뭇했을까? 생각해 보면 나라는 인간은 바보 등신 천치라는 사실을 떨쳐버릴 수가 없는 것이다.

하늘도 나 같은 인간에게 벌을 주려는 건지, 뭔가를 깨닫게 하려는 건지, 지난여름은 곡식이고 잡초까지 유례없이 생명을 부지하지 못할 만큼 덥고 가물었는가 하면, 겨울은 그 추위가 살쾡이보다 더 매서웠다. 우리가 사는 지역은 영하 20도가 넘을 정도여서 세상이 동사(凍死)할 만큼 얼어붙어 있었다. 그럼에도 불구하고 내가 지내는 곳, 유리창 하나를 경계로 해서 창틀에 올려놓은 작은 한련 꽃분은 가냘프면서도 곱디고운 꽃을 피워냈다. 밤바람이 세차고 세상이 얼어붙은 바깥세상과는 딴판으로 아침 햇살이 찾아드는 이른 아침 눈을 뜨면 우선 창가의 귀여운 한련에게 먼저 눈길을 준다.

'이 꽃 좀 봐! 세상에 이렇게 예쁠 수가 있어?' 밤새 악몽에 시달리던 영혼은 금세 환희의 탄성이 되어 방 안 전체를 훨훨 난다.

나 같은 속물은 어쩔 수 없나보다. 앙증스러운 코딱지만 한 한련 꽃송이 하나를 보고 좋아 죽겠다고 난리 치는 것을 보면……. 知軒

사위질빵풀

아침이면 기어올라 가는 뒷동산 초입에는 습지 비슷한 땅뙈기가 푹 꺼진 채로 자빠져 있는데 꼭 폐병 3기쯤 앓고 있는 것 같은 은수원사시 한 그루가 정말 멋대가리 없이 궁상을 떨고 서 있다. 다른 나무들은 하나같이 자연의 정기를 내뿜듯 생명력이 넘쳐나 바라보는 이의 가슴을 시원하게 해주건만 무슨 팔자로 비실비실 저 꼴을 하고 서 있는지 전생에 무슨 잘못을 했기에 그 죄닦음을 하는가 싶어 잠시 안쓰럽다는 생각이 일기도 한다. 하필이면 그 나무가 서 있는 지점도 일 년 열두 달 햇볕이라곤 들 것 같지 않은 더럽게 음습한 푹 파인 곳이라 부지깽이 같은 시커먼 뿌리가 간신히 몸뚱이를 지탱하고 있는 꼴이다. 비유하면 사람이 안 사는 흉가도 이런 데가 아닐까 하는 생각이 들기도 하는데, 아무튼 나하곤 하등 이해관계가 눈곱만큼도 없는데도 공연히 기분이 스산해져 상을 찡그리게 된다.

사람이나 유유상종(類類相從)하는 것으로 사기꾼은 사기꾼끼리, 폭력배는 폭력배끼리 어울리는 걸로 알고 있었는데, 이따위 식물들도 인간의 속성을 닮았는지 끼리끼리 어울린다는 것을 이 처량한 은수원사시와 치사스럽게 기생식물 줄거리 같은 비쩍 마른 식물이 엉겨 붙어 있는 것을 보고 확실하게 알게 되었다. 그것은 바람만 불어도 꺾여버릴 것 같은 은수원사시와 피차 의지하고 서 있는 게 아니라 그 송장 같은 은수원사시보다 한술 더 뜨는 식물이었다. 그것이 겨우겨우 껍질을 타고 선병질적으로 은수원사시를 기어 올라가 엉겨 붙어 있다는 사실을 나중에야 발견하고 생존한다는 것이 얼마나 치사하고 구질구질한가를 뒤늦게 깨닫게 되었다. 그 넝쿨은 사흘에 피죽 한 그릇도 못 얻어먹어 누렇게 부황이 들어 금방 숨을 거둘 것 같은 허깨비나 진배없는 생명, 그래도 생명의 불씨는 꺼지지 않아 안간힘을 쓰며 타고 올라가는 정경은 애처롭다 못해 경이롭게까지 느껴졌다. 이 현실을 어떻게 봐야 할까? 몽매하고 비겁한 생존일까? 그래도 생존한다는 것은 경이로운 기적일까? 어떻게 보면 지극히 열악한 조건에서 약자끼리 의존해서 생명을 의존하고 있다는 사실에 가슴 뭉클할 수도 있겠지만 타고 올라간 풀이 '사위질빵' 줄기라는 사실을 알았을 때 그 이름에서 풍기는 느낌이 가증스러워 낯짝이 있다면 귀싸대기라도 한 대 후려치고 싶은 충동이 일었다. 혹자는 사위란 단어가 뭐가 어때서 비위를 상해서 생트집을 부리는가 할는지 모르지만 그것은 장모라는 명칭을 떠올릴 때, 그리고 시어머니와 며느리 관계를 살펴보면 최소한의 납득은 되리라 믿는다. 고래로 집안에서 시도 때도 없이 벌어지는 풍파는 시어머니의 처신이 너무나 편협하고 옹졸해서 발바닥으로 뭉개버리고 싶을 만큼 못돼먹었기 때문에 우리의 미풍양속을 병들게 해놨을 뿐만 아니라 치사하고 창피한 어구(語句)까지 양산시킨 원인이 되고 말았으니까.

여성, 모성, 이모, 고모, 누님, 딸 등의 낱말은 얼마나 부드럽고 따뜻한 이미지로 우리 가슴을 훈훈하게 해주는가? 그런가 하면 장모, 며느리, 시누이, 올케 같은 낱말이 또 다른 느낌으로 다가오는 것은 무슨 까닭일까? 그들의 관계를 헤아려보면 묘한 느낌이 드는 것이다. 그것은 전해 내려오는 속담에서도 엿볼 수 있지만 꽃이나 풀이름에서 한층 확연히 들어난다. 그 실례로 '며느리 밥풀꽃' 하면 며느리가 밥을 푸다 부뚜막에 떨어진 밥풀을 입에 넣었다가 시어머니한테 들켜 맞아 죽었는데 얼마나 원한에 사무쳤는지 그 무덤에 난 꽃이 밥풀을 미처 넘기지 못하고 꽃술에 달고 있다고 해서 붙여진 이름이다. 뿐만 아니라 '며느리 밑씻개'는 솜털 같은 가시가 깔끄러운 잎을 말함인데 며느리에게 그런 험악한 것으로 밑을 닦으라는 심보이다. 또 '며느리는 봄볕에 내놓고, 딸은 가을볕에 내놓는다'라든가 '때리는 시어머니보다 말리는 시누이가 더 밉다'는 속담도 그 저의는 똑같다. 어디 그뿐인가! 심지어 '며느리 발꿈치가 계란 같다'고 탓을 하는 시어머니의 생트집을 보면 한숨이 나올 수밖에 없다. 오죽하면 '고추 당초 맵다지만 시집살이만 하랴'라는 토속 민요가 다 있을까? 그 한 예로 거의 70년 전에 고향에 가 농사지을 때 사촌 형수라는 사람이 며느리를 봤는데 얼마나 혹독하게 짐승처럼 일을 시켜먹고 구박을 하는지 연약한 새색시가 눈물 마를 날이 없는 것을 속수무책으로 바라보곤 했다. 그 시어머닌지 마귀 여편네인지를 두들겨 패주고 싶은 충동이 한두 번 일었던 게 아니었다. 그 좁아터진 벽촌구석에서 지독하게 먹지 않고 쓰지 않으며 산전 밭뙈기와 논마지기를 장만해놓고 보니 세상에 나보다 더 부자가 어디 있겠느냐는 자만으로 눈에 보이는 게 없이 가증을 떨던 위인이었다. 불행히도 며느리 집이 가난하여 더 큰 멸시를 당하는 구실이 되었던 게 확실했다. 이제는 다 저세상으로 가서 생전처럼 고자세로 가증을 떨고 있을지, 아니면 생전의 위치가 뒤바뀌어 그 몇 배로 죗값을 치르고 있을지 모르겠지만 시어머니와 며느리 관계가 왜 이 지경으로까지 됐는지 가슴이 답답할 뿐이다.

생각해 보면 모성이란 더할 수 없이 자비롭고 거룩한 것이라 어미는 자녀를 위해선 목숨까지도 아끼지 않는 존재이다. 따라서 집안에서는 누구에게나 너그럽고 헌신적으로 온 힘을 다해 마음을 쓴다. 반면 그 경계만 벗어나면 인사체면 없이 돌변해서 남에 대한 배려라는 것을 찾아볼 수가 없다. 한 예로 버스나 전철 안에서 자리에 앉겠다고 꼴사납게 막무가내로 행동하는 것을 보면 사람이 어떻게 저런 철면피 같은 짓을 할까 실소를 머금게 한다. 정말 알 수 없는 것은 수시로 작동하는 이중성이다. 물론 모든 모성이 다 그렇다는 것은 아니다. 심지어 하등동물까지도 제 새끼를 위해 온갖 역경과 고통을 감수하고 최선을 다하는 것을 생각할 때 인간의 모성애만이 특별한 것은 아니리라. 다만 최상의 사랑과 헌신이 최악의 야만성으로 돌변할 수 있다는 것이 인간 심리의 보편적 단면 같기도 해서 누가 누구를 탓할 일도 못되는 것 같다.

진정 웃겨도 한참 웃기는 것이 장모라는 여자와 사위라는 남자 관계에서는 어찌 그렇게 죽고 못 사는 찰떡궁합인지……. '사위 도라지', '사위가 오면 버선발로 뛰어나간다', '사위에겐 씨암탉 잡아준다', '사위질빵풀' 같은 어구는 시어머니와 며느리 관계와는 정반대로 돼있어 모성의 이중성을 역겹게 드러내고 있다.

따지고 보면 어머니가 딸이었고 딸이 며느리이고 며느리가 딸이지 않은가. 그 알량한 예의범절을 내세워 상하좌우로 구분지어 쥐꼬리만 한 기득권을 휘두르며 횡포를 부리고 있으니 한숨이 안 나올 수 없다. 딸이 소중하기에 사위를 떠받치는 것처럼 아들을 위한다면 며느리를 혹사시키고 구박해서 집안을 초상집처럼 해놓는 것이 과연 쾌재를 부를 일인가? 더욱 이해가 되지 않는 것은 시집살이를 호되게 치룬 며느리가 시어머니가 됐을 때, 그 이상으로 며느리를 닦달하는 예를 흔히 보게 되니 참 이상한 생리가 우리 몸 안에 들끓고 있다는 사실이 이해하기 힘들다. 그럼에도 불구하고 장모의 사위에 대한 지극한 사랑은 신행(新行) 때 여실히 나타난다. 새신랑이 장가를 들어 색시 집을 처음 찾아온다. 그러면 동네에서는 남의 동네 색시를 도둑질해 갔다고 해서 신랑이 나타나기를 손꼽아 기다리고 있다가 골탕을 먹이겠다고 벼르고 벼른다. 총각들을 비롯해서 젊은이들이 사랑방에 미어지게 몰려들어 신랑을 가운데 앉혀놓고 갖은 짓궂은 질문과 무지막지한 농으로 골려댄다. 그러다가 답변이 트릿하게 나오면 이 구석 저 구석에서 진짜 본때를 봐야 알겠냐고 협박을 하는 것으로도 모자라 야만에 가까운 완력 행사를 하는 것이다. 신랑을 거꾸로 매달고 장작개비 같은 것으로 발바닥이고 어디고 탁탁 치면서 가당찮은 요구를 한다. 그러면 신랑은 비명을 지르고 그 막된 고문(?)을 못 이겨 요구 사항을 다 들어준다고 약속을 하는 것이다. 처남이고 처삼촌이고 들어와서 말려봐야 소용없다. 마침내는 장모가 나와 애원하고 빌면서 비위를 맞춰줘야 그제야 풀어주는 것이다.

6·25 때 고향에서 이런 '새신랑 다루기'로 인해서 기가 막힌 사건이 벌어졌다. 동네 젊은이들이 신작로 주막에서 신랑을 다루는데 마침 미군 지프차가 지나다 그 광경을 보게 되었다. 미군이 봤을 때 한 청년을 거꾸로 매달아놓고 뭇사람들이 소리를 질러가며 몽둥이로 때리니까 'Is he a communist? communist?' 하고 물었다. '예스, 예스 오케이, 오케이' 하고 신바람 난 마을꾼들이 시시덕거리며 손가락질을 해대니 미군 병사 두 명이 뛰어내려 눈을

부릅뜨고 M1소총을 들이대고 그 청년을 쏴 죽인 것이다. 그 순간에 장모가 있었더라면 멀쩡한 딸 과부를 만들지 않았을 텐데 하는 상상을 하게 된다.

옛날에는 혼례를 치른다는 것이 양가 부모뿐만 아니라 신랑 신부 당사자들에게도 곤욕스런 일이 적지 않았다. 시집온 새댁만 하더라도 그 절차는 보통 고역이 아니었다. 새색시가 가마를 타고 수십 리 길을 쪼그리고 앉아 와서는 시집 안방 아랫목에 들어오면 족두리를 쓴 채 온종일 눈도 못 뜨고 고개를 숙인 채 석고처럼 앉아 있어야 한다. 동네 아낙네들, 할머니들이 새댁 구경 와서는 그냥 보고 가는 게 아니라 찧고 까불기를 제 좋을 대로 하고, 버선을 벗겨 발이 크네 작네, 발가락이 어떠네 하고 괴롭혀도 돌부처처럼 꼼짝도 않고 숨을 죽이고 있어야 하는 그 길고 긴 곤욕의 시간을 견뎌야 했다. 그뿐인가? 날이 어둡고 신방을 차린다고 법석을 떨면서 신랑 신부 둘이 들어간 방을 들여다보는 일이다. 신랑이 침을 삼키며 신부 옷을 벗기는 오밤중까지 등잔불도 끄지 못하고 첫날밤의 달콤한 애정은커녕 곤욕을 치르는 것이다. 한편 바깥마당에 모인 동네 아낙네들, 처녀들, 아이들 할 것 없이 문창살 앞으로 다가가 손가락에다 침을 바르고 창호지를 뚫고 그 구멍으로 눈을 들이대고 들여다보는 것이다. 지금 같으면 예식 순서가 끝나자마자 신혼여행이라고 단둘이 홀가분하게 저 멀리 날아가서 꿀이 흐르는지 깨가 쏟아지는지 저희끼리 맘껏 먹고 마시고 즐기다가 돌아오면 그만인 것을……. 그런데 그게 사불여의(事不

如意)하면 옥신각신하다가 언제 봤더냐 식으로 공항에 내리자마자 흰죽 먹듯 손을 흔드는, 독기 어린 시선을 쏴붙이며 각자 제집으로 가버린다는 얘기를 어쩌다 듣게 되면 세상 참 많이 변했구나 하는 한탄을 하게 된다. 나 같은 둔자는 과연 어떤 세상이 더 좋은 세상인지 영 가늠이 되지 않는다.

장모쟁이와 사위, 시어머니와 며느리. 장모나 시어미는 똑같은 존재인데, 어떻게 장모가 됐을 때와 시어미가 됐을 때 그렇게 생판 다른 행동을 하게 되는지 '사위질빵풀'이나 '며느리 밥풀꽃' 같은 들풀 이름을 보더라도 그렇게 이중적일 수가 없다. 사위질빵풀은 으아리와 비슷한 넝쿨식물인데 으아리 줄기가 윤기가 돌고 질긴 반면 사위질빵 줄기는 허약 체질의 생명줄처럼 어설프게 보인다. 꽃도 전자가 신부의 면사포처럼 섬세하고 우아하게 꽃무리를 이루고 향기를 뿜어내고 있는가 하면 후자는 꽃빛깔이 희끄무레하고, 푸석한 꽃잎에다 향기라곤 찾아볼 수가 없다. 게다가 그 줄기라는 것이 전혀 질기지 않아 그 넝쿨은 질빵을 꽈서 물건을 진다면 장작개비 몇 개만 올려놔도 끊어질 게 뻔하다. 따지고 보면 사위를 얼마나 위하면 조금만 무게가 나가도 끊어져 질 수 없는 질빵으로 가볍게 등짐을 지라고 그렇게 알뜰살뜰하게 마음을 썼을까 생각할 수도 있는 것인데, 장모쟁이의 그 극진한 배려에 쌍수를 들어 만세를 부르고, 등에 업고 춤이라도 춰야 하겠는데, 내 심보는 어쩔 수 없이 '가증스럽네', '구역질나네' 하고 험담을 하게 되니 과연 무엇이 잘못됐는지 심사숙고해 볼 문제가 아닐 수 없겠다. 知軒

흙을 벗 삼다보니

나이 사십 줄에 들기도 전에 늙어서 어떻게 살까 걱정을 하게 되었다. 남들처럼 치밀하게 계산을 해서 계획을 세울 줄도 모르고 당장 제 발등에 불 끄기도 바쁜 현실에서 언제 올지 모르는 노년을 헤아릴 만큼 지혜로운 위인은 더더욱 아니기에 참 나답지 않게 엉뚱한 생각을 다했다고 여기고 싶다. 하지만 억지로 이유를 대자면 그 좋다는 청춘을 너무나 구지레하게 살 수밖에 없었던 것과 내 이 비쩍 마른 가슴속 어디엔가 우뭉스런 애늙은이가 들어앉아 젊어서의 억울했던 것을 늘그막에서나마 누리고 싶어서였는지 모르겠다. 그렇다고 누구들처럼 고대광실 으리으리한 집에서 호의호식하고 떵떵대며 살고 싶다는 생각은 털끝만큼도 없었다. 다만 무료하지 않고 손발 움직여 활력 있는 삶이라면 더 바랄 게 없었다. 죽으면 썩어질 손, 뭐라고 놀려둘 것인가? 비상한 머리도 없으니 손발이라도 열심히 움직여 이 험한 생존 경쟁에서 살아남아야 하기 때문이리라.

두들겨 대면 열린다고 마침내 흙과 더불어 살 수 있는 문이 열리기 시작했다. 기껏 문이라고 열려봐야 팔다리 성한 놈들은 다 마다하고 뛰쳐나오는 그 소굴 속으로 숨어드는 일이었다. 아마도 목숨을 걸고 있는 직장에서 매끄럽게 안주할 수 있었다면 초저녁에 이렇게 밀려나올 생각을 하지도 않았을 것이다. 현실적으로 목구멍에 풀칠은 해야 하니까 감지덕지 기어들어간 직장(학교)에서 날이면 날마다 상다귀를 찌푸려가며 참고 견디는 것이 가상하였건만 아무리 궁리를 해도 나라는 인간은 조직 속에서 한 쌈에 못 끼고 외톨이 신세일 뿐이었다. 그럴 바에야 어디 산전 밭고랑에 혼자 앉아 호미질이나 하면 똑 맞겠다는 공상을 밤이나 낮이나 해댄 공로로 그 남들이 걷어차 버리는 문을 들어가게 된 것이라고 믿고 싶다. 다시 말해 궁극적으로는 좀 자유롭게 숨 쉬며 지낼 수 있고, 죽을 때까지 무료하지 않고 뭔가를 키우고 만들고 살아봤으면 하는 소원이 이루어졌다고 봐야 옳을 것이다.

나의 타고난 성향은 아주 어려서부터 화초를 키우고 바라다보는 것을 무척 좋아하는 쪽이다. 그것이 6·25 때 피난 가서 삼 년 동안 농사지은 것이 계기가 되어 농사짓는 데까지 범위가 넓어졌다고 볼 수 있다. 눈만 뜨면 보살펴

주고 바라다볼 수 있는 화초와 꽃나무가 있다는 것이 기쁨이었고, 그 취미가 결과적으로 나의 도자기에 보이지 않는 밑거름이 되어줬다. 만약 그런 취미가 없었다면 오늘날의 나의 도자기는 결코 태어날 수 없었을 것이다.

도자기 가마를 시작하고 몇 년 안 되어 연꽃에 대한 애착이 병적으로까지 강하게 나를 사로잡는 사건이 벌어졌다. 이것은 단순한 집착 정도가 아니라 적어도 나에겐 사건이라고 말하는 게 타당할 것이다. 물론 이전에도 막연히 연꽃에 대한 이미지가 맑고 시원하게 자리 잡고 있었지만 그렇게까지 홀릴 수는 없었다. 돌이켜 보면 도자기를 하게 된 동기가 일사 김봉룡(一沙 金鳳龍) 선생의 칠십 고희 회고전을 우연히 보게 된 것이었는데, 그것은 감동을 넘어 정신이 번쩍 들 만큼 충격적인 사건이었는데, 인취사(寺)의 혜민 스님이 펼쳐 보이는 백련 꽃 축제 또한 그만 못지않게 정신을 홀딱 빼놓는 사건이었다. 눈앞에 펼쳐진 별천지나 다름없는 눈부신 흰 연꽃들의 자태! 그보다도 사람을 녹여버릴 것 같은 그 오묘하고 오묘한 향기는 천지를 종횡무진으로 뒤흔들고 있었다.

축제를 보고 오자마자 득달같이 멀쩡히 잘 누워있는 채마밭을 파헤쳐서 연못을 만들었다. 그리고도 일 년이 지난 다음에야 몽매에도 잊지 못하던 백련 뿌리를 구해다 심을 수 있었다. 바로 그해가 IMF로 너도 나도 난리가 났던 때였다. 그해 나에게는 기적이 일어났다. 뜻밖에도 당년에 꽃대가 솟아오르는 것이었다. 꽃대는 일취월장, 청천 하늘에 인공위성을 쏘아 올리는 로켓과 진배없었다. 그 쭉 뻗은 최첨단 북구 여인의 각선미 같은 줄기 상륜부에 역시 초현대 감각의 디자인이라 할까, 절묘한 형태의 꽃 몽우리가 창공을 찌를 듯 자리하고 있는 게 아닌가! 나의 마음은 바빠지기 시작했다. 어서 빨리 저 몽우리가 피어나야 천하를 얻을 것처럼 잘난 체를 해볼 텐데……. 그때부터 나의 일과는 그 연꽃 몽우리를 참배하는 것으로 도배를 했다고 해도 과언이 아니다. 고자 처갓집 드나들듯 틈만 나면 아니 상사병 들린 미친놈처럼 아침저녁 한낮을 가리지 않고 바라다보고 들여다보고 심지어는 건드려 보고 코끝을 갖다 대기도 하는 것으로 낙을 삼고 있었다. 어디 그뿐이랴? 비 오는 날 우산을 쓰고, 달밤에 몽유병 환자처럼 엉금엉금 기어 내려가 유령 같은 연봉을 바라다보기도 했다. 아침 해가 막 떠오르고 티 없이 맑은 하늘을 배경으로 눈부신 햇살이 비춰 내려오는 순간의 연꽃 모습은 천상의 현신처럼 숨을 멎게 했다. 연꽃잎이 막 잎을 여는 그 청신한 빛깔은 선(禪)의 경지를 맛보게 해주었다. 꽃잎은 신부의 면사포보다 더 희고 얇은데 가늘디가는 섬유질의 줄기가 섬세하기 이를 데 없이 잎의 형태를 지탱해 주고, 바늘 끝 같은 잎 끝에서부터 시작한 연하디연한 연두색은 잎 둘레를 따라 차츰차츰 더 엷어지다가 잎의 살결 속으로 스며들고 마는 것이다. 그리고 중앙에는 금물을 끓여놓은 듯한 황금빛의 연밥이 다소곳이 위엄 있게 버티고 앉아 있다. 그런가 하면 그 둘레를 따라 수많은 꽃술이 왕위를 보좌하듯 옹위하고 있으니 자연의 섭리에 경탄하지 않을 수 없는 것이다. 어디 그뿐인가? 그 속에서 뿜어 나오는 향기라니, 가슴을 전율케 했다.

연꽃은 세 번을 폈다 오므렸다 반복하고 미련 없이 영영 떠나고 만다. 아침에 피고 해가 질 무렵이 되면 오므린다. 뒤끝이 구질구질하지 않고 깨끗하게 털어버린 다음 후손을 위해 씨를 품은 연밥으로 고고하고 의연하게 생을 마치고 마는 것이다.

나의 도자기의 뿌리는 자연이다. 우주와 같은 거대한 것이라기보다 우리가 일상에서 흔히 접할 수 있는 식물의 잎이나 꽃이나 열매, 그리고 땅바닥에 깔려 있는 들풀이나 들꽃들이 오히려 마음을 잡아당기는 경우가 많다. 그런 까닭에 나의 도자기는 불균형한가 하면 균형을 이루고, 바람에 날리는 듯 살아 숨을 쉬면서 바라보는 이와 교감을 한다고 볼 수 있다. 아니 나의 도자기라고 한정을 하기보다는 전통적으로 내려오는 우리의 도자기는 다른 창작품들과 달리 의인화된 존재로 인식되고 있기 때문이다. 특히 백자는 우리 민족 정서와 가장 가까워서 우리 민족이 흰옷을 즐겨 입는 것과 상통한다. 그것은 지극히 소박하고 자연스러워 일상생활 속에서 없어서는 안 될 생활 품목으로 일반화된 반면 특수층이 즐기는 고급문화와는 그 질이 형편없이 떨어져 있던 것만은 부인할 수 없는 사실이다. 조선조 500년의 백자가 주로 민요라는 막

사기 가마에서 만들어졌으니 그것을 만드는 최하층 사람들의 손으로 되었다고 칠 때 어쩔 수 없이 하급품이 주류를 이룰 수밖에 없었을 것이지만 다행히도 대궐에서 운영하는 관요의 도자기가 빼어난 빛깔과 질감으로 백자의 꽃을 피워냈다고 볼 수 있겠다.

그러나 오늘날 우리 도자기의 실상은 한심하기 짝이 없다. 일제 36년 동안의 공백기를 거쳐 다시 살아나기 시작한 우리 도자기는 광적으로 우리 도자기를 좋아하는 일본 사람들에 의해 전통과 정체성을 잃은 상업주의로 굴러 떨어져 그 위상이 말이 아니고, 전통을 지킨다는 일반 도공들마저 재탕 삼탕 똑같은 모조품을 양산하는 것으로 업을 삼고 있는 실정이니 실망스럽지 않을 수 없다. 다른 한편 대학의 도예과에서 이루어지는 소위 도예 작품이라는 것은 국적불명의 이상야릇한 형태로 도예계를 왜곡시키고 있다. 언젠가 최순우 관장이 통탄했듯이 해외에서 아류의 아류를 배워가지고 와서 무슨 세상에 없는 새로운 창작품이라도 선보이는 양 허세를 부려대는 것이 과연 바람직한 것인지……. 결국 그런 교육 풍조는 유구한 우리 도자기 전통을 훼손하고 있는 것이다. 적어도 우리 도자기만은 전통을 고수하면서 이 시대에 맞는 새로운 도자기를 창안해 내는 것을 정설로 알고 있기에 제작 과정이나 불 때는 것, 거기에 더 중요한 것은 목욕재계하고 정성을 다해 심혈을 기울일 때 참된 도자기가 태어나리라 믿는다.

나는 이런 상황에서 내 입으로 떠들어 댄다는 것이 뻔뻔스러울지 모르겠지만 충실하게 전통을 고수하면서(일체의 현대 기구 없이) 지난 40년 동안 새로운 형태의 도자기를 빚어왔다. 앞에도 말했듯이 그 소재는 식물의 잎이나 꽃, 열매를 주로 썼다. 그중에도 넓고 시원한 연잎 작품을 많이 해오다가 거기서 연꽃으로 옮겨갔다. 같은 흙으로 타구나 재떨이 따위의 저급 기물이 아니라 다기(茶器)나 문방사우(文房四友)같은 품격 높은 것을 위주로 했고, 그중에도 연적을 즐겨했다. 특히 연꽃연적은 그 형태가 참으로 아름다워 시간가는 줄 모르고 빠져서 하게 되는 때가 많다. 물론 도자기에서 형태미가 가장 중요한 조건이지만 내가 백자를 붙들고 끈질기게 씨름하는 것은 맨 처음 그 백자의 빛깔과 질감에 매료되어 전후좌우 가리지 않고 덤벼들었던 것이 오늘날까지 이어지고 있는 것이다. 왜냐하면 우리 전통문화의 큰 비중을 차지하고 있는 것이 백자이기에 한번 신명을 받쳐 해볼 만한 가치가 있다고 판단되었기 때문이다. 특히 관요의 마지막 가마 분원요의 지극히 세련된 백자 빛깔은 희다못해 옥색이 도는 맑디맑은 질감으로 환상적인 느낌을 주고 있는 것이다. 도대체 어떻게 보석보다도 더 화사하게 윤기 흐르는 저런 빛깔이 나올까 감탄하고 감탄했다. 최종적으로 불의 심판을 받는 도자기는 인간이 할 수 있는 최선의 경지를 넘어 불가사의한 힘에 의해 완성되기 때문에 신비성을 띄는 것이다. 이런 최후의 단계의 불 때기는 단순히 익히는 작업이 아니라 우리 육송이 타면서 뿜어내는 연기와 불길 속의 무한한 성분이 유약 역할을 해서 오묘한 빛깔을 탄생시키는 것이다.

이번 가마에서 나온 연꽃 작품은 이런 불의 조화로 더할 수 없이 맑고 신선한 빛깔과 질감으로 태어났다. 깊고 깊은 산골 인적미답의 숲 속 공기 같다고 할까, 아니면 금강산 옥류담의 맑은 물처럼 서늘한 옥색이 감돌고 있다고 할까? 어찌 보면 단 삼 일 동안의 영화를 누리다 허무하게 사라져 버릴 운명의 살아 있는 연꽃보다도 천년만년 영구불변한 존재로 세상에 나왔으니 만인의 칭송을 받아 마땅하리라 생각한다.

끝으로 다만 나 한사람만의 편견이 아니기를 바랄 뿐이다. 知軒

달개비꽃

오늘 아침엔 평소 우습게 보아왔던 달개비꽃으로 인해 기분이 날아갈 것 같았다. 솔직히 꽃으로 취급하기에는 천박스럽기 짝이 없는 잡초로 거들떠보지도 않던 존재였다. 그 지루하던 무더위와 장마로 온 산천이 패잔병처럼 맥없이 널브러져 있는 한여름의 뒷자락에 이렇게 정신을 번쩍 나게 하는 빛깔이 어디 숨어 있다 나타났는지, 두 눈을 의심케 할 만했다. 아침이슬이 금강석보다도 더 투명하게 반짝이고 있는 해 뜰 무렵의 산골은 신선하다 못해 신천지 같았다. 청보석보다 더 짙은, 아니 온 세상의 청색을 다 응축시켜 놓은 듯한 한 무더기의 달개비 꽃떨기들은 금방 하늘에서 내려온 꽃의 정령들이라 해도 손색이 없었다.

이런 기가 막힌 꽃을 진작 알아보지 못하고 그냥 더러운 시궁창에서 되나마나 뒤범벅이 되어 역겨운 냄새와 더불어 일생을 마치는 것으로밖에 알지 못했으니 이 나이를 먹도록 뭘 보고 살았는지 한심하기 짝이 없다. 없던 시절 갱충맞은 여자들이 푸르딩딩하게 물들여 두르고 다니던 남색 치마라는 것이 그렇게 칙칙하고 천박스러울 수가 없었다. 그것은 그 시대상을 드러내듯 암울하고 처량한 것이었다. 그래서인지 때로 청색을 보면 우선 눈살을 찌푸리게 되었다. 새마을 운동의 상징인 양 초가지붕을 벗겨내고 슬레이트 겉면에다 청색을 칠해놓은 우리 농촌 풍경이라든지, 때론 마구잡이로 우악스레 지어놓은 공장 벽면 같은 데 청색을 발라놓은 것이 왜 그렇게 불쾌감을 주었는지, 일단 청색이라면 질색을 할 만큼 편견을 품게 되었다. 지금 생각해 보면 그 맑고 시원한 봇도랑을 따라 마치 하늘의 보석을 쏟아부어 놓은 듯이 황홀하게 무리지어 있던 그 꽃들을 무엇 때문에 외면하고 있었는지 알 수가 없다. 도대체 어디에 이렇게 생동하는 빛깔이 있었던가? 단연 한여름의 빛깔로 치면 그만큼 당돌하게 개성미를 발하는 청색이 어디 있겠는가!

뭐니 뭐니 해도 꽃은 빛깔이다. 그러기에 온통 여자들이 입술이고 옷치장을 갖가지 색깔로 연출을 해서 자신만의 개성미를 내보이려고 안간힘을 쓰는 모양이다. 한마디 주제넘은 소리를 한다면 누구라도 만인 앞에 돋보이려고 한다면, 특히 사교장 같은 데서 튀고 싶은 여성이 있다면 흐릿한 간색의 우아한 의상을 걸칠 게 아니라 달개비 꽃빛깔의 드레스를 휘감고 꼼짝 않고 한쪽에 서 있기만 한데도 장내의 시선을 집중시키고도 남을 것이다. 그것도 짙은 남청색! 그러면서도 속살이 들여다보일 듯이 생동하는 투명성, 그 보드랍고 반짝이는 살갗 하나만 가지고도 뭇 남성을 뇌쇄시키고도 남을 것이다.

색깔뿐만 아니라 그 꽃 모양도 아주 이색적이다. 꽃잎은 단 두 개, 마치 나비가 두 날개를 빗겨 세우듯 하늘을 향해 있고 꽃받침이라 할까 꽃대를 감싸고 있는 반달 모양의 씨 주머니는 옛날 여인네의 조바위 같기도 하고 버선 뒤꿈치처럼 생김새가 독특하다. 거기다 미세한 암술과 수술이 춤을 추듯 노랑 빛깔과 흰 빛을 띠며 정교하게 솟아 있다. 이런 꽃떨기들이 짙푸른 잎사귀에 옹위되어 있는 것을 바라보노라면 자연의 인간에 대한 배려가 얼마나 지극한지 감탄하지 않을 수 없다. 왜냐하면 필 꽃은 이미 다 피었다 지고 가을꽃이 아직 잎을 열기 전의 공백기를 요 다부진 달개비가 와르르 몰려 나와 우리를 맞이해 줄 줄이야 꿈에도 생각지 못했기 때문이다. 질척한 땅바닥이면 어디고 지천으로 널려 있는 꽃, 그런 까닭에 천대를 받아왔는지 모르겠지만 만일에 이 꽃이 십 년에 한 번씩 심산유곡에서나 발견될 수 있는 희귀종이라면 우리 인간들은 오두방정을 떨 것이 분명하다. 나는 뒤늦게나마 그 하잘것없는 달개비꽃이 이토록 매혹적이라는 것을 재발견하게 되었다는 사실에서 사람도 처음에는 보잘것없던 사람이 해가 갈수록 남다른 매력으로 동경의 대상이 되는 경우를 새삼 되짚어보게 되었다. 나는 지금 달개비꽃 한줌을 작은 꽃병에 꽂아놓고 입을 벌리고 앉아 있다. 우화등선(羽化登仙)이라는 것이 바로 이런 경지인가! 수백 개의 꽃떨기들은 저마다 탄성을 지르고 있는 것 같다. 마치 생동하는 꽃의 정령들이 한데 어울려 군무를 추는 것 같기도 하다. 저 매혹적인 빛깔! 그것들이 나를 환장하게 해놓고 있는 것이다. 知軒

숨 쉬는 토방(土房)

갓 태어난 아기의 숨결 소리를 듣고 '숨 쉬는 아기'라든가 코를 땅바닥에 박고 엎드려 있는 강아지를 보고 '숨 쉬는 강아지'라 하는 거야 괜찮겠지만 숨 쉬는 개미라든지 지렁이를 말한다면 고개를 갸우뚱할 사람들이 적지 않을 것이다. 더구나 나무 둥치나 바윗덩이를 가지고 숨을 쉬고 있다고 주장한다면 꼼짝없이 터무니없는 궤변으로 취급당할 것이 뻔하다. 하다못해 미풍에 흔들리는 들꽃을 바라보고 귀여운 요정의 숨결 같다고 감탄을 하는 것쯤이야 사춘기 소녀의 애교 있는 시정(詩情)쯤으로 보아줄 수도 있을 것이나 동물도 식물도 아닌 것을 가지고 숨을 쉬고 있다고 한다면 어디 한 군데 도가 텄든지 한참 모자라는 허튼소리로 몰아붙여도 할 말이 없겠다.

그러나 나는 '숨 쉬는 토방(土房)'이라고 하기보다는 한술 더 떠서 '살아 숨 쉬는 공간'이라고 외치고 싶은 것이다. 말라붙은 진흙 벽이나 서까래가, 장작불에 구워 있는 구들장이나 천장 위에 올려 있는 짚이 숨을 쉬고 있다고 하는 것이기에 "억지떼를 쓰고 있다"고 한다 해도 겸허하게 받아들일 각오는 되어 있다. 다만 현대 문명의 그 철통같은 완벽성 앞에서 미개의 상징인 양 허술하기 짝이 없는 토담 벽 방 한 칸을 꾸려놓고 제법 의미를 달고자 하는 것이 어리석은 자의 궁색한 변이 될지는 모르겠다.

나는 여러 해 전부터 이런 토방을 짓고 싶었다. 기껏해야 두 평 정도 되는 불 때는 흙방 하나를 만드는 데 뭐가 그리 대단한 계획이라고 몇 해씩 소원을 담고 있었냐고 코웃음을 칠 사람도 있을 것이다. 요즘처럼 전문화되어 있는 시대에 하나부터 열까지 남의 손을 빌리지 않고 모든 재료를 마련해서 직접 지었다는 사실과 남들은 그보다 몇 십 배 더 좋은 옛집을 헐어버리고 살기 편하게 넓고 번듯한 현대 주택을 기세 좋게 올리는 판에 시대착오적인 발상으로 산간벽지의 가난한 사람의 단칸 오막살이만도 못한 것을 웅크려 놓고 흐뭇해 한다는 것이 웃음거리가 될는지도 모르겠다.

우리는 진흙 벽돌을 찍고 자연석 구들장을 구했다. 서까래 역시 소나무 껍질을 까 말렸고 천장은 지난 늦가을 베어두었던 억새풀을 칡넝쿨로 가지런히 엮어 서까래 위에 깔았다. 그 위에 외떼기를 깔고 진흙을 개어 덮었다. 그런 다음 다시 억새풀 헝클어진 것을 깔고 이엉을 이었다. 이제 지붕은 초가가 된 셈이다. 그 다음 역시 진흙을 쳐서 모래와 섞어 벽과 방바닥을 발랐다. 실은 벽과 바닥에 진흙물 맥질을 해서 토굴 속 같은 분위기를 원했지만 아무래도 너무 품위가 떨어질 것 같아 한지를 사다 바닥과 벽을 발랐고 천장은 억새 줄기의 그 자연 그대로의 묘미를 살렸다. 쓰다 보니 몇 줄 넘기지도 못하고 거짓이 드러나는데…… 한지와 못과 헌 집에서 나온 지게문, 이 세 가지는 돈을 주고 산 것이다. 거기다 방에 깔 띠자리 석 장은 고향에 부탁해서 구해놨던 것이니 결국 완전 자급자족은 불가능한 것이 되고 말았다. 문지방은 무릎 높이쯤 되고 뒤창을 턱걸이할 만큼 내었다. 문지방 앞에는 수더분한 댓돌을 놓았고 뜰에 올라서는 데에 또 하나의 큼직한 댓돌을 놓았다. 넓지 않은 뜰 앞은 싸리울은 못 돼도 잡목으로 둘러쳐 시원하게 바람이 새어 들어오게 했다.

나는 일 년에 한두 차례씩 고향을 찾는다. 그곳은 비교적 옛것이 그대로 남아 우리 것의 보존이라기보다는 가난의 유물인 양 초라한 몰골로 남아 있다. 그러나 그 기울어진 사랑방은 얼마나 아늑한 공간인지 일단 드높은 문지방을 타고 넘어 들어가면 엄마 품에 안긴 기분이 든다. 마치 모체 속에서의 편안함처럼 깊이 잠을 이룰 수 있고 눈을 뜬 다음에 가벼운 몸으로 기지개를 펼 수 있다. 그 방에서는 옛날이야기가 꽃을 피웠고 질화로의 군밤 냄새가 구수했으며 닳지 않은 인정이 골방 속의 흙냄새만큼이나 가득 고여 있었다. 그 좁

디좁은 흙방은 단순한 생활공간으로서의 영역을 넘어 우리의 원초적인 삶의 본질을 빨아들이게 해주었다. 비록 창호지 한 겹을 사이에 둔 외부와의 단절이지만 나 하나만의 세계를 찾을 수 있게 되어 있는 것이다. 그렇다고 외부와 꽉 막힌 답답한 공간이 아니라 창호지를 통해, 벽을 통해, 천장을 통해, 심지어는 방고래를 통해 외부 세계와 자유롭게 소통할 수 있는 무한한 공간으로 확대되는 것이다. 그 방은 살아 있는 우리의 몸처럼 전체가 숨을 쉬고 있다. 철근 콘크리트의 견고성이나 각종 현대 건축자재의 완벽성은 살아 숨 쉬는 집이 아니라 꽉 막힌 죽은 공간으로 우리를 질식시키기에 알맞다. 창문만 닫으면 완전무결하게 외부와 차단되는 그 공간은 아무리 넓고 쾌적하게 보일지라도 그 속에 죽은 공기가 잠겨 있는 것만은 어쩔 수 없기 때문에 드넓은 실내일망정 답답하게 느껴지는 것이 사실이다.

그러나 토방(土房)은 그렇지가 않다. 비좁은 방문을 걸어 잠그고 바람벽에 이마를 맞대고 앉아 있어도 생동하는 공기가 코를 타고 들어온다. 그러기에도 닦는 분들의 면벽 삼 년이고 몇 해라는 말이 나오지 않았나 싶다. 거기에는 자연과의 교감이 가능할 것이고 그 벽을 통해 밤하늘의 달과 별을 볼 것이며 깊은 숲 속의 향취나 자욱한 정적을 느낄 수 있을 것이다. 그보다도 여기서는 내면의 소리를 듣고 성찰하게 되는 것이 더 큰 역할로 나타나리라 믿는다.

방 안에는 단 두 가지만 들여놓았다. 문명의 이기라는 군더더기 물건은 애초에 끼어들지 못하게 했다. 그 한 가지는 토방 짓기 전부터 만들어 놨던 잣나무 통판 탁상이다. 그것을 윗목에 가로 놓고 그 한쪽 위에다가는 백자 연잎그릇을 올려놓았다. 그리고 그 안에 기름 종지를 놓았다. 솜으로 심지를 꼬아 불을 당기니 맑고 잔잔한 불꽃이 백자 연잎에 반사되어 장삼자락인 양 움직이고 있다. 얼마 전 법정 스님의 방 안에서 인도의 명상음악이 흘러나오고 기름등잔의 불꽃이 가녀린 율동으로 하늘거릴 때 그윽한 감흥으로 아련한 꿈속 같은 기분이 들었다. 눈부신 전등불에 길들여진 우리의 눈은 또 다른 체험을 통해 시각 아닌 그 무엇으로 볼 수 있는 시간이 되었다.

토방 안은 밝지 않고 고요해서 마음의 눈을 뜨지 않고는 안 되게 되어 있다. 연잎그릇 속의 아기 숨결 같은 불꽃은 토방 전체가 살아서 숨 쉬고 있다는 사실과 우주 전체가 살아서 움직이고 있다는 것을 영혼의 소리로 말해주고 있는 것 같아 더 한층 신비할 따름이다. 知軒

2장
그때 그 시절

결혼하고 몇 년을 남의 집 단칸 문간방에서 시작해 두 칸 세 칸으로 옮겨 다니다 연대 앞 철길 근처 그야말로 가난뱅이들만 몰려 사는 창천동 비탈 꼭대기에 삼태기만 한 방 두 칸짜리 무허가 주택을 내 집이라고 마련해서는 얼마나 가슴이 부풀고 자랑스러운지 이게 꿈인가 생신가 할 만큼 좋아 죽을 것 같은 시절이 있었다.

—「북가좌동 그 집」 중에서

북가좌동 그 집

얼마나 좁쌀 반 톨만도 못한 위인인지, 기껏 소원한다는 것이 꽃 심을 마당 백 평 정도의 오두막일망정, 아니 그 반도 못 되는 오십 평, 삼십 평만 되면 평생의 원을 다 이룬 것으로 남부러울 게 없겠다고 소원하고 있었다. 하긴 이것도 손에 잡을 수 없는 까마득하고 까마득한 배짱 좋은 심보에서 싹이 튼 평생의 꿈이라 해도 지나친 말은 아니었다. 결혼하고 몇 년을 남의 집 단칸 문간방에서 시작해 두 칸 세 칸으로 옮겨 다니다 연대 앞 철길 근처 그야말로 가난뱅이들만 몰려 사는 창천동 비탈 꼭대기에 삼태기만 한 방 두 칸짜리 무허가 주택을 내 집이라고 마련해서는 얼마나 가슴이 부풀고 자랑스러운지 이게 꿈인가 생신가 할 만큼 좋아 죽을 것 같은 시절이 있었다. 말이 좋아 집이지 나갈이 꺽다리는 엎드려 들어가고 기어 나올 정도의 산비탈 토굴의 신세를 못 면한 그런 오두막이었다. 그래도 벽이 판자때기는 아니고 흙벽에다 팔뚝 굵기의 서까래가 겨우겨우 눈비를 지탱해 줘 가난한 시골 오두막의 서자 같은 형상이라 할까? 그래도 꼴에 마루라는 뒤틀린 판자 공간이 안방 문지방 밑에 깔려 있어 거기 궁둥이를 걸치고 앉으면 장정 볼기짝만 한 마당이 폴폴 흙냄새를 풍기고 앞집 벽채 밑으로 심어놓은 과꽃이고 봉숭아 따위가 가련한 자태를 수줍어하며 이쪽을 바라다보고 있어 거친 세상에 시달린 영혼에 한 가닥 위안을 안겨주었다.

우리는 그 집에서 한 푼 두 푼 돈을 모아 다음번에는 그 빈민굴 같은 동네를 벗어나 남들 고개를 젖히고 희번드르레 사는 국민주택 같은 데로 옮겨 앉는 것이 낮이나 밤이나 바라다보는 목표였다. 두 사람이 먹지 않고 쓰지 않고 몇 년 만 저축하면 안 될 것도 없는 희망이었다. 안 되는 놈은 자빠져도 코가 깨진다고 청천 하늘에 날벼락처럼 그 집이 철거되어 쫓겨나올 수밖에 없는 신세가 돼버리고 말았다. 그까짓 건물, 마당 다 해봐야 여남은 평밖에 되지 않는 집터이지만 그 반쪽은 철도 부지이고, 안방과 부엌이 딸린 다른 쪽은 연대 땅인데 연대에서 그 땅을 무슨 인삼 제품 만드는 회사에 팔았다. 그 회사에서 내쫓는데 하필이면 안방과 부엌이 걸려 깩소리 한 번 못 지르고 포기하지 않을 수 없었던 것이다.

이제부터 이야기하고자 하는 북가좌동 그 집은 그 당시 1960년대만 해도 형편없는 변두리에 내팽개쳐진 황무지나 다름없는 그야말로 흉물스런 터전에 혹처럼 달려 있는 의지간(倚支間)이었다. 모래내와 수색 사이에 위치한 그곳은 제정신 가진 사람이라면 거들떠보지도 않을 못된 조건들을 가지가지로 끼고 있는 형국이었다. 좀 더 구체적으로 밝힌다면 주위 환경은 '폭풍의 언덕'을 방불케 하는 삭막하고 메마른 산등성이가 사막처럼 누렇게 뜬 잡풀이나 아카시아 등을 움켜잡고 겨우 땅 역할을 하고 있다고 볼 수 있었다. 한마디로 순진무구한 자연이 못된 인간의 횡포로 인해 유린당한 것 같은 모습을 보는 순간 환멸을 느끼지 않을 수 없는 그런 몰골이었다. 그럼에도 불구하고 허발을 해서 달려든 것은 복덕방 영감이 엮어대는 그럴싸한 조건 때문이었다. 무엇보다 땅 넓이가 삼백 평 가까이 되고, 시유지(市有地)인데 앞으로 이 년 만 불하금을 부으면 내 땅으로 등기돼서 떵떵거릴 수 있는 최상의 명당이라고 열을 올리는 바람에 하늘이 내려주는 행운인 것 같았다. 그러지 않아도 내 머릿속 뼛속까지 널찍한 터만 있으면 세상에 없는 낙원을 한번 꾸며보겠다는 평생소원이 찾아든 절호의 기회라 그 땅이 당장 어디로 달아날 것처럼 마음이 조급해졌다. 천운처럼 그 땅은 그대로 있었고 날치기당할까 불안해서 그 다음 날 벼락같이 계약서를 쓰고 말았던 것이다.

그 집주인은 공병대 대위인데 그 집에 안 살았다. 언덕 꼭대기에 볼썽사나운 등대처럼 지은 열세 평의 시멘트 벽돌 벽은 그 시대에는 아주 보기 드문 군대 벙커와 방불했다. 거기다 세든 사람이 아편쟁이라는데 집 둘레에는 온통 연탄재와 쓰레기로 발 디딜 틈이 없었다. 마치 난지도 쓰레기 더미 위에 성냥갑 같은 시멘트 구조물을 갖다 놓은 거나 다름없었다. 나중에 들은 얘기지만 그 집주인 대위는 부인이 다방을 하다가 다른 남자와 눈이 맞아 도망질을 쳤다는데 제 정신이 아닌 사람 같았다. 얼마 후 우리가 이사하고 사는데 잊을 만하면 경찰서에서 영장이 날아와서 사람을 깜짝깜짝 놀라게 했다. 더구나 이 지역의 터줏대감격인 이 아무개라는 영감이 옛날 정승 집 정도의 기와집에 사는데 텃세가 대단했다. 나하고도 몇 차례 말싸움을 했지만 사사건건 트집을 잡고 싸움을 걸었다. 적어도 그 지역에선 안하무인격으로 폭군처럼 행세를 했는데 특히 나에 대해 악의를 품고 있었다. 그 까닭은 내가 산 집터는 자기네 조상 산소가 두 기나 있고 당연히 자기네가 불하를 받아 자기 것으로 만들어야 하는데 웬 공병대 군인이 가로채서 불하를 받고 내게 팔아넘긴 것이 억울하고 미워서 그러는 것이 분명했다. 그 당시 군인 세력이 하늘을 찌를 때 권력으로 이권을 챙겼으니 그로서는 복통할 노릇이었다. 더구나 그 대위라는 사람이 주먹을 휘둘러서 그 영감의 이빨을 부러뜨렸다니 그 땅을 산 내가 예쁠 리가 만무했다. 그러나저러나 날이 가고 달이 가고 세월은 흘러가게 마련이었다. 당시만 해도 그곳은 버스도 없고 수도도 없었다. 울타리 옆에 우물이 있지만 그 물은 소금물이나 다름없었다. 허드레 물로도 수질이 최악이었다. 전혀 비누가 풀리지 않고 어떻게 우물이라고 거기 있는지 한심스러웠다. 문제는 식수! 거기서 일 킬로미터 이상을 가야 공동 수도가 있는데 물을 한 번 길어오려면 수십 개의 물통을 기다려야 했다. 거기다 물이 안 나올 때가 많았다. 우리 집 부엌에는 큰 물독을 들여놓고 밤늦게나 새벽에 물 지개로 져 날랐다. 이것은 결코 자랑이 아니라 그 물독에 물이 언제고 가득 채워져 있었다는 사실이 지금 생각해 봐도 신통하고 다른 한편으론 곰처럼 미련스러운 것도 해롭지 않았다는 생각이 든다.

날이 가고 해가 가는 동안 자연스레 그곳 터줏대감하고도 껄끄러운 사이가 부드러워지고 울안에 흉물스레 버티고 있던 산소 두 기도 이장을 해갔다. 앓던 이 빠진 것 이상으로 그 웬수 놈의 무덤이 빠져나간 것이 자다가도 노래를 부를 만큼 홀가분하고 시원했다. 세상살이가 유독 나 같은 외골수로 세상을 좁게 살아가는 이들에게는 결코 생각대로 순탄한 것은 아닌가 보다. 한 가지 일이 해결되면 뭔가 또 튕겨 나오게 돼 있는지 마음속에 그리는 그런 낙원은 까마득하기만 했다. 화초 한 폭 나무 몇 그루를 구해다 심어놓고 쪼그리고 앉아 기특하고 귀엽고 소중해서 시간가는 줄 모르고 바라다보고 쓰다듬고 또 뒤돌아보고 하면서 울안은 조금씩 변모돼 나갔지만 일어서서 보면 그냥 그대로 황무지 같기만 했다. 누구들처럼 돈이 많아 한꺼번에 심고 싶은 정원수나 정원석을 사들여 전문가를 시켜 꾸며놓는다면 하루아침에 별천지가 될 것도 같건만 내 주제로는 그럴 형편이 안 될 뿐만 아니라 설령 능력이 된다 하더라도 그러고 싶지 않았기 때문에 바라는 울안이 되기에는 그날이 그날 같았다. 다행히도 깔고 앉은 터전은 더 바랄 게 없을 만큼 양지바르고 좋은 조건을 갖추고 있었다. 정남향에다가 완만한 경사가 이루어진 동산 같아서 앞을 내다보면 고기비늘처럼 반짝이는 한강물이 보이고 동쪽이나 서쪽이 훤히 트여서 시야가 넓고 시원했다. 반면 집이 앉아 있는 북쪽은 언덕배기라 병풍 역할이 되어주었다. 다만 뒤에 있는 집들이 전형적 산동네의 주택들이어서 거기 사는 사람들도 문화면에서는 많이 낙후되어 있었다. 불행히도 바로 우리 집 뒤곁 축대 위의 집은 몇 집이 세를 들어 사는 모양인데 축대 위 담장에다 늘 신발짝이나 볼썽사나운 속옷 따위를 걸쳐놓아 상을 찌푸리지 않을 수 없게 했다. 더구나 어떤 때는 가래침을 뱉고 코를 풀어 내던져 축대 밑에 심겨 있는 꽃가지나 꽃잎에 붙어 있기도 했다. 그런데 바로 그곳은 고향의 뒤울안처럼 귀한 꽃나무나 자잘한 꽃을 심어 숨겨둔 보물창고처럼 우리만의 감춰진 낙원이고 안식처로 늘 정갈하게 해놓고 신주 위하듯 하는 곳인데 위에서 그렇게 해놓으니 고심 끝에 얘기를 했던 게 발단이 되어 동네가 떠나가게 쌍욕을 퍼부어 가며 쌈박질을 해댔으니 사람 꼴뿐만 아니라 선생이라는 게 교육자 전체 위신을 떨어뜨리는 죄를 짓기도 했던 것이다.

기왕 쌈박질 소리가 나온 김에 솔직하게 개처럼 싸운 체험을 고백하고 나가야 할 것 같다. 예로부터 동네마다 텃세라는 게 있어 처음 이사를 들어가면 공연히 트집을 잡고 찍어 누르려는 짓거리들, 흔히 해오는 악습 중 악습이 변두리 못사는 동네에서도 어찌 그렇게 어김없이 지켜지고 있는지, 감탄을 해야 할지 가슴을 쳐야 할지 모를 지경이었다. 또 우리 집 동쪽 기슭 밑에는 흉가처럼 컴컴한 방 한 칸짜리 무허가 주택이 턱에 혹이 붙듯 붙어있었다. 그 못된 우물 또한 바로 그 집 옆에 붙어 있어 그 곁을 지나치려면 어쩔 수 없이 상다귀가 찡그려졌다. 무슨 소굴 같은 그 집은 어떻게 된 셈인지 정체불명의 젊은 아이들이 들락거리는가 하면 수시로 주인인지 거주자가 바뀌어 공연히 마음이 쓰이고 기분을 불안케 해놓곤 했다. 그러던 중 어느 날 갑자기 키가 장승만 하고 살갗이 거무칙칙한 어떤 늙수그레한 부인이 버티고 서서 그 집을 철거하고 있었다. 하도 인상이 험상궂어 가까이 가 인사도 못 하고 동정만 살피는데 집을 굵어내자마자 이층 양옥을 지어 올렸다. 정말 신기하게도 열 평이나 될까 말까한 땅에 그런 이층을 짓는데 집 지을 동안 건축자재를 우리 울안에 좀 쌓아놓게 해달라는 부탁에 두말없이 허락을 해준 것이 얕보였나, 무법천지로 남의 땅을 밀고 들어와 제 땅인 양 쓰는 것이었다. 더구나 우리 축대돌을 빼내고 지하 동굴을 파 들어가는 것이었다. 그 당시 나는 도자기 가마를 하느라 곤지암에 주로 와있는 상황이었는데 집사람이 '이제 짓고 난 건축자

재들을 치워달라'고 얘기하자 입에 담기도 민망한 쌍욕을 하면서 됩다 행패를 부려 그 사실을 전화로 울면서 알려왔다.

"적반하장도 유분수지! 요런 못된 년이 어디 있어!" 나는 하던 일을 내팽개치고 분을 못 참아 씩씩대면서 서울 집으로 달려갔다. 그동안 집을 짓는데 바보 등신처럼 경계 측량은커녕 말 한마디 없이 모든 편의를 다 봐준 결과로 이렇게 당하고 보니 어디 가서 목이라도 따고 싶었다. 아무리 세상이 막돼먹었다고 해도 이럴 수가 있을까? 아무리 못된 인간이라고 해도 이런 심보가 있다는 것이 같은 인간의 탈을 쓴 동류로서 치욕스럽기 짝이 없었다. 알고 보니 그 일대에서도 못된 인간으로 정평이 나있는데 게다가 '목사 사모님'이라는 것이었다. 그 남편인 목사는 세상을 떠나고, 동회 같은 데 가서도 행패를 부려 상대하지 못할 위인으로 손가락질을 받고 있다는 사실을 우리는 까마득히 모르고 있었던 것이다. 그 싸움은 개싸움이나 다름없었다. 독이 오를 대로 오른 내 앞에 제아무리 거세고 뻔뻔한 인간일지라도 기가 꺾여 있는 상태였다. 나는 그 여자를 보자마자 휘어잡고 죽여버릴 것처럼 눈을 부라리고 그동안 연마한 욕을 목이 터져라 퍼부어 대면서 쓰러트리려 했으나 워낙 장수 같은 체력이라 씨름 선수처럼 용을 썼다. 엉겨 붙은 두 인간인지 짐승인지가 축대에서 함께 떨어지고 한바탕 몸싸움 끝에 사람들이 떼어놓는 다음에야 막을 내렸던 것이다. 그런 사건이 있고난 후부터는 "선생님 어디 다녀오시는가요?"

하고 마귀할멈처럼 억세게 주름진 면상을 나름대로 부드럽게 해서 웃음 띠며 먼저 인사를 하곤 했다.

그 당시 우리 같은 소시민 봉급생활자들에게는 푼푼히 적금을 들어 집 한 칸 마련하는 것이 최대의 생활목표라 해도 틀린 말이 아니었다. 우리 역시 우선 적금 붓고 부모님 생활비 대고 한 달을 먹고 살려면 단 한 푼의 여유가 있을 수 없었다. 나 같은 경우 월급을 타서 몇 번씩 세어봐도 출퇴근할 버스비가 없었다. 이런 상황에서 무슨 잡비를 쓸 수 있을까? 소위 문화생활을 한답시고 여행이나 음악회 따위를 간다는 것은 꿈도 못 꾸는 일이었다. 그렇게 절약하고 절약해서 일 년 십 년 지나는 동안에 지극히 소박한 뜻은 이루어졌다. 심고 싶은 유실수나 꽃나무를 들여온다든지, 정원을 꾸미기 위해 정원석을 갖다놓고 나름대로 꾸미는 일은 삶의 최상의 기쁨이었다. 그것 역시 실패와 시행착오를 밥 먹듯 하면서도 질리지 않았다. 처음에는 단순히 꽃씨만을 구해다 심어놓고 좋아하다 다음은 숙근초, 구근초 그리고 그 다음은 장미 등 꽃나무와 향나무를 심었고, 그 다음 단계로 대추나무, 감나무, 모과, 살구, 무화과 따위를 심었다. 봄이 되면 여기저기 화원을 염탐하듯 순례하다가 새로운 것을 발견하면 갖다 심지 못해 몸살을 앓았다. 그러다보니 우리 집은 동네에서 꽃집으로 소문이 났다. 동대문 밖의 학교 동료 선생들도 소풍 오는 기분으로 북가좌동 우리 집을 수시로 찾아와 함께 이야기 나누다 노래하다 법석을 떨기도 했다. 울안은 결코 세련되고 고급스런 풍경은 아니었다. 고향 동산처럼 지극히 소박하고 알뜰한 공간이었다. 내 정서는 사람을 깜짝 놀라게 할 만큼 감동시킨다든지 인위적인 지능과 기술을 기울여 빈틈없는 계산으로 정확하게 꾸며놓는 어마어마한 것에는 오히려 거부감을 느낀다. 오히려 예로부터 내려오는 토속적인 정감이 감도는 그런 자잘한 것에 훨씬 위안을 느낄 수 있어 내가 원하는 것은 대충 이루었다고 믿고 있었다. 한마디로 지극히 자연스런 그런 모습이었고 만족하게 되었다. 물론 마음이 가고 손이 가고 즐겁게 꾸며놓은 것이지만 자연 그 자체로 편안한 모습일 때 더없이 편안하고 즐거웠기 때문이다.

한편으로는 볼썽사납고 궁색스런 포병부대 벙커 같은 집을 헐어내고 대신 조촐한 벽돌 양옥을 지었다. 그때는 벽돌집이 왜 그렇게 좋아보였던지 현관 쪽 앞 벽은 벽돌 공장에 가서 변색된 벽돌을 한 장 한 장 골라왔다. 그 벽돌은 붉은 빛이라기보다는 거무스름한 색조를 바탕으로 전복 안 표면처럼 여러 가지 빛깔이 영롱하게 배어 나오는 것이었다. 벽돌을 쌓으면서, 벽돌을 한 장 한 장 쌓듯 착실하게 살아야 한다는 것이 무슨 뜻인지 피부로 느껴지기도 했다. 지하실까지 서른다섯 평의 단층 양옥은 대궐처럼 느껴졌다. 양지바른 남쪽으론 거실과 부모님 모실 방과 아이들 방, 그리고 우리 쓸 안방은 서쪽에 제법 넉넉하게 넓이를 할애했다. 이만하면 평생을, 아니 대를 이어가며 몇 백 년을 살아도 원 없이 살 것 같았다. 식구는 부모님, 아이들(아들 딸 셋), 우리 부부해서 일곱 식구, 그리고 살림해 주는 식모(당시는 식모라 함)까지 하면 모두 여덟이었다. 그때는 정말로 세상을 독차지한 것처럼 살맛이 났다. '세상은 이래서 좋은 거구나!' 하는 감탄이 수시로 목구멍을 통해 기어올라 왔다.

새롭게 집을 짓자 따로 사시는 부모님을 모시게 되었다. 그때까지 자식된 도리를 제대로 못해 마음만 태우고 있던 터에 이렇게 부모님을 모시니 마음이 놓이고 한없이 편안하고 단란한 가정이 이어질 것으로 믿었다. 하지만 연로한 두 분은 이미 기력이 쇠하고, 아버지는 노환으로 병원에 입원했다 새집으로 퇴원하는 상황이어서 채 일 년을 못 넘기시고 타계하셨다. 나는 지금도 '우리 아버지' 하면 흉질만 해대는데, 생존해 계실 때는 늘 못마땅한 표정과 성질나는 대로 말대꾸를 해서 울화를 터뜨리게 한 천하에 없는 불효를 저질렀으니 이 죄를 어찌 감당할까……. 퇴원하는 날 아버지는 너무나 흐뭇한 표정으로 언덕 위에 새집을 바라보시고는 "내가 죽거든 저 언덕배기에 묻혔으면 좋겠다!" 하시며 희색이 만면한 웃음을 지으시던 모습이 수십 년이 지난 이 순간에도 생생히 떠오르고 있다. 동창과 남쪽 창이 세상의 햇볕을 다 끌어들일 것 같은 부모님 방엔 어머님 혼자 남아 외롭게 외롭게 지내신 생각을 새삼스럽게 하게 되니 왜 살아계실 때 좀 더 잘해드리지 못했을까 가슴이 먹먹하다. 지금 이 순간까지 두고두고 후회스럽기 짝이 없는 것은 곤지암에 가마를 한다며 밤낮으로 바쁜 척하고, 피곤하다는 핑계로 어머니 곁을 좀 더 함께 해 드리지 못한 것이다. 제 아무리 사정이 어려웠더라도 곤지암 가마 한번 모시고 와서 보여드리지 못한 것이 내 숨이 멎는 순간까지 한으로 남을 것 같다. 결국 새집을 짓고 몇 년 안에 두 분 부모님을 떠나게 했으니 새집 짓고 액운 때우는 것을 두 분이 대신해주신 게 아닌가, 두 분이 솔선해서 액을 막아 주신 게 아닌가 하는 생각이 들기도 하는 것이다.

북가좌동 그 집에선 두 아이가 태어났다. 그곳으로 이사 오기 전에, 그러니까 셋방살이 때 태어난 첫애, 딸은 '첫딸은 살림 밑천'이라는 말을 증명이라도 하듯 뜻밖의 넓고 넓은 터전이 기다리고 있었던 게 틀림없다고 좋아서 날뛰었다. 에덴동산이라는 게 이런 데가 아닌가 하는 교만하기 짝이 없는 생각이 들기도 했다. 물론 진짜 에덴동산과 비교한다면 천부당만부당한 망상이겠지만 적어도 천진난만한 삼 남매가 강아지처럼 흙바닥 위에서 뛰놀고 뒹굴 수 있는 울안이 서울 바닥에 어디 그리 흔하겠는가? 거기엔 갖가지 나무가 자라고 온갖 풀이 어우러져 흙냄새와 풀냄새뿐만 아니라 꽃향기까지 대지의 품안이 어떻다는 것을 눈으로 코로 살갗으로 포식을 할 수 있게 해주고 있으니, 원초적인 우리 인간들의 고향이 바로 여기인 것 같았다. 나는 더 이상 바랄 게 없었다. 우리 식구들은 평생을 이 집에서 살리라 마음먹었다. 아니 언제까지고 대를 이어가며 살면서 하나하나 자랑을 늘어놓고 싶었다. 이 나무는 언제 어디서 어떻게 구해다가 심어놓고 몇 십 년 정성을 들인 결과 지금과 같은 훌륭한 존재로 자라났다든지, 이 석물(石物)은 어느 집에서 갖다 준 것인데 몇 백 년이 넘는 것으로 국보급에 해당하는 것이라고 열변을 토할 게 뻔했다. 아무튼 이런 식으로 허풍이 들어간 자랑을 해대자면 몇 날 며칠을 해도 모자랄 판이었다.

자랑 끝에 불이 난다고 하던가? 세상은 예측불허하게 바뀌어 더 이상 그 원형을 지킬 수가 없게 되었다. 서울에서 250평 이상의 대지를 깔고 앉아 있으면 초토세를 왕창 내게끔 세법이 바뀌어 눈물을 머금고 그 터를 다 뭉개고 빌라를 짓게 되었다. 현실은 여지없이 나의 이상을 뭉개놓고 말았다. 그 터에 있던 일부 나무나 돌은 곤지암 가마로 옮겨오고 제1막의 연극은 그렇게 막을 내리고 말았다.

불행 중 다행인지 곤지암의 가마터는 그보다 몇 배로 넓고 쾌적해서 나의 밟혔던 꿈은 아주 사라지지 않고 새로운 인생 2막을 마련해 주었으니 그저 감사할 수밖에……. 한 마디로 운이 좋았다! 知軒

속물 근성

나의 못된 버릇인지 괴팍한 취향인진 몰라도 남의 얼굴을 구석구석 훔쳐 보면서 유독 얼굴 가운데 자리 잡고 있는 코 생김새를 가지고 온갖 의미를 붙여 재밋거리로 삼는다는 것은 웃기는 짓이 아닐 수 없겠다. 아니 어쩌면 상대방에게 큰 실수를 저지르는 것이라 해도 변명할 도리가 없다. 절간 뒤편에 버티고 서 있는 마애불처럼 입선삼매(入禪三昧)에 잠긴 것 같은 의젓하기 이를 데 없는 존재를 가지고 이러쿵저러쿵 찧고 까부는 짓거리가 과연 벌 받을 짓이 아닌지 은근히 걱정이 안 되는 것도 아니다. 사실 코라고 하는 것이 나하고는 아무런 상관도 없는, 전혀 무해무득(無害無得)한 존재임에도 불구하고 관심이 쏠린다는 것이 참 이해하기 어려운 부분이기도 하다. 따지고 보면 수시로 밥을 달라는 것도 돈을 달라는 것도 아니고, 더구나 뭘 욕심내거나 남하는 것 다 따라하겠다고 보채는 일 같은 것은 아예 단념한 듯 파리 잡아먹은 두꺼비 꼴로 꼼짝 않고 제자리에 엎드려 얼굴 체면만을 지켜주느라 인욕(忍辱)하고 있다는 것이 가상하지 않은가? 뿐만 아니라 자연의 향기를 비롯해 온갖 산해진미의 향연을 만끽하게 해주지 않는가? 더구나 머릿속에 고여 있는 더러운 액체를 때와 장소에 맞춰 배출시켜 건강과 위신을 세워주고 있다는 것을 생각하면 열 번이고 절을 하고 싶은 존재가 코가 아닌가 여겨진다. 다만 분별력은 빵점인지 온갖 악취, 구린내, 노린내, 지린내, 암내, 홀아비내 따위의 악당들을 마구 불러들여 사람을 괴롭히는 것 말고는…….

세상에 어디 입에 맞는 좋은 것만 앞에 놓고 살 수 있겠는가? 빛이 있으면 으레 그림자가 따르듯이 꽤나 생기 왕성하게 젊음을 구가하던 시절, 축농증이라는 난데없는 놈이 문도 따주지 않았는데 침범해 들어와 한 살림 차리고 앉아 난장판을 벌인 적이 있었다. 하긴 그 따위 못된 것들이 기어들어 오기엔 안성맞춤의 활짝 열린, 동대문 같은 입구가 문단속을 제대로 못해 벌어진 일임에 그놈만 탓할 일도 아니었다. 일은 벌어지고 하는 수 없이 이비인후과 신세를 지지 않을 수 없었다. 이비인후과도 나 같은 축농증 환자가 찾아 들어가야 먹고 살 수 있을 테니까, 세상은 절묘하게 먹이사슬로 연결되어 멸종하지 않게 돼 있다는 것을 이 코로 말미암아 피부로 깨닫게 된 계기가 되었다.

병원에서는 주저 없이 날카로운 금속 기구를 움켜쥐고 요 오만방자한 침입자를 여지없이 박멸시킬 태세로 덤벼들었다. 물론 생살을 예리한 칼과 가위로 베고 자르는 작업이니 얼굴에다 마취를 했기에 망정이지 그렇지 않았다면 통증으로 된통 당할 뻔 했다. 다만 그놈의 싹둑거리는 가위질 소리가 신경 줄을 통해 온 머리통을 휘젓고 다니는 바람에 사지가 오그라들고 공포로 떨지 않을 수 없었다. 육신의 고통이 없어도 내 정신은 얼마나 무서운 공포를 느꼈는지 모른다. 의사라는 사람들은 자기네 멋대로 종횡무진으로 무기를 휘둘러 수술실에 잡혀 있는 인간의 존엄 따위는 아랑곳없이 한 마리 잡아놓은 살덩이로 취급하는 것 같아 앞으로는 절대 의사라는 족속한테는 몸을 맡기지 않겠다고 다짐을 몇 번이나 했는지 모르겠다.

나는 아직도 성형외과에서 코를 어떻게 찢고 늘여서 치켜세우는지 감을 못 잡고 있다. 하나같이 콧구멍은 땅콩 세워놓은 것처럼 들창코가 되고 그 콧구멍을 볼 때마다 한숨을 토해낸다. 우리가 흔히 말하는 들창코가 저와 비슷할 진대, 들창코하면 결코 좋은 의미의 표현은 될 수 없다. 콧구멍은 하늘로 치켜 올라가 빗물이 하수구처럼 흘러들어 갈 것 같은 코를 일컫는 것인데 하고많은 사람들이 그 짓을 해대니 현대 사회의 풍조라는 게 참으로 요지경 속이 아닐 수 없다고 한탄을 하게 된다.

우리 얼굴에서 코만큼 그 생김새나 느낌에 대해 가지가지로 별명을 붙인

부위가 없다. 적어도 내가 아는 명칭만 꼽아봐도 스스로 놀라게 된다. 말코를 비롯해 개코, 딸기코, 빈대코, 매부리코, 들창코, 안장코, 주먹코, 미륵코, 멍석코, 칼코, 복코가 있는가 하면 코주부 따위가 있으니 우리 신체 명칭 중에 코에 관한 관심은 놀라울 지경이다. 이것은 다시 말해 우리 얼굴에서 코가 차지하는 비중, 그 존재 가치가 지대하다는 것을 은근히 내세우는 것이 아닐까 여겨진다. 코의 존재가 이만하면 '세계 코 경연대회'라도 있음직하다만 아직 그런 소문은 듣지 못했다. 다만 우리 속담에 "코 큰 거지는 얻어먹어도 코 작은 놈은 문전박대"란 말이 있는 걸 보면 예로부터 코에 대한 중요성이 잘 드러나 있는 것만은 확실하다. 우리 얼굴이란 흔히 이목구비(耳目口鼻)의 생김새에 따라 잘났다 못났다, 다시 말해 미남이다 추남이다, 미녀다 추녀다 구분 지어 차별 대우를 받게 되는 것이 일반화된 풍토이기에 너도나도 코를 뜯어고치는 것이리라. 여기에 뭔가 좀 석연찮은 것은 메기 아가리처럼 큰 입을 적당히 꿰매서 적당한 크기의 아담한 입 모양을 만든다든가, 당나귀처럼 멋없이 크기만 한 귀를 오려내어 보기 좋은 형태로 수술한다는 광고는 보지 못했다. 눈은 그나마 뱁새눈이나 쥐눈처럼 기분 나쁜 눈을 쌍까풀을 만든다든지 째서 제법 호수 같은 눈으로 둔갑을 시켜 마음의 등불 역할을 나름대로 할 수 있도록 조작을 해놓는 데 성과를 거두고 있다고 볼 수 있겠지만 그렇게 수많은 명칭을 달고 우뚝 불거져 나온 코라는 존재가 결코 무시될 수 없이 외모의 절대적 영향을 끼치고 있다는 사실엔 누구도 반기를 들지 못할 것이다.

수십 년 전 6·25 전쟁이 끝나고 보문동 시장 옆 우리 집 대문 앞에는 한 여인이 중고품 물건들을 펼쳐놓고 팔고 있었다. 찌그러진 양은 냄비를 비롯해 녹슨 다리미, 국자, 주걱 같은 주방 도구를 열 개 정도 들고 와서는 온종일 하품을 해대며 지키고 있었다. 전쟁을 치루고 살아남은 험악한 현실 속에서 발버둥 치며 살아가자니 마음의 여유를 갖는다는 것은 꿈도 못 꿀 노릇이었다. 이 여인 또한 새까맣게 쭈그러든 모습으로 목구멍에 풀칠을 해야 할 수단으로 돈도 안 되는 물건을 앞에 놓고 목을 빼고 있는 것이 가련하다기보다는 맹꽁이 같았다. 여인은 한 움큼밖에 안 되는 몸집에다가 머리통만 컸다. 소위 가분수의 보기 민망한 외모였다. 더구나 얼굴 전체를 점령하고 있는 것 같은 큰 코는 궁상맞기 짝이 없었다. 거기다 유별나게 큰 콧구멍이 과장하면 주먹이 들락날락할 정도였다. 사람의 콧구멍이라는 것이 송곳이나 들어갈 만큼 좁아 터진 것도 보기에 그렇지만 이 여인의 넓어도 너무 넓은 콧구멍은 안타깝다기보다도 볼 때마다 충격적이었다.

또 하나 그 옛날 피난 시절 고향에 유별나게 코가 큰 총각 녀석이 있었다. 키는 크지 않지만 몸매는 좋았다. 농사꾼치고는 제법 세련된 모습인데 피부도 뽀얗고 얼굴 윤곽도 무지렁이는 아니었다. 얼굴 가운데 우뚝한 코도 서양 사람처럼 잘생겼는데 얼굴 크기에 비해 너무나 커서 그를 보면 딴것은 안 보이고 코만 보일 정도였다. 그런데 코가 기름을 부어놓은 것처럼 밤낮 번들거렸다. 동네에서는 "그 놈에 새끼는 수캐마냥 밥만 처먹으면 동네 지지배들을 홀리느라 눈깔이 벌겋다니께……"라고 손가락질을 해대곤 했다. 사실 우리가 어쩌다 맞닥뜨리는 주먹코나 매부리코가 인왕산만 하고 개기름이 질질 흐르는 것을 보면 수컷의 상징 같은 것이 느껴져 민망해질 때가 있는데 이런 것도 성적 매력으로 치부되는지 모를 노릇이다.

어쩌다 보니 고귀한 코를 너무 헐뜯은 것 같아 속죄하는 뜻으로 말머리를 돌릴까 한다. 나는 감각 기관 가운데 후각에 대해 가장 민감하게 반응하며 행복감을 느끼고 있다는 사실을 고백하고 싶다. 그렇다고 보고 듣고 말하고 접촉하는 것을 존중하지 않는다는 뜻이 아니다. 다만 우리 생활에 후각이 주는 역할이 얼마나 막중한가 하는 것을 거론하고 싶은 것이다. 어찌 보면 우리는 흔히 이것을 도외시하고 살아가는 게 아닌가 되돌아보게도 된다. 비록 눈에 보이지 않고 손에 잡히지 않는다 하더라도 우리가 알게 모르게 받고 있는 혜택은 어느 것보다도 중요하다는 사실을 잊고 있는 것 같다. 우선 우리는 코로 숨을 쉰다. 그래서 살 수 있다. 우리가 살아가는 데 자연의 향기 즉, 대지와 바다의 원초적 내음 그리고 사람의 향기, 구수하고 따뜻한 체취의 오묘한 매력, 우리가 음식을 먹기 전에 풍겨오는 행복한 내음, 커피향, 차향, 빵 구울 때 풍기는 훈김 그리고 갖가지 꽃향기, 인공적인 향수까지 이 얼마나 절대 없어서는 안 될 우리 삶의 조건이며 행복의 원천이란 말인가? 이 모든 것을 조달해 주는 게 다름 아닌 코라는 사실에 경배를 드리고 싶은 것이다.

반드시 그래서는 아니지만 나는 잘생긴 코를 보면 나도 모르게 기분이 좋아 입이 벌어진다. 분명 짚고 넘어갈 일은 절대로 앞에 말한 음탕한 코가 아니라 히말라야 설산의 정상 능선 같은 코, 가보지 못했지만 우주의 중심이라는 눈 덮인 순결무구한 수미산 같은 코, 가까이는 북한산의 인수봉 같은 코를 들 수 있겠다. 지구의 이글대는 중심부에서 용솟음쳐 올라온 용암이 만든 분화구를 가운데 품은 드높은 화산의 위용은 우리 얼굴에서 홀로 우뚝한 코의 위상과 다르지 않다고 생각된다. 나에겐 어느 쾌청한 가을날 수유리 길바닥에서 바라다본 인수봉의 자태가 그토록 신비하게 비칠 수가 없었다. 티 하나 없는 천공을 향해 솟아오른 바위 덩어리는 너무나 수려하고 존엄한 나머지 살아 숨 쉬는 거룩한 신의 모습이라 해도 좋았다. 그 부드럽고 그윽한 질감과 빛깔은 초자연(超自然)의 경지를 활짝 펼치고 있어 세속에 찌든 온갖 잡동사니가 뒤범벅이 돼 있는 내 영혼의 혼탁함을 일시에 씻겨주는 것이었다. 그때 체험한 환희의 순간은 지금 이 순간까지도 생생하게 내 속에 간직돼 있는 것이다.

또 한 번의 체험은 사람의 코가 보여준 놀라운 아름다움이었다. 아마도 눈이 쌓인 평창읍내 거리에서의 순간이었다고 생각된다. 그날 역시 하늘이

쨍하고 갈라질 것 같은 에메랄드 빛깔의 한 낮, 햇살은 유달리 맑고 밝게 빗금을 긋듯 내리쬐고 있었다. 평소 일편단심으로 존경하는 C 스님께서 그 길 한복판에서 누군가와 얘기를 나누고 계셨다. 활짝 열린 하늘을 배경으로 우뚝 선 스님의 모습은 거대한 산처럼 느껴졌다. 더구나 옆으로 약간 비켜서서 바라다본 스님의 옆얼굴은 어느 때보다도 그 윤곽이 또렷하고 빛을 발하고 있었다. 언제 뵈도 잘생긴 콧날이건만 기상천외하게도 이 순간의 그 모습은 놀라웠다. 석굴암의 본존불이나 반가사유상(半跏思惟像)의 코가 어찌 이만큼 이상적(理想的)일 수 있겠는가?

누군가 그 순간의 체험을 말하라면 나는 주저 없이 진공묘유(眞空妙有)의 저 깊고 높은 창공 가운데 나 홀로 우뚝 솟은 설산의 정상이 바로 그때의 감동이었다고 말하고 싶은 것이다. 知軒

인과응보(因果應報)

누워서 침 뱉기 식으로 제 집안 치부를 떠벌린다는 것이 결코 바람직하지도 않고, 또 한편으론 양심이 살아있는 것 같은 만용으로 밀고를 하는 것 같아 께름칙한 것만은 어쩔 수 없는 사실이다. 하지만 우리 인간들의 대부분은 남 잘되는 것 보면 배가 아프고 못되게 놀다가 망하는 꼴을 보면 입으로는 안됐다고 하면서도 쾌재를 부르게 돼 있기 때문에 기왕이면 남을 배 아프게 하기보다는 "고것 깨소금 맛이다!" 하고 기분 좋게 하는 편이 나을 것 같고, 또 이런 사실을 읽고 심보를 망하게 쓰면 안 되겠다고 경각심을 일깨워 줄 수 있다면 그깟 나 하나 망신스러운 것쯤 무슨 대수겠나 싶어 용기를 냈다고 볼 수 있겠다.

우리 집안 얘기를 골고루 공평하게 다 취급한다는 것은 재미도 없는 장편 소설을 너절하게 늘어놓는 꼴밖에 안될 것 같고, 친가, 외가, 최소한 형제, 사촌, 오촌, 십촌까지, 그리고 거기 걸린 고모네, 이모네, 사돈의 팔촌까지 한마디씩만 건드린다 하더라도 차라리 조선조 역사를 쓰는 게 낫겠다고 단념을 하고 궁리 끝에 탈속하게 단 한 집안만 본 대로 들은 대로 느낀 대로 대충 엮어볼까 한다.

집안이라면 의당 친가를 얘기해야 하겠지만 우리 아버지 쪽은 평범한 양반 농사꾼으로 겨우 양반이라는 체면을 유지할 정도의 꽁보리밥이나 깡조밥으로 굶지 않고 지게질이나 하는 벽촌 농사꾼이었다. 반면 어머니 쪽의 외가는 외조부가 이십 년 가까이 충청도 원님으로 행세깨나 하며 많은 전지(田地)를 깔고 앉아 부유하게 살았다는 것이다. 단연 외삼촌 이모가 여럿이었는데 내 눈으로 본 외사촌들은 동경 유학까지 하고 서울에서도 효자동에서 상류로 살았다. 그런데 같은 자손임에도 불구하고 둘째 외삼촌네 집안은 형편이 망해 돌아가는 꼬락서니를 지켜볼 때 그렇게 비참할 수가 없었다.

자고로 집안이 잘되려면 새사람이 잘 들어와야 한다는 말이 어찌 그리도 기가 막히게 잘 맞는지 이 집을 두고 한 말 같았다. 말년의 둘째 외숙모라는 분의 사는 모습을 봤을 때 전혀 부잣집 체통 있는 며느님이라고는 그림자도 찾아볼 수 없었다. 누렇게 피골이 상접하여 한 움큼도 안 될 것 같은 체구와 바짝 마른 북어 대가리나 다를 바 없는 퀭한 눈과 이마는 영락없는 아편쟁이 같았다. 미아리 공동묘지 깊숙한 골을 따라 들어박힌 소위 한옥 기와집들은 숨이 막힐 만큼 좁아터진 골목에 콩나물 대가리처럼 박혀 있는데 요즘으로 치면 열악한 원룸이나 다름없었다. 왜냐하면 대문만 기와집 같았지 들어서면 마당이라곤 손바닥만도 못하고 게딱지같은 부엌, 안방, 마루라는 것이 똥보 궁둥이 하나 내려놓기에도 옹색했다. 그 당시 우리 집도 시골서 상경해서 미아리 막바지 묘지 기슭 판자촌 같은 집에 방 하나를 얻어 살고 있었기 때문에 행당동에 있는 학교를 가자면 어쩔 수 없이 그 비좁은 골목을 거쳐야 했다. 공교롭게도 외삼촌 집은 바로 그 골목 중간쯤에 있어 어쩌다 들어가 뜰에 서서 문제의 외숙모를 볼 수 있었고 컴컴하기만 한 건넛방에 죽치고 앉아 있는 사촌형들을 만날 수 있었다. 외삼촌은 그 옛날에 젊어서 폐병으로 돌아가셨다 하고 아들 셋, 딸 둘을 슬하에 두고 굶기를 밥 먹듯 하며 연명을 하고 있는 형편이었다.

그 많던 재산은 알콜중독자인 큰아들이 다 털어먹었다는데 하루 저녁에 땅문서 하나씩을 괴산읍내 기생집에 갖다 주면서 한 시절을 놀아났다는 것이다. 그는 나이 오십이 넘도록 총각인지 홀아비인지 행려병자처럼 술에 절어 가끔 우리 집에 오면 겨울날 어디서 주워 걸친 넝마때기 같은 오버 속에서 사시나무 떨듯 떨면서 밥 좀 달라고 했다. 그런가 하면 둘째는 밤이나 낮이나 건넛방 한쪽 구석에 쭈그리고 앉아 책을 베꼈다. 공부를 해서 우체국 시험을 본다는 것이었다. 그 역시 장가도 못가고 방구석에 틀어박혀 공책 몇 권 낙서를 하면서 공상만 하다가 나이 사십이 넘어 정신 이상이 되어 저세상으로 떠나고 말았다. 그리고 셋째는 나와 같은 나이였는데 영어 콘사이스를 다 외울 만큼 두뇌가 비상한 천재라는 소문이 돌았다. 착실하고 차분한 성격에 착한 심성으로 형들의 불행을 뛰어넘어 행복하게 살 줄 알았는데 빌딩 공사판에서 막일을 하다 다쳐서 그 고생이 말이 아니라는 소식을 들은 일이 있다. 큰딸 역시 마음씨 곱고 모습도 수더분해 복이 굴러 들어올 것 같았건만 일생이 구차스럽고 불행했다. 그녀는 좋다는 양반 집안의 아들로 세무서 관리와 결혼했는데 원체 악질적인 놈을 만나 구박만 받는 것 같았다. 한번은 신설동 우리 집에 울면서 찾아왔는데 앞니가 다 부러지고 입술은 터져 피가 엉켜 있었다. 그때 외사촌 누이의 하소연을 듣고 그냥 있을 수가 없었다. 우리 형제는 이놈을 가서 죽여 버려야겠다고 돈암동 그 집을 찾아가니 빈집이었다. 그 일로 뒤늦게 그 인간의 비인간적인 얘기를 들어보니 사람 놈이 아니었다. 그 인상도 새카만 낯판대기에다 광대뼈가 툭 불거져 나왔고 하관은 여우 주둥이같이 뾰족한 영락없는 얌체 족제비 낯짝을 하고 있었다. 오죽하면 6·25 전쟁 때 부모를 잃고 혼자 피난민 속에 끼어 있는 어린 소녀를 겁탈해서 첩으로 삼고 본마누라를 내쫓았을까? 아들 하나를 데리고 쫓겨난 외사촌 누이는 몇 년 동안 우리 집에서 살림을 해줬다. 마음씨 좋고 진국으로 집안 살림을 보살폈지만 내 못된 성질 때문에 퇴근해 들어와서는 칭찬보다는 잔소리를 많이 했던 것이 후회가 되기도 한다. 그리고 그 여동생은 "그냥 잘 사나벼" 할 뿐 역시 신통치 못한 것같이 느껴졌다. 남도 아닌 외사촌 누이가 몇 년을 한 식구로 어우러져 미운 정 고운 정 다 들었건만 아들을 돌봐야 한다고 보퉁이를 이고 떠날 때는 온갖 감회가 다 떠오르고 그냥 안됐고 슬프기만 했다.

사람은 심보를 잘 써야 자식들이 잘 된다는 소리를 어머니로부터 귀에 딱쟁이가 앉도록 들었다. 가증하면 안 된다고, 인정을 나누며 살아야 한다고, 불쌍한 사람들을 박대하면 죄받는다고……. 어머니는 살림살이를 잘 못하시면서도 주책없이 퍼 돌리기를 좋아하셨다. 우리 외가가 한때 떵떵거리고 잘살 때 앞에 말한 둘째 외숙모의 가증은 눈뜨고 볼 수 없을 만큼 기세가 등등해서 그 죄를 어떻게 갚으려고 저러나, 보는 사람마다 몸서리를 쳤다는 것이다. 시월상달 고사를 지낼 즈음이면 그 댁에는 바리바리 뇌물이 들어오는데 세상에 좋다는 것은 다 들어와 쌓였다. 그 이유는 그 댁 마름을 떼이지 않고 계속하기 위해 최선을 다해 받치는 것이라 했다. 토종 꿀통을 비롯해 귀한 식품들, 그리고 옷감까지……. 비단 피륙 못지않게 햇목화로 정성들여 실을 자아 짜낸 곱디고운 무명천으로 눈같이 하얗게 발해서 풀을 먹여 다듬이질해 만든 치마저고리, 두루마기, 일습을 신주 모시듯이 싸가지고 와 바치면 대청마루에서 시큰둥한 표정으로 꿰어 두르고는 털썩 나자빠지더라는 것이다. "이렇게 뻣뻣한 옷을 어떻게 입고 살라고?" 하면서……. 더 기가 막힌 것은 대추 찰시루떡을 쪄서 김이 모락모락 날 때 시루째 잡숴보라고 들고 들어오면 빽빽 빨고 있던 장죽을 빼들고 "저 부엌 뒤쪽 장작더미 위에 갖다 두고 가우" 하고 가리킨다는 것이다. 몇 날이 지나 떡시루를 찾으러 오면 그 떡은 털끝만큼도 건드리지 않고 그대로 곰팡이가 나 있었으니 벼락을 때리지 않는 하늘이 야속하지 않을 수 없다고 수군댔다는 것이다. 지금도 그런 인간들이 없지 않을 것 같은데 세상 이치가 어찌 그리 절묘하게도 인과응보, 뿌린 대로 거두는 예외 없는 과보를 받게 되는지 불가사의(不可思議)한 노릇이 아닐 수 없다.

세상엔 불가사의한 일이 한두 가지가 아니라는 것을 부인할 수 없는데도 불구하고 이 아둔한 머리는 이치를 따지려 들고 조건을 들먹이게 된다. 인과응보만 하더라도 숱하게 그 실상을 바로 옆에서 봐오지 않았던가? 많은 사람들이 종교에 매달리고 관상쟁이 점쟁이를 찾아가고 무당한테 의지하는 까닭은 뭔가 눈에 보이지 않는 신의 무한한 위력에 힘입어 구제되기를 염원하는 마음 때문이 아닐까? 나에겐 이런 문제가 거론되면 갈피를 잡을 수가 없다. 진정 잡히지 않는 출생 전과 죽음 뒤의 세계, 파보지도 않았지만 눈이 빠지고 손톱이 닳도록 죽자 살자 파봐도 잡히지 않을 것 같다. 그럼에도 불구하고 뭔가 분명 있을 것 같은 것은 어디서 오는 것일까? 모르겠다. 영 모르겠다!

과연 사주팔자, 운명, 전생, 귀신의 장난, 심지어는 조상이 간섭한다는 것까지도 우리의 삶을 좌지우지하고 있는 것일까? 한술 더 떠서 예정설을 주장하는 하나님의 섭리가 절대적 권력으로 판가름을 해놓는다 해도 반박할 자신이 없다. 심지어 못된 마귀들이 심통을 부린다 해도 속수무책인 것이다.

인과응보! 불가사의! 나를 환장하게 해놓는 영원한 우주의 비밀인지 애매한 머리통만 탕탕 치고 있다. 知軒

눈물

어느 저녁때의 일이다. 그러니까 추석을 차려 먹고 다음 날 평상시와 다름없이 108배를 하는 도중 뜻밖에도 울컥하고 설움에 북받쳐 눈시울이 뜨거워지는 것이었다. 거참, 용렬맞기 짝이 없는 맹랑한 노릇이었다. 더도 덜도 말고 한가위 명절만큼만 하라는 오곡백과 풍성한 중추가절(仲秋佳節), 누가 봐도 가긍하게 보일 만큼 처량한 신세는 아니건만 멀쩡히 추석 잘 지내고는 생뚱맞게 눈물이 볼을 타고 흐르다니……. 실은 명절이라고 큰아들, 작은아들, 며느리들과 손자, 손녀들이 팔짝팔짝 뛰면서 나타났을 뿐만 아니라 형제 식구들도 거의 다 와서 명절 음식을 만들고 차린다고 법석을 떠는 집안 분위기이니 흥청거리는 추석 모임이 이보다 더 좋을 수가 있을까 보냐고 불쑥불쑥 자만심을 내뱉고 싶어 안달이 날 지경이었다.

요즘 세상 핵가족이라는 사실과 매사를 효율적으로 신속하게 해치우는 것이 약삭빠른 사람들의 사고의 틀이라서 무엇 때문에 미련스럽게 추석 음식을 일일이 장만하느라 그 고생을 하느냐고 비웃음을 당할지 모르겠지만 아직까지 우리 집은 그 번거로운 노역에서 벗어나지 못하고 진땀을 흘려가며 추석 상을 차린다. 산에 가서 솔잎을 뜯어다 송편을 빚고 갖가지 전과 빈대떡을 부치고, 각종 나물과 산적, 생선찜, 포에다 몇 가지 한과를 겸비한다. 그중에서 약과는 궁중 요리의 대가가 마련해 준 예술 작품 같은 것을, 그리고 여러 가지 햇과일을 차려놓으면 참으로 한 해 농사의 풍요를 실감할 만큼 상다리가 휜다.

이렇게 산해진미로 풍성하게 차려놓은 상은 조상님들이 와서 잡숫기 위함이다. 그러나 과연 돌아가신 부모님이 들어와 좌정하고 운감을 하시는지도 의문이다. 왜냐하면 그렇게 먹음직하게 차려놓은 음식 가운데 티끌만큼도 잡수신 흔적이 없기 때문에 이를 어떻게 설명해야 할지 모르겠다. 여기에 제사 의식 또한 엉망이다. 음식은 잔뜩 차려놓고 옛날 전통을 지키는 것도 아니고, 새로운 방식도 찾지 못하여 중구난방으로 어물쩍 차례를 지내는데, 우리 집에선 절하는 패와 절을 거부하는 패로 나뉘어 뭐가 뭔지 모를 지경이다. 다만 염불에는 마음이 없고 잿밥만 생각하는 꼴이다. 이렇게 절차가 끝나자마자 먹자판이 벌어진다. 이런 걸 누가 보면 콩가루 집안이라고 손가락질을 해도 할 말이 없으련만 모두들 입이 있다고 떠들어댄다. 영양가 있는 맛있는 음식은 사람들의 기분을 한껏 누그러뜨려 평소에 말 없던 식구들도 시시덕거리고 수다가 는다. 그러다 의견이 맞지 않으면 목소리를 높이고 도끼눈을 뜨기도 한다. 그래도 아슬아슬하게 험악한 분위기까지는 가지 않고 희희낙락하고 마음의 문을 열고 서로 화합하고 화목하게 인정을 나누며 시간을 보낼 수 있다는 것은 명절이 베푸는 더없이 큰 축복이라 생각하게 된다.

명절 제사 때마다 부모님 사진틀과 나란히 또 하나의 사진이 모셔지게 된다. 우리 집안의 선구자라 해도 과언이 아닌 대들보와 같던 존재로 너무나 일찍 불행하게 세상을 뜬 나의 둘째 형이다. 의협심이 강해서 불의를 보고는 못 견디는 성깔, 그러면서도 어려운 친구들을 극진하게 보살피고 감싸주는 자애심이 남달랐고 학구열과 그 인내심은 놀라웠다. 그의 길지 않은 일생은 이루 다 말할 수 없는 험난한 길이었다. 지극히 가난한 집에서 태어나 누구의 뒷받침 없이 학문을 연마했지만 피워보지도 못하고 끝을 맺었다. 일제 말기에 학병으로 끌려가 소련군의 포로가 되어 구사일생으로 시베리아 포로수용소를 탈출해 몇 달 만에 그 멀고 먼 노정을 걸어서 집에 도착했는데, 그 모습은 사람이라고 할 수 없을 만큼 참혹했다. 그야말로 기적 같았다. 한 번 걸리면 죽는다는 시베리아 독감을 앓아가며 행려병자처럼 수도 없이 죽을 고비를 넘겨가며 수천 리, 그 먼 길을 송장이나 다름없는 몸을 기어이 끌고 와 고향집 삽짝에 들어서자 형은 쓰러지고 말았다.

우리에게 해방의 감격은 순간에 불과했다. 어머니는 자식 살아 돌아오기를 눈이 빠지게 기다리셨다. 남의 집 자식들은 돌아왔다는 소문이 들리는데 몇 달이 되어도 감감무소식이니 복통을 할 노릇이었다. 당시 진천(鎭川)읍을 내려다보고 있는 잣고개는 꽤나 높은 고개였다. 서울이나 청주에서 들어오는 유일한 신작로로 만약 형이 온다면 그 고개를 넘어올 거라고 믿고 날이 밝기가 무섭게 그 고개 마루턱에 가서 온종일 밤이 이슥하도록 기다리고 앉아 있는 게 일과였다. 하늘도 무심하시지 기다리는 형은 몇 달이 지나도 나타나질 않았다. 애간장이 끓도록 기다리는 어머니의 모습은 안질이 나고 두 눈이 퉁퉁 부어 앞이 안 보이게 되었다. 그나마 더 나올 눈물도 바싹 말라 입에서는 신음소리만 낼 뿐이었다. 이제는 더 이상 희망이 없었다. 그냥 포기하고 체념할 수밖에 없게 되었다. 하늘은 그래도 사람을 아주 내버리지는 않았다. 어느 날 갑자기, 꿈인가 생시인가 싶게 유령처럼 형이 나타난 것이다! 어머니를 비롯해 온 식구들은 송장이나 다름없는 형을 부둥켜안고 통곡하기 시작했다. 울다 웃고, 웃다 울고 식구들은 미친 사람들 같았다. 형은 썩은 나무토막처럼 멍하니 앉아서 기뻐하는 표현도 슬퍼하는 표정도 없이 퀭하니 파인 두 눈만 멀뚱댈 뿐이었다.

나는 그때 피골이 상접하다는 것이 무엇인지, 양쪽 궁둥이가 주먹이 들어갈 만큼 썩어 진물과 고름 범벅이 된 욕창이라는 것이 어떤 것인지, 너무 일찍 알게 되었다. 그를 씻기려고 벗겨낸 군용 내복에는 보리쌀 같은 이가 실올이 안 보일 만큼 소름끼치게 박혀 있었다. 한마디로 인간의 존엄성이 어디까지 추락할 수 있는가 하는 한계를 보여주는 것 같았다. 그럼에도 그는 정상 회복이 되어 자기의 길을 찾기 위해 가족의 품을 떠나 고군분투 끝에 성취의 문턱에 올라섰던 것이다. 그러나 그에게 주어진 운명이 왜 그다지도 비색했는지, 막 두 날개를 펴고 비상하려는 찰나 요절하고 말았다. 그것도 실연으로 인한 폭주(暴酒) 끝에 사고로……. 집안은 또다시 청천벽력 같은 형의 운명으로 울음바다, 눈물의 강물에 잠기고 말았다. 오죽하면 대학생이 될 때까지 독실하게 믿던 하나님을 원망하고 때려치우고 말았을까. 나의 어려서부터 청교도처럼 엄격하게 지켜오던 신앙심은 일순에 원망과 배신감으로 박살이 나고, 나는 오늘날까지 종교에 대한 긍정도 부정도 뭔지 모르게 돼버려 캄캄한 미로를 헤매고 있는 꼴이 되고 말았다.

우리가 고해(苦海)라는 세상에 태어나서 끝없이 몰아닥치는 풍파를 헤쳐나가기 위해 안간힘을 쏟는 것만은 사실이다. 실오라기 한파람만도 못한 일개 가정사도 다만 가려서 안 보일 뿐이지 그 속에 들끓고 있는 고난은 마찬가지일 것이다. 일제 말기와 해방을 전후해서 벌어진 사회상은 개인의 희망과 행복이라는 단어마저도 송두리째 앗아가는 판국이었다. 하필이면 우리는 이런 암담한 시대에 태어나서 그 고통을 고스란히 끌어안을 수밖에 없는 삶을 살 수밖에 없었다는 것을 어떻게 해석해야 할까? 결국 운명의 장난으로 돌려본들 손톱만큼의 위안도 될 까닭이 없겠다. 당시 우리 집은 진천에 살았고, 그야말로 너무나 구질구질하게 못살았다. 당시 사촌 누나가 진천 초정이라는 데로 시집을 오게 되었는데 몇 번 누나를 찾아 그 시집을 가본 일이 있다. 나에게는 누나 없이 형제만 오 형제여서 친누나나 다름없었다. 더욱이 서울 살 때 그 누나가 집에 와서 함께 살았기 때문에 정이 푹 들었다. 비록 배운 것 없이 벽촌 무지렁이 때를 못 벗은 가난뱅이 딸이지만 키가 훤칠하고 씻은 배추 줄거리처럼 하얀 피부에 이목구비가 잘생겼다. 다만 행동거지가 데퉁맞고 느려서 야단을 맞으면 심약해서 눈물을 잘 흘렸다. 불행인지 다행인지 누나는 초정마을에서는 제법 잘사는 집으로 시집을 가게 되었다. 문제는 애초부터 며느리를 업신여기고 매섭게 시집살이를 시키는 지독한 시어머니로 인해 고통을 당하는 것이었다. 자그마한 몸집에 날벼락같이 지독하게 일밖에 모르는 시어머니 밑에서 밤낮없이 농사일, 집안 살림을 해내야 하는데 신역이 고된 것은 제쳐놓더라도 사람을 깔보고, 친정 부모까지 헐뜯는 데는 죽을 노릇이었다. 어린 나는 몇 차례 스쳐보았건만 그 표독하게 앙다문 입이며 찬바람이 나도록 날쌘 거동은 당해낼 사람이 없을 것 같았다. 더구나 새파랗게 젊은 계모 시어머니이니 아들까지도 숨도 제대로 못 쉬는 처지였으니 말이다.

뭘 모르는 어린 우리는 단지 누나가 보고 싶어 그 집을 찾아갔다. 여기서 우리란 누나의 유일한 남동생, 나보다 한 살 아래인 사촌이다. 우린 멋도 모르고 고향집에나 온 것처럼 좋기만 했다. 가난뱅이가 잘사는 누나 집에 와서 맛있는 것 얻어먹고 실컷 놀고 떠들고 싶었던 것이다. 때로는 마당에서 노는 암탉을 잡아서 고아주었다. 동생과 나는 겨우 하룻밤 자고 오는 것이 너무나 아쉬웠다. 마음 같아서는 며칠이고 누나와 함께 지내고 싶었다. 그렇지만 떠나올 수밖에 없었다. 떠나올 때 누나는 십 리 길이나 되는, 깊은 냇물이 질푸르게 고여 있는 절벽 아래까지 오면서 우는 것이었다. 말 한 마디 없이 그냥 우는 것이었다. 어떻게 눈물이 그렇게도 쉴 새 없이 쏟아질까? 두 눈이 시뻘겋게 되도록 앞치마로 눈물을 닦고 또 닦았다. 우리는 철이 없었다. 누나가 그토록 눈물을 쏟는데도 그 설움이 무엇인지 몰랐다. 함께 손을 붙들고 눈물을 흘렸다면 누나의 마음이 조금은 위안이 되었을 텐데……. 벼랑의 그늘은 그 시퍼런 물속으로 내려오고 뛰다시피 몇 십 리 떨어진 집을 향해 발걸음을 재촉했다. 얼마만큼 가다가 뒤를 돌아보니 누나는 그 자리에 장승처럼 박힌 채 우리를 바라다보며 손을 흔들었다.

이별! 그 이별은 반세기가 훨씬 지났음에도 불구하고 엊그제 일처럼 가슴을 아릿하게 하고 있다. 이번에는 내가 눈물을 뺀 이야기를 해야 할까보다. 감성이 예민한지 의지력이 약해 그런지 나처럼 무미건조한 위인도 때로는 아주 사소한 사건을 보거나 듣고 눈물을 훔칠 때가 있다. 돌이켜보면 누가 눈치챌까 두려워 눈물이 미어져 나올 때는 그것을 감추느라 애를 먹기도 한다. 내가 겪은 최대의 눈물바가지는 파리에서 오는 비행기 속에서였다. 드골공항에서 공부하겠다는 딸과 헤어지는데 그렇게 마음이 아플 수가 없었다. 딸이 프랑스로 유학 간 지 아마 오년 만에 찾아갔던 것 같다. 아직 어린애같이 느껴지는 어린 딸을 홀로 떼어놓고 돌아서는데 만감이 교차하고 기분 같아서는 억지로라도 끌고 오고 싶었다. 나는 딸의 서운해 어찌할 줄 모르는 표정과 거동을 보고 "그깐 공부 때려치우고 집으로 돌아가자!" 하고 되지도 않는 소리를 했다. 딸은 싫다고 고개를 살래살래 흔들며 금방이라도 울음보가 터질 것 같았다. 넉넉지 못한 살림에 억지로 외국 유학을 보냈으니 그곳에서의 열악한 주거 환경은 더욱 마음을 아프게 했다. 당초 나는 프랑스 유학을 결코 찬성할 수가 없었다. 대학을 졸업하고 대학원에 입학해서 다니는 시기였으니 결혼 문제가 가장 큰 걸림돌이 되는 것이었다. 그렇지 않아도 저의 작은아빠, 작은엄마가 프랑스에서 팔 년 동안의 학위를 끝내고 돌아온 터라 프랑스 유학생들의 사정을 어느 정도 알고 있어 영 마음이 내키지 않았다. 두 사람 다 이 시점에서 조카딸의 프랑스 유학을 권유는커녕 극구 반대했다. 결혼하고 같이 가라는 것이었다. 그러나 딸의 주장은 확고부동이었다. 어려서부터 말 잘 듣고 예쁘게만 자란 아이가 그렇게 고집이 센 줄은 꿈에도 몰랐다. 아무도 없는 고도에 뚝 떨어져 혼자의 힘으로 살아남게 될지 자신을 테스트하고 싶다며 훌쩍대며 우는 것이었다. 비록 어리지만 비장한 울음이라는 것이 전해졌다. 하는 수 없었다. 곧바로 불일암으로 법정 스님을 찾아갔다. 스님은 우리처럼 복잡하게 생각하시는 것 같지 않았다. 그분의 답은 명쾌했다. '우리에게 주어진 한 번뿐인 삶인데 미현이가 그렇게 하고 싶어 한다면 원하는 것을 하도록 하는 게 좋겠다'는 것이었다.

당시만 해도 국제 전화료가 비싸 몇 년 동안 한 번도 통화를 못했다. 그 대신 편지를 주고받았다. 한 달에 한두 번씩 그곳 소식을 소상하게 써서 보내니 이웃에 있는 것처럼 안심이 되었다. 그럼에도 불구하고 가슴속 저 깊은 곳에서는 남모를 안쓰러움이 고여 있어 집안의 좋은 일이 있거나 힘든 일이 있을 때면 사무치게 그리워지는 것이 혈육의 끊을 수 없는 정이라 할까, 천륜이라 할까. 명절 때나 집안의 무슨 행사가 있을 때 식구들이 다 모여 왁자지껄하게 떠들고, 먹고, 노는 일이 있어도 혼자만 빠져 있는 것 같아 마음이 허전하지 않을 수 없었다. 도대체 사는 게 뭔가? 무엇보다 가정이라는 울타리 안에서 비록 가난하더라도 오순도순 한데 모여 서로 의지하고 사는 게 최선의 행복이 아닐까? 미래가 보장되지도 않은 공부를 이역만리에서 갖은 고생을 감수하며 외롭게 해나간다는 것이 과연 황금 같은 청춘을 바쳐가며 할 만한 가치가 있는지

회의가 들었다. 왜냐하면 적지 않은 유학생들이 뜻을 이루지 못하고 낙오되어 인생 실패의 쓴잔을 마셔야 하는 예를 흔히 볼 수 있었기 때문이다. 나의 고루한 생각인지는 몰라도 꽃다운 나이에 몸 건강하고 성실한 놈 만나 아들, 딸 낳고 단란하게 사는 것이 가장 바람직한 선택이라고 믿고 있었다.

첫딸을 낳자 돌림자를 무시하고 예쁘고 현명한 딸이 될 거라고, 아니 그렇기를 소원하는 마음에서 '美賢'이로 이름을 지었던 것이다. 과연 미현이는 얼굴이나 맵시가 예쁘고 아둔하지 않았다. 크면서 한 번도 야단친 기억이 없으니 영리하게 부모 말을 잘 듣고 공부도 뒤지지 않고 동무들과도 사이가 좋았다. 더구나 어릴 적부터 제 동생들을 잘 돌봐주었다. 우리 내외가 교편을 잡고 있었기 때문에 주로 살림해 주는 할머니, 아주머니들이 세 아이들을 돌봐주었다고 해도 과언이 아닐 것이다. 그러다 보니 자연 첫째인 누나가 엄마노릇을 하는 적이 있었다. 한 예로는 막내가 소풍을 가는데 몇 살 더 먹은 누나가 엄마 대역을 하기도 했으니……. 그리고 막내의 프랑스 유학 때는 전적으로 부모 역할을 했다고 해도 부인할 수 없다. 결국 두 남매는 프랑스 유학으로 사진 공부를 나름대로 성공적으로 해냈으니 멍하게 바라다보고만 있던 나로서는 고마울 따름이다.

아무리 생각해 봐도 추석 다음 날 멀쩡히 절을 하다 갑자기 눈물이 나왔다는 사실이 누가 보면 혀를 찰 노릇인지도 모르겠다. 흔히 눈물이 나온다는 것은 애달프고 슬플 때나 사무치게 누군가를 그리워할 때나 또는 너무나 반갑고 기뻐서 가슴이 뭉클할 때 아니면 분통이 터지도록 절망적인 일이 밀려닥쳤을 때 같은 경우일 것이다. 그럼에도 불구하고 멀쩡히 잘 놀던 아이가 별안간 앙하고 울음보를 터뜨리는 현상 같다고나 할까, 자신도 모르는 잠재의식 속에 묻혀 있던 정체불명의 그 무엇이 불쑥 치밀어 올랐다 할까 여하튼 눈물샘이 터진 것은 사실이기에 구구한 이유를 붙여보게 되는 것이다. 세상에 눈물이 없는 인간도 있을까? 물론 결코 눈물을 보이지 않는 냉정한 인간도 있을 것이다. 만약 인간에게 눈물이 없다면 인간답다는 말은 사라지고 말 것이 분명하다. 희로애락의 감정이 있고 눈물이 있기에 인간미가 있는 게 아닌가 싶다. 그렇다고 시도 때도 없이 눈물을 보인다면 그것 또한 꼴불견이겠다. 더구나 나이든 사람이 이렇다 할 이유도 없이 눈물에 젖어 있다면 난감한 노릇이 아닐 수 없다. 그 언제인가 친척의 초상집에서 애간장이 끊어지듯 슬프게 통곡을 하는 여인을 보고 설움에 북받쳐 눈물을 뺀 적이 있었다. 그럴 때는 그 울음 자체가 우리 마음을 흐물거리게 하고 노래를 부르듯 무겁고 답답한 공기를 생동하게 하는 원동력이 되어 위안을 안겨주는 것이었다.

결국 이역만리 타국 땅에 어린 딸을 떼어놓고 돌아오는 비행기 속에서의 흐느낌은 어느 유행가 가락의 '눈물은 사랑의 씨앗'이 아니라 '성공의 씨앗'이라고 우겨대고 싶은 것이다. 知軒

사는 맛

여러 해 전 고향 두메산골 사촌 누님 댁에 가서 하룻밤 자게 된 계기가 있었다. 이 시골 마을이야말로 문명의 찌꺼기마저도 스며들지 못한 원시 그대로의 원형을 고스란히 간직하고 있는 것 같았다. 한마디로 가난에 찌든 궁기가 서글플 만큼 구석구석 배어 있고 배설된 오물에서 풍기는 악취는 상을 찡그리게 했다. 그렇지만 수천수만 년을 그 자리에 그대로 자리 잡고 있는 산천은 그렇게 의연하고 장엄할 수가 없었다. 그야말로 자연 그대로의 위엄과 생명력이 거룩한 모습으로 현현한 듯 성현 앞에 경배라도 드리고 싶을 만큼 신성한 것이었다. 아침 해가 뜰 무렵 모처럼 숙면을 취한 나는 산기슭에 웅크리고 있는 것 같은 뒷간으로 발길을 옮겼다. 그 뒷간이야말로 금방이라도 허물어질 듯 삐딱하게 몸체를 지탱하고 있는데 그 안에 고여 있는 오물은 인간 최악의 치부를 드러내고 있어 눈을 감고 코를 틀어박고 싶을 지경이었다. 수십 년 전 시골이나 도시의 재래식 뒷간은 혐오스런 흉물에 지나지 않았다. 먹은 것을 내놔야 하는 뒷간은 대개가 너무 비좁고, 제때 쳐내지를 않아서 쌓여 있는 배설물과 악취는 인간 존엄의 밑바닥을 적나라하게 드러내고 있었다. 더구나 빈민촌의 공동변소나 골목길 같은 데는 얼마나 많은 그 무더기가 널려 있는지 툭하면 밟아서 곤욕을 치르는 일이 비일비재했다. 누님 댁 역시 이런 현실이니 뒷간 문을 열고 들어가기가 겁이 날 지경이었다.

그런데 이게 웬 일인가? 삐꺽대는 판자문을 열자 뒷간 안은 온통 들국화 향기로 꽉 차 있는 게 아닌가! 똥 다리 앞에는 큼직한 오지버럭지가 놓여 있고 그 안에다 한 아름도 넘는 황금빛 들국화를 꽂아 놓았고, 밑을 내려다보니 그렇게 혐오스럽던 오물의 정체는 사라지고 생동하는 황금빛 들국화가 아우성을 치듯 향기를 내뿜고 있는 것이었다. 하느님 맙소사! 천지개벽이 이런 것인가? 숨이 콱 막힐 만큼 놀랍고 감격해서 세상에! 세상에! 이놈이 이런 면이 있었구나! 진짜 예술가야! 이건 예술이야! 살아 숨 쉬는 예술이야! 예술의 극치야! 실성한 인간처럼 중얼거리며 나오고 말았다. 나는 그 언제 적에 네덜란드 암스테르담 거리 꽃가게에서 팔다 남은 꽃들을 천장에다 매달아 놓은 것을 보고 귀국하면 가을에 지천으로 널려 있는 들국화를 꺾어다 꽃천장을 만들어

보겠다고 단단히 결심을 했었다. 그걸 계기로 가을이 되자 몇 날 며칠을 경운기를 끌고 논둑 밭둑 산비탈에 피어 있는 들국화를 베어다 수백 개의 꽃다발을 만들어 천장 가득 달아놓고 즐긴 일이 있는데 그 당시 사촌 누님의 아들이 우리 도자기 가마에서 함께 지냈던 것이다. 아마도 그때 본 가락으로 들국화로 실내 장식을 할 마음이 생겼고, 이것을 뒷간에 연출한 게 아닌가 하는 생각이 들었다. 그는 현실 사회와는 정반대의 사고나 생활 습성을 지니고 있어 매사가 비현실적인 데다, 너무나 엉뚱한 끼가 시도 때도 없이 불쑥불쑥 튀어나와 현실 사회하고는 조화를 이룰 수 없었다. 그는 전혀 배우거나 보지 않고도 자기 특유의 실내 장식이나 돌 구조물을 쌓기를 좋아했고 그럴듯하게 완성해 놓았다. 이따금 안타깝게 여기는 것은 그 타고난 끼나 상상력을 제대로 갈고 닦아 나갔다면 판에 박힌 예술가가 아니라 지극히 독창적인 창작을 했을 거라고 여겨지는데 꾸준한 노력이 뒤따르지 않아 그 타고난 재질이 아깝고 못내 피워내지 못한 운명이 원망스럽기까지 한 것이다.

나는 팔자에 없이 조카 덕분에 그 어떤 청결하고 우아한 현대 문명의 화장실에서도 경험하지 못한 사치의 극치를 누린 셈이다. 살아 숨 쉬는 화려한 생화에 둘러싸여 가슴 뿌듯한 향기를 만끽하고 스스로 호사스러움을 어쩌지 못해 미친놈처럼 탄성을 질렀고 그 여운이 골수까지 파고들어 잠복해 있다가 수십 년이 지난 지금까지도 때때로 회심의 미소를 지으며 흐뭇해하고 있으니 말이 모자랄 지경이다. 그 사건은 뱀 꼬리처럼 이어졌다. 울안 한쪽 구석에 가마 뒷간을 만들었는데, 달팽이 모양이랄까 똬리처럼 흙돌담을 쌓은 다음 문이 필요 없는 반원 형태의 입구를 내었다. 나는 그것을 지어놓고 아침마다 이용했다. 그러는 동안 변덕이 발동하면 그 속에다 싱싱한 생풀을 베어다 덮으면 상큼한 풀 내음이 솟아올랐다. 또 뒷산에 진달래가 만발할 때면 그 꽃을 꺾어다 뿌렸다. 우리 가마에는 낙엽이 처치 곤란하게 많고 나뭇재가 얼마든지 있어서 그걸 시루떡 캐놓듯 덮곤 했다. 농사짓는 거름으로 그보다 더 좋은 유기질 비료가 없었다. 이 비료를 써서 농사를 지은 청경채나 무, 배추 등 밭곡식은 진정한 건강식이면서 그 맛과 질감이 월등히 좋아 먹는 이들의 찬사를 듣게 되었다. 그럼에도 불구하고 야외 뒷간에 드는 일거리가 은근히 많고 귀찮아 언제 적부터 그냥 방치한 상태로 놔두고 있으면서 이런 얘기를 쓰고 있다는 사실이 부끄러울 뿐이다.

끝으로 내가 체험한 잊지 못할 또 하나의 정랑 분위기를 그려보지 않을 수 없다. 경상북도 첩첩 산중에 D 스님의 어설픈 토굴이 있어 찾아 들어간 일이 있는데, 산세가 어찌나 험한지 차가 거꾸로 처박히는 듯한 골짜기를 내려갔다 다시 깎아지른 산비탈을 올라야 양지바른 터전이 나왔다. 때는 찔레꽃이 한창 피는 늦은 봄이었고 그곳 역시 울퉁불퉁한 바위틈에 조심스레 발을 디디며 가야 까치집 같은 정랑이 외딴섬의 등대처럼 서 있었다. 대체 무슨 마음으로 그렇게 험악한 데다 뒷간을 만들어 놓고 사는지 이해가 힘들 지경이었다. 혹 축지법을 하는 도력으로 사뿐 날아서 도달하면 모를까 우리 같은 둔자는 발목뿐 아니라 다리 분질러먹기에 똑 알맞았다. 더구나 캄캄한 밤중에는……. 좌우지간 우리 일행 네 명인가는 그 화전민이 버리고 떠난 것 같은 온돌방에서 하룻밤을 잘 수 있었다. 때마침 D 스님의 도반인 C 스님이 그곳에서 홀로 참선을 하고 계셨는데, 우리는 실은 그 C 스님을 뵙기 위해 그곳까지 찾아간 것이었다. C 스님으로 말하면 훌륭한 선승으로 좀처럼 만나 뵙기 힘든 분이었다. 왜냐하면 당신의 거처를 알리지 않고 거의 일 년 내내 거처를 옮겨가며 참선에 매진하기 때문에 나 같은 뭘 모르는 천방지축이나 안면몰수하고 스님의 정진에 방해를 놓는 행동을 서슴지 않았지, 어지간한 신도라면 그렇게 무모하게 밀고 들어가진 않았을 것이다. 물론 우리가 찾아뵙겠다는 기별을 보내고 승낙이 떨어져 찾아가긴 했지만 그렇게까지 요기할 음식이 전혀 준비돼 있지 않으리라고는 상상도 못했다. 스님은 아주 태연하게 그 특유의 환한 미소로만 우리를 맞이할 뿐 전혀 대접할 생각이 없는 것 같았다. 그 까닭은 참선 삼매에 들어 시간 가는 줄 모르셨는지, 아니면 오수를 즐기느라 깜빡하셨는지는 모르지만 D 스님이 그곳 농협마트에서 사들고 들어간 두부 한 모, 콩나물 한 봉지, 무 한 개로 된장을 끓여 점심을 때울 수 있었다. 아무튼 여기서 얘기하고자 하는 것은 그곳 정랑의 놀랍게 정갈하고 향기로운 실내 분위기였다. 정랑의 마루판은 맑고 매끄럽게 윤이 나고 일 보는 벽 앞에는 둥그스름한 오지단지에 연분홍 찔레꽃이 소담스레 꽂혀 있어 한 폭의 정물화를 보는 것 같았다. 마치 옛날 고향 누님의 뒷방처럼 아늑하고 은밀해서 뒷간이라고는 전혀 실감이 나지 않았다. 먼저 언급한 국화 뒷간이 물량주의로 사람을 압도하는 분위기라면 여기는 그 실내에 알맞게 조화를 이루고, 편안하고 우아한 향취를 느끼게 했다. 다시 말해 지극히 소박하면서도 다소곳한 옛날 고향집 뒤꼍 같은 분위기라 할까? 결코 떠벌리고 번쩍대는 서양 문물의 과장성이 아니라 숨어 있는 내면세계가 보면 볼수록 은은하게 스며 나오는 아름다움이었다. 참으로 묘한 것은 그 꽃그릇의 연출은 인위적인 것이었지만 기교를 부렸다는 생각은 전혀 안 들고 자연 그대로의 신비로움이 느껴졌다. 그 당시 산속에서 뵌 C 스님의 안목과 정성은 두고두고 내 너절한 속물근성을 정화시켜 줄 뿐만 아니라 중천에 높이 뜬 태양 빛처럼 밝은 기운으로 위안이 돼주고 있는 것이다. 知軒

강칭이 할머니

쉰밥 냄새나는 소리 같은 것을 가지고 말거리를 삼아 쓴다는 것이 역겨운 내용이 될지 아니면 고두밥에 누룩을 버무려 담근 귀하고 향기로운 풍미를 내뿜는 명주(名酒)가 될지는 두고 봐야 하겠지만 다만 별것 아닌 케케묵은 재료를 가지고도 빈부귀천을 막론하고 누구나 좋아하는 음식이 됐으면 하는 마음 간절하다.

그러니까 6·25 사변이 나기 훨씬 전 코흘리개 시절 겨울방학이면 첩첩 두메산골 큰아버지 댁을 찾아가 한 달씩 놀다 온 때가 있었다. 큰집은 바로 산 밑에 초가삼간, 흙벽으로 둘러친 안방과 사랑방 그리고 너구리 굴 같은 부엌이 전부였다. 그리고 방문 바로 밑에 두세 사람 궁둥이를 붙일까 말까 한 쪽

마루가 깔려 있고 역시 흙을 맥질해 굳힌 뜰이 울퉁불퉁하게 드나드는 입구를 떠받치고 있었다. 아무렇게나 놓인 것 같은 댓돌을 내려서면 넓지 않은 흙마당이 제법 시원하게 가슴을 펴게 하고 그 가장자리로는 작은 돌팍을 쌓아 축대가 두둑하게 울을 만들어 주고 그 너머는 장마 때나 흘러내리는 도랑이 사막처럼 가로지르고 있었다. 그런데 그 도랑 저편 밑에 또 한 채의 오두막이 쥐 죽은 듯이 초가지붕을 이고 웅크리고 있는 것이었다.

우리가 큰집에 도착해 하룻밤을 자고 아침밥을 먹을 때면 영락없이 그 초가에 살고 있는 강칭이 할머니가 귀신같이 알고 김이 모락모락 나는 떡 쟁반을 안고 돌담 울을 넘어 들어오는 것이었다. 요즘 같으면 그까짓 떡 뭐가 그리 대단해서 감격할까 싶지만은 당시만 해도 '꿈에 떡 맛보듯 한다'는 속담이 있듯이 명절 때나 돼야 맛을 볼 수 있는 귀하디귀한 음식임에는 틀림없었다. 눈도 짓무르고 머리도 산발한 것 같은 주름살 덩어리의 할머니가 친손자를 대하듯 반겨주었다. 귀가 절벽인 할머니는 동문서답하는 것이 조금도 불편하지 않고 오히려 마음을 푸근케 해주는 얘기로 따뜻한 고향의 품에 안긴 듯이 그렇게 편안하고 오붓할 수가 없었다.

할머니는 평생을 홀로 살았다. 사람의 발길이 닿지 않는 깊고 깊은 산속에 숨어 사는 은자(隱者)처럼 할머니는 그 마을에서 그림자나 유령에 불과할 만큼 그 생존의 흔적이 무(無)나 다름없는 존재라 해도 좋았다. 그분은 동네에서도 좀처럼 눈에 띄지 않았기 때문에 그 오두막 속에서 도대체 어떻게 무엇을 먹고 무슨 일을 하면서 지내는지 불가사의한 일이기도 했다. 다만 마음씨 곱고 유교적인 부덕(婦德)을 움켜쥐고 일편단심 집 나간 영감님을 기다리며 사느라 두 눈이 짓무르고 눈꺼풀이 장님처럼 축 쳐져 있는지도 모를 노릇이었다. 독립운동을 한다고 며칠 밤이나 부부 생활을 했는지 모르지만 지나가는 바람처럼 스쳐간 영감이고 보니, 문자 그대로 청상과부로 평생 수절(守節)해 온 할머니였다.

그때나 지금이나 개만도 못한 사내놈들이 있어 이런 홀로 사는 여인을 그냥 놔두려 하지 않았다. 짐승이나 인간이나 그 본능을 채우려는 욕구는 다를 바 없겠지만 인간의 탈을 쓰고 인륜 도덕을 그르치는 예는 허다하다고 봐도 틀리지 않을 것이다. 수많은 사람들이 얽혀 사는 대도시라면 몰라도 그 좁아터진 산간벽지, 몇 집 안 되는 마을에도 저게 사람일까 싶게 못된 짓만 골라하는 인간이 있다는 것이 기가 막힌 노릇이었다. 못된 인간이라면 사기를 친다든지, 도둑질을 한다든지, 노름을 한다든지, 쌈박질하고 사람을 두들겨 팬다든지, 그 가짓수를 다 셀 수 없게 많지만 그중에도 제일 못된 것이라면 색마로 태어나서 온갖 수법을 다 동원해 무고한 여인을 회유하고 강압해서 제 욕망을 채우고는 헌신짝 벗어 던지듯 내버리는 짓이겠다.

그 마을에는 그야말로 '개천에서 용이 나는' 게 아니라 '썩어 문드러진 시궁창에서 유들유들한 살찐 등짝을 번들대며 기어 나오는 물개' 같은 '취생이'라는 이름을 가진 제법 논마지기나 깔고 앉아 가증을 떨 만큼 의식주 걱정 하지 않는 졸부가 있었다. 우리 할아버지께서는 며느리들을 앉혀놓고 "그놈이 아무리 우스운 짓을 해보이더라도 본 척도 말고 우습다고 웃으면 안 되느니라" 하고 당부를 하셨다는 것이다. 그놈은 여인네들이 저녁때 동네 우물가에 나와 보리쌀을 대끼고 푸성귀를 씻느라 모여 있을 때 신기하게도 줄방귀를 뀌고 힐끔힐끔 뒤돌아보며 여인네 표정을 살핀다는 것이었다. 그것도 타고난 천재성의 변형이라고 다리를 떼어놓을 적마다 뿡뿡 뿡뿡 굉음을 내면서 고개를 뒤로 돌려가며 골목이 끝날 때까지 지나간다는 것이었다. 그런데 그 광경이 참으로 우스워서 웃는 여자를 보면 저를 좋아해서 웃는다 판단하고 그날 밤 그 집 문 앞에 와 수작을 부리려 했다니, 지나가는 개가 다 웃을 노릇이었다. 그런데 그놈이 한밤중에 실오라기 하나 걸치지 않고 강칭이 할머니 집 담을 뛰어넘어 살살 기어 올라와서는 방 문살을 쥐가 갉듯 살살 긁는다는 것이었다. 그래서 할머니는 방구석에 세워둔 지개 작대를 움켜쥐고 "어떤 미친개여! 나가지 못할까!" 하고 방문을 왈칵 열어젖히며 고함을 지르면 문지방 밑에 납작 엎드려 있던 벌거숭이가 꼬리가 빠지게 담을 뛰어넘어 달아나곤 했다는 얘기를 몇 번은 들었던 것이다.

이제 본론으로 돌아가 할머니의 남편인 '강칭이 양반'에 대해 들은 대로 털끝만큼도 가감하지 않고 적어볼까 한다. 그분은 이 두메산골에서 유일하게 신학문을 공부하고 인품도 훌륭해서 인근 동네에서는 존경을 받는 선각자였다고 한다. 뿐만 아니라 나라 빼앗긴 처절한 현실에 대해 울분과 고뇌로 괴로워하다가 독립운동의 길로, 분연히 고향을 등지고 만주로 달려갔던 것이다. 수십 년을 그곳에서 싸우다가 해방이 되자 고향에 돌아와 첫 번째로 한 일이 사랑방에 차려놓은 제청의 신주들을 끄집어내어 마당에다 내던지는 일이었다. 그런 다음 그 신주들을 헌 새끼줄에 동여매고 동네 골목골목을 끌고 다니다가 동구 밖 후미진 괭이 청소라는, 물귀신이 득시글거린다는 깊은 물에다 던져버렸던 것이다. 그 이유는 못된 마귀나 귀신들을 최대한 괴롭히고 능멸해서 원수를 갚자는 시도였다는 것이다.

그에겐 이 세상에 전지전능한 하나님 한 분과 예수님 외에는 모두가 마귀들이며 오직 예수님만이 죄인을 구원해 줄 수 있고, 우리가 그를 섬김으로써 구원을 얻어 천국에서 영원히 행복하게 살 수 있다는 믿음으로 꽉 차 있었던 것이다. 세상이 이렇게 어지럽고 죄악으로 가득 차 있는 것은 마귀들의 장난으로 모든 인간과 세상은 멸망할 수밖에 없게 돼 있는데도 무지몽매한 인간들은 죽은 조상이나 떠받들고, 거기 대고 복을 비니…… 그는 무엇보다 그 마귀의 소굴인 제청 신주를 박살내는 것이 하나님께 충성을 바치는 것이라 믿고 묻어뒀던 적개심을 풀어냈던 것이다. 그러나 수백 년을 면면히 이어 내려온 '조상 위하고 부모 공경하는 것', 조상님들이 세상을 뜬 다음에도 살아 계실 때나 똑같이 그 덕(德)을 높이 떠받들고 뜻을 기리며 예를 다하는 것이 인간이 갖춰야 할 최상의 의무로 여겼던 그 시절인데, 그렇게 훌륭하다는 선각자가 예수교를 믿고 한다는 짓이 마른하늘에 날벼락을 치듯 천인공노할 광기를 부렸으니 동네 사람들의 심정이 어떠했겠는가?

나 역시 어려서부터 아무것도 모르면서 예배당을 열심히 나갔다. 동생들을 데리고 추우나 더우나, 비가 오나 눈이 오나, 예배당에 가는 것이 즐거웠다. 부모님은 한동안 우리가 교회 나가는 것을 모르다가 나중에야 눈치를 채고 "예수 믿는 놈들은 조상도 없고 부모도 없고, 천하 개 쌍놈만도 못한 것들이여!"라고 혼을 내면서 못 가게 했다. 나는 도저히 그 뜻을 알 수 없었다. 교회 목사님이나 전도사 같은 분들의 설교를 들으면 하나도 그른 말이 없고 언제고 잘못을 뉘우치고 하나님 뜻대로 살려는 마음이 용솟음쳤던 것이다. 그러던 중 뒤늦게야 고향에서 '강칭이 양반'의 처사를 알게 되자 이해할 수 있었던 것이다. 결과적으로 대학 2학년 때 집안에 끔찍한 비운이 덮쳐 '하나님이 계시다면 어찌 이런 일이 벌어질까?' 골백번도 더 원망하던 끝에 교회고 예수고 하나님이고 다 때려치우고 말았던 것이다.

그렇게 훌륭하다는, 선각자이며 독립운동가였던 그 어른은 집에 와서 제청의 신주를 없애버리는 임무(?)를 마치고 어디론지 종내 바람처럼 사라지고 말았다. 강칭이 할머니는 이런 불상사가 있기 전이나 그 이후나 있는 듯 없는 듯 시종일관 그렇게 은자처럼 연명을 하다 새털처럼 지상에서 날아가 버렸다는 소식을 들은 것이 벌써 육십 년도 넘은 것 같다.

기실, 사는 동안 얼마나 배가 고프고 고기가 먹고 싶었으면 운명할 날을 앞두고 다 꺼져가는 화로 잿불 위에다 땟국 절은 시커먼 이불솜을 뜯어 그슬려서는 고기가 맛있다고 이빨 없는 잇몸으로 씹어 넘기다가 숨이 막혀 세상을 하직했다니 무슨 인생이 그토록 기구했을까 상상만 해도 가슴에 통증이 일어나는 것이다. 知軒

열차 관광

운 좋게도 기차역이 코앞에 있어 '도나 개나 다 간다'는 쌍계사 벚꽃 관광을 감행하게 되었다. 나라는 사람은 태생이 어디 구경을 간다든지 호기심이 발동해서 뭔가를 탐구하는 것 하고는 담을 쌓고 있는 터라 벚꽃구경을 나선다는 것이 스스로 생각해도 신기하지 않을 수 없었다. 다만 꽃은 좋아해서, 특히 화창한 봄날 푸른 하늘을 배경으로 뭉게구름처럼 벚꽃 무리가 산천을 덮고 있는 광경을 보면 좋아 어쩔 줄을 모르고 네 활개를 치곤 했다. 아! 그 화사한 꽃 세상! 이게 꿈인가 생신가? 헷갈리는 게 문제가 아니라 미친놈처럼 실실 웃다가 와아~~ 하고 소리를 지르게도 되는 것이다.

나이를 한참 먹고 모든 감각 기관이 무디어졌는지 세상만사가 시시하고 귀찮아 축 쳐져 있던 참에 그 유명한 열차 관광, 벚꽃구경 갈 생각을 하니 어릴 적 소풍날을 손꼽아 기다리며 가슴 두근거리던 생각이 떠올라 나이를 뭐로 먹었나 하는 생각을 다 하게 되었다. 어쨌든 벚꽃이 만발한 꽃 세상 속에서 수많은 구경꾼들과 어깨를 부딪혀 가며 어린아이가 된 것처럼 아무 생각 없이 꽃만 바라다보고 깊은 숨을 쉴 것을 상상하니 벌써부터 몸과 마음이 새털처럼 가벼워져 당장이라도 저 높은 창공을 향해 후르르 날아오를 것만 같았다.

드디어 벚꽃구경 열차를 타게 되었다. 열차 안은 꽃구경 가는 사람들로 왁자지껄 했다. 자리를 잡고 어서 빨리 열차가 출발하기를 기다리고 있는데 입구에서부터 떠들썩한 한 패거리의 사람들이 밀고 들어왔다. 그들은 들어오기가 무섭게 끼고 온 거적 같은 것을 깔더니 꾸려가지고 온 음식 그릇을 펼쳐 놓기 시작했다. 사람들은 불한당 떼처럼 제멋대로 소주병을 따고 기름진 돼지 불고기 등 냄새 진동하는 안주를 신나게 먹어대는 것이었다. 열차 칸은 순식간에 한밤중 포장마차 속처럼 음식 냄새와 술 냄새와 담배 연기까지 뒤섞여 난장판이 되고 말았다. 거기다 열차 칸에 설치된 스피커에선 세상이 떠나가게 그 광경에 걸맞는 때 지난 유행가 가락이 안하무인격으로 쏟아져 나왔다. 바로 이게 이 험한 세상 살아가는 데 한순간의 위안이며 한풀이가 아닌가 하는 생각이 드니 다소곳이 앉아 있을 수밖에 없었다. 마침내 목적지에 도착하니 하늘은 티 하나 없이 맑고 포근한 한낮, 대지는 신선한 생명력으로 살아 움직이고 쌍계사 계곡에서 흘러내리는 냇물과 맑은 햇볕을 받은 물가의 돌들은 보석처럼 빛났다. 그럼에도 불구하고 이미 벚꽃은 거의 다 떨어지고 붙어 있는 겹꽃들이라는 것도 구겨진 휴지 조각처럼 지저분하기 짝이 없었다. 이런 걸 두고 '가는 날이 장날'이라고 했던가. 매사 처음이 좋아야 끝도 좋은 법인데 열차 탈 때부터 기분을 잡쳐놓더니 시종일관 이 모양이군! 부글거리는 가슴을 억지로 참으며 재수 옴 붙은 날이 있으면 운수 대통하는 때도 있게 마련이라는 말로 마음을 달래려고 허탈하게 미소를 지었던 것 같다.

다시 돌아오는 열차 안에서의 풍경은 많은 것을 생각하게 했다. 이번에는 비교적 조용히 제자리를 찾아 앉아 실망한 봄꽃놀이를 차분히 되짚어 보는듯한 분위기였다. 아니, 맥 빠진 꽃놀이에 심신이 고달파 패잔병처럼 울적한 기분을 억지로 삭이고 있는 것 같았다. 내 앞자리에는 40~50대의 평범한 여인 셋이 얌전하게 앉아 모두 입을 다물고 교실에서 진지하게 선생님 말씀을 귀담아 듣는 사춘기 모범생 소녀들 같았다. 저녁이 다가오고 열차 안은 침침한 밤의 습기를 빨아들여 멀쩡한 사람도 울적한 기분에 사로잡혀 "해는 져서 어두운데 찾아오는 사람 없어……" 하고 목청껏 노래라도 불러야 마음이 풀릴 것 같은 순간이라고 할까? 어차피 인생은 외롭고 서글픈 순간순간이 고질병처럼 뼈마디 사이사이 연결돼 있다가 여차하면 미친 것처럼 눈물을 짜기도 하고 돌연변이의 우스꽝스러운 행동을 해서 웃어야 할지 울어야 할지 모를 이상한 지경이 되기도 하는 것이기에 이 시간이 바로 이런 것인가 생각케 했다.

때마침 예의 왁자지껄한 스피커에선 흘러간 유행가 가락이 정적을 깨고 터져 나왔다. 그깟 놈의 인생 한 번 왔다가 속절없이 사라지는 것, 무엇을 위해 밤낮없이 죽자 살자 일만 하고 눌려 살다가 억울하게 써버린 청춘, 분하고 원통해서 보는 사람만 없으면 악이라도 쓰고 싶은 순간일지도 모를 일이었다. 그럼에도 불구하고 짜릿짜릿한 유행가 곡조와 가사는 한과 허무로 사그라진 영혼에 각성제(覺醒劑)처럼 삶의 용기를 불러일으키는 것 같았다. 거기에 기상천외하게도 피에로가 나타났다. 늘씬한 키에 몸매가 잘빠진 중년의 남자는 산전수전 다 겪고 나서 마지막으로 사위어 가는 불씨를 살려보겠다고 안간힘을 쓰듯 시뻘겋게 상기된 얼굴로 춤 솜씨를 한껏 과시하고 있었다. 한때는 무용계의 스타로 각광을 받다가 어느 순간 인생 실패자로 추락을 해서 기껏 삼등 열차 칸에서 그 한을 푸는 게 아닐까 하는 생각이 들었다. 그는 신이 오른 듯 춤 삼매에 빠져 더없이 황홀한 경지를 마음껏 즐기고 있는 것이 분명했다. 아마도 세종문화회관 같은 무대에 섰다면 세계적인 무용수 누리예프는 잽도 안 될 것 같았다. 그의 눈에서는 광채가 뿜어져 나왔고 이마와 얼굴엔 축축한 땀방울이 남성의 정기를 내뿜고 있는 것 같았다. 정말 신기하게도 얌전히 앉아 있던 사람들이 하나둘 자리를 박차고 나가 춤을 추기 시작했다. 어느새 내 앞의 여인들도 서로 눈짓을 주고받더니 일어나 합세하는 것이었다. 한 무리가 추고 들어오면 기다렸다는 듯이 다른 무리가 비집고 들어가 가슴을 흔들고 궁둥이를 씰룩대고 팔다리를 격렬하게 흔들고 비비 꼬는가 하면 얼굴 근육은 각양각색으로 내면을 드러내는 신 오른 무당보다도 더 신바람이 났다. 그야말로 가관이었다. 아수라장이라는 것이 이런 것일까? 이보다 더 신바람 나고 미쳐 돌아가는 것이 어디 있을까?

멋대가리 없이 멍청히 앉아 있는 내 꼴이 가련하게 느껴졌다. "나오세요! 어서 나오세요!" 앞에 앉았던 여인 하나가 숨을 헐떡대면서 내 팔을 잡아끌었다. 어느덧 열차는 수원역에 정차했는데 열차 바닥이 빠져나가지 않을까 걱정이 될 만큼 쿵쾅대면서 뛰었다. 차창 밖에 서 있던 사람들이 우르르 몰려와 이 광경을 들여다보며 히죽대었다. 아니 도대체 꽃구경도 망치고 후줄근한 모습으로 실의에 빠져 있던 사람들이 저렇게 신바람이 나서 날뛰는 이유를 짐작할 수 없었다. 드디어 그 광란의 춤판은 막을 내리고 내 앞의 여인들도 씩씩대며 자리에 와 앉았다. 옷매무새는 흐트러지고 얼굴이고 머리도 제멋대로였다. 그들은 숨을 가다듬은 다음에 손거울을 들여다보며 자기네 모습을 재정비하느라 여념이 없었다. 과연 그들은 언제 그랬더냐 싶게 교양 넘치고 온순한 요조숙녀로 되돌아갔다.

열차가 종착점에 닿고 모두가 쫓기 듯 서둘러 내리는데 앞자리의 여인들 역시 가방을 챙긴 다음 눈웃음으로 작별을 건네고 뒤도 안 돌아보고 열차를 내리는 것이었다. 나 또한 그게 인연이라고 앞서가는 그들의 뒷모습을 착잡한 기분으로 배웅했다고 할까? 어차피 인생은 이렇게 뒤죽박죽 이중성을 지니고 허부적거리고 살게 돼있는 것이라고 생각할 때 모두가 이해가 되고 어떤 연민의 정까지 느끼게 되었다. 다만 모처럼의 벚꽃 관광은 망쳤으나 진짜 인생 관광, 열차 관광을 체험할 수 있었으니 아무리 고생바가지로 하는 세상살이라 하더라도 '개똥밭에 굴러도 이승이 좋다'는 속담이 실감이 났고 세상은 살만한 곳이라는 것을 절실히 깨닫게 되었다. 知軒

눈

아침에 창문을 열자 밤새 내린 눈으로 온 세상은 천상의 꽃밭보다도 더 화사할 만큼 사람의 눈과 마음을 홀리는 것이었다. 순간 가슴은 환희로 차오르고 입에선 탄성이 터져 나왔다. 뒤이어 묘하게도 그 옛날 처절했던 피난길의 악몽이 어제 일처럼 머리를 스치는 것이었다. 뜻밖에 너무 좋은 일이 찾아들면 방정맞게 비극적인 재앙이 뒤따를까 봐 지레 겁을 먹고 불안해하는 것처럼 그런 이상한 심리 작용이 일어났는지도 모를 일이었다. 왜 이렇게 꿈속처럼 좋기만 한 아침 눈경치를 감탄하면서 그따위 케케묵은 절망의 파편들이 머릿속 저 깊은 어디엔가 박혀 있다가 불쑥 튀어나왔는지 도대체 모를 일이었다.

톱질하듯 쳐들어갔다 밀렸다 하기를 밥 먹듯 하는 전쟁의 한 가운데서 그 혹독한 1·4 후퇴 피난길은 언제 죽음이 날아와 박살을 낼지 모르는 순간순간이었다. 우리는 전투의 길목, 문경새재 바로 밑에서 방향도 목적지도 없이 어디론가는 떠나야 했다. 추위는 고추보다도 더 맵고 칼날 같아서 그까짓 무명천으로 몸을 가린 신세로 세차게 몰아닥치는 눈보라 속을 허우적대며 발길을 떼어놓는다는 것이 죽음 그 자체나 다름없었다. 마치 형장으로 끌려가는 포로들처럼 무거운 짐 보따리에 눌려 걷는다기보다는 굼실굼실 꿈틀대고 있다는 것이 제대로 된 표현일 것이다. 포성인지 천둥인지 간헐적으로 천지를 뒤흔들고, 무겁게 가라앉은 구름 떼는 앞이 안 보이게 눈발을 쏟아내려 굼벵이 구르듯 움직이는 우리를 금세 파묻어 버릴 것만 같았다. 그러지 않아도 길섶에 어린애들을 끌어안고 주저앉아 있는 한 여인이 끌고나온 너덧 명의 가족은 동사하기 전에 눈 무덤이 돼버릴 것이 분명했다. 어느새 저녁이 되고 캄캄해지자 신작로마저도 암흑의 장막으로 꽉 막힌 것 같았다.

"도루 돌아가자! 가다 얼어 죽으나 포탄을 맞아 죽으나 집에 앉아 죽는 게 낫겠다!"

앞장서 가던 큰아버지의 비장한 목소리가 울리고 우리는 오던 길을 되돌아갈 수밖에 없었다. 천행으로 우리 식구들은 얼어 죽지도 포탄에 맞아 죽지도 않고 그 전화의 극한 상황에서 살아나, 할 말이 없으면 소설 쓰듯 그때 얘기를 되풀이하곤 했다.

햇살이 미처 찾아들기 전의 눈 세상일망정 눈을 부시게 하는 별천지가 눈앞에 펼쳐지고 있었다. 이럴 때 도인인 양 지그시 눈을 감고 묵묵히 내면의 세계를 관조하는 것처럼 우두커니 서 있는 사람이 있다면 등때기를 한번 보기 좋게 후려쳐서 솔개가 병아리를 낚아채듯 끌고나가 강아지처럼 눈밭에 함께 뒹굴자고 야단법석을 떨 일이었다. 내 마음은 성급해지기 시작했다. 당장 뜰을 내려서니 마치 시베리아 벌판 같은 설원이 요원하게 펼쳐져 있는 것과 다름없었다. 티끌 하나 없이 순백 순결의 평원! 미지의 땅! 미답의 원형! 차마 이 속물의 발을 내딛기가 두렵기까지 했다. 나는 마치 처녀지를 탐험하는 무법자처럼 과감하게 발길을 내디뎠다.

제법 넓다고 볼 수 있는 산기슭 마당에는 각종 나무가 새롭게 단장을 하고 한껏 그 모습을 드러내고 있었다. 매화, 산수유, 앵두, 진달래, 철쭉, 감나무, 밤나무, 참나무, 단풍, 엄나무, 산사자, 벚나무, 개나리, 찔레, 모과나무를 비롯해 갖가지 이름 모를 식물들이 멀리 가깝게, 위로 아래로 한 식구마냥 무리를 지어 있는가 하면 돌담 울, 돌탑, 자연석, 장독대의 각종 장독까지 제 나름의 단장을 뽐내듯 의젓하게 제자리를 지키고 있는 것이었다. 섬세한 가지를 펼치고 있는 매화, 산수유, 단풍, 앵두나무들은 섬세하기가 곱게 짠 레이스보다도 더하고, 그 투명하고 화사한 형체는 털끝만 한 바람결에도 금방 하늘

꼭대기로 사라질 것 같았다. 매화꽃이 만발한 꽃무리를 바라다보는 것보다는 이렇게 눈[雪]으로 성장을 한 자태는 향기가 없을 뿐이지 그 풍성하고 고결한 정경은 비할 바가 아니었다. 진달래만 하더라도 흰 진달래꽃이 무더기무더기 피어 요란을 피우는 것처럼 복스럽다고 할까 넉넉하게 피어 눈 잔치를 벌이고 있는 것 같았다. 평소 진달래꽃이 만발했을 때 가까이에서 그 꽃잎 속을 가만히 들여다보면 그 투명하고 고운 빛깔에 빨려 들어가는 듯한 기분을 느끼곤 했는데, 이렇게 순백의 반짝이는 눈송이로 어우러진 또 다른 인상은 처음이었다. 같은 나무라도 소나무, 잣나무, 사철나무 같은 것은 나뭇가지에 얹혀 있는 눈의 묘미를 찾아보기 어려웠다. 오히려 인공의 구조물이라도 돌담울이나 돌탑 항아리 등은 그 쌓여 있는 눈송이로 인해서 새로운 감흥을 불러일으켰다. 마당가의 원시인 옆얼굴 같은 자연석은 아주 특별한 면모를 하고 있었다. 성당 안이 아니라 활짝 열린 노천에서 미사를 드리는 여인의 미사포 같은 눈 베일은 성스럽게 그 모습을 변모시켰다. 평소에는 늙어 쭈그러진 원숭이 면상으로밖에 보이지 않던 돌덩이가 아니었던가? 사람 팔자 시간문제라더니 이거야말로 돌 팔자 시간문제였다.

나는 무엇에 끌리듯 한발 한발 미답의 눈 위를 밟고 나갔다. 적어도 이 순간만큼은 세속의 잡티가 전혀 비집고 들어올 수 없는 순수의 세계를 만끽할 수 있었다. 이토록 내 자신이 순백의 단순한 영혼을 지니고 담담하게 무아의 경지까지 체험할 수 있었다는 것이 신기할 따름이다. 환경과 분위기가 사람의 심성을 좌우한다고 하지만 이렇게 피부로 절실하게 느낄 수 있었다는 것이 대견했다. 겨울 산의 능선은 그 나뭇가지가 연출하는 또 하나의 면모를 보여준다. 흔히 노루잔등 같다는 하늘과 맞닿은 능선의 세밀함이 머나먼 피안의 세계처럼 느껴지기도 하지만 모든 것을 떨쳐버린 본질만이 남아 있는 내 자신의 내면같이 보이기도 하는 것이었다. 그것은 다만 이렇게 때묻지 않은 청정한 세계 속에서 숨을 쉬는 동안만은 말이다. 나는 가능한 한 눈에 들어오는 길섶의 험상궂은 찔레넝쿨 따위의 가시덤불을 신기하게 눈여겨 살펴가며 발자국을 떼어놓았다. 그렇게도 사납게 엉클어진 줄기에 기적이 일어나듯 엷디엷은 눈꽃이 아우성을 치듯 피어 있는 것이었다. 툭하면 사람을 찌르고 할퀴는 그 앙칼진 가시가 저렇게 변모할 수 있다는 것이 거짓 같았다. 그렇다고 그것은 위선이나 위장하고는 다른 것이겠지! 인간이 흔히 더러운 심보를 가지고 세상에 없이 깨끗하고 바른 척 육갑을 떠는 것과는 근본적으로 다르리라. 세상엔 그 지저분한 인간이 쓰다버린 쓰레기며 조잡하고 흉측스런 구조물들이 널려 있을 뿐만 아니라 개발이라는 명분 아래 마구 파헤친 자연의 상처 난 모습을 눈이라는 하늘의 축복이 정화시켜 놓았다고 믿고 싶은 것이다.

아침 해가 떠올라 그 밝은 햇살이 내리쬐기 시작하는 시각, 공교롭게도 골짜기를 되짚어 내려오는데 방금 전에 보던 눈꽃의 빛나는 결정체들이 찬란하게 하늘을 향해 애교를 부리고 있는 것 같았다. 이런 눈꽃은 빛을 발산하다 못해 윤기 흐르는 참신한 생명체로 거듭나는 것이었다. 이것은 가마 속의 도자기가 최고 화도에서 절정을 이룰 때 발산하는 광채와 살아서 꿈틀거리는 몸뚱이가 환희에 벅차 저 세상의 무슨 정체 불명한 존재로서 지고의 상태를 보여주는 것과 흡사하게 느껴졌다.

평생에 이런 기막힌 체험을 몇 번이나 누릴 수 있을까 싶게 붕 떠 있는 찰나에 눈에 얽힌 아름다운 추억 하나쯤 떠올려 봐도 좋으련만 기껏 생각나는 것이 그놈의 전쟁, 후퇴, 추위, 그 원수 놈의 눈[雪], 아니 살인마 같은 죽음의 골짜기를 미끄러지며 자빠지며 죽을 고비를 한없이 겪었다는 것이 고작이니 한심스러울 수밖에 없다. 하긴 어느 겨울 출근 버스를 탔는데 눈이 하도 많이 쏟아져 버스가 무악재 고개를 오르지 못하고 얼어붙고 말았다. 출근길의 사람들은 성냥곽에서 성냥개비가 비집고 나오듯 빙판길에 내팽개쳐 버린 거나 다름없었다. 사람들은 너나없이 마음이 바쁘고 어떻게든지 고갯길을 오르느라고 정신이 없었다. 그런데 문제는 빙판 위에 벌렁벌렁 나자빠지는 젊은 여성들이 빙판 바닥에 등을 대고 사지를 하늘로 치켜든 채 버둥대며 비명 아닌 비명을 지르는 모습이 수십 년이 지난 지금에 와서도 웃음이 터지려고 한다. 왜 좀 낭만적인 추억이 이 꿈속처럼 좋기만 한 순간에 반의 반 개쯤이라도 떠올라 이 메마른 가슴을 뭉클하게 해놓질 못하나 싶어 야속하기도 하지만 남들의 부러운 낭만을 상상하는 것만으로도 위안이 될 것 같기에 내 멋대로 그려볼까 싶다.

눈이 펑펑 쏟아지는 어느 오후 두 남녀는 서로 손을 잡고 고궁의 돌담길을 따라 마냥 느긋하게 걸어간다. 공중에서 나비처럼 사뿐사뿐 날아드는 눈송이는 그들의 오바 깃이며 머리에 너무나 조용히 내려앉기 때문에 경건하게까지 보인다. 눈은 결코 차갑거나 심술 고약한 방해물이 아니라 오히려 따뜻한 하늘의 축복으로 여겨질 만하다. 이윽고 두 사람은 카페 문 앞에서 발길을 멈추는 것이었다. 하얗게 눈을 뒤집어 쓴 남녀는 서로를 털어주며 안으로 들어간다. 카페 안은 훈훈하고 향긋한 커피 향이 들어선 두 사람을 포옹하듯 에워싼다. 그들은 너무나 안락한 기분으로 장작불이 이글대는 스토브 옆 테이블에 좌정을 하는 것이다. 그들의 안락한 기분은 상기된 얼굴빛으로 더욱 건강하고 행복해 보인다. 드디어 따끈한 커피가 나오고 천천히 커피 잔을 입술에 갖다 댄다. 둘이는 홀짝대기 시작한다. 어쩌면 커피 맛보다도 끊임없이 짓는 달콤한 미소와 다정한 시선이 몇 배 더 달고 향기로울지 모를 일이다. 이럴 때 재미없고 무뚝뚝한 남자라도 행복에 겨워 입으로 발설하기에 앞서 몸뚱이를 어떻게 해야 좋을지 모를 것이다. 설령 구두 속의 발가락을 꼬물꼬물한다든지, 허리를 비틀든지, 심지어는 손가락을 가지고 거꾸로 꺾는 짓을 하든가, 입술을 오물딱거리거나, 콧구멍을 벌렁대다가 육중한 궁둥짝을 들썩들썩하는가 하면 양다리를 떠는가 했더니 어느새 발끝을 까딱까딱하는 현상을 보이기도 할 것이다. 물론 채신머리없는 동작이지만 속에서 좋아 죽겠는 것을 이렇게라도 풀어내야 하기 때문이리라. 오죽하면 좋아서 죽겠다고 하겠는가? 나는 이 두 남녀가 너무너무 행복하고 사랑하는 나머지 어디 호텔이나 모텔로 가는 게 아니라 한강 다리로 달려가 둘이 얼싸안고 투신자살이라도 하지 않을까 은근히 걱정이 된다. 참 오지랖도 넓게 걱정도 팔자라는 말처럼 엉뚱한 상상을 다 해본다. 아니 나하고는 상관없는 남의 청춘 남녀의 꿀이 쏟아지는 낭만인지 뭔지를 바라다보고 부러워하고 억울해한들 무엇하겠는가? 인생이라는 것이 태어나서 다 제 팔자대로 살다가 가게 돼 있는 것을……. 폭풍우 치는 일터에서 뼈가 부서지게 땀을 흘려야 하는 신세가 있는가 하면 이렇게 안락한 공간에서 몸 편히 마음 즐겁게 바깥 험한 세상을 내다보면서 호사를 누리는 이들도 있으니 이를 어떻게 해석해야 하나? 운명, 팔자, 전생의 업? 아무래도 불가사의하다. 내가 아침에 본 눈만 하더라도 너무나 상반되는 현상으로 기분을 언짢게 해놓고 말았다. 그것들은 거의 다 인간이 일으켜 세워놓은 구조물들이었다. 아파트를 비롯해 각양각색의 건축물들과 전신주 등 각종 시설물들이 세속의 내장을 그대로 드러내 놓고 있었다. 그것은 자연의 순수성과는 영 다른 속세의 복잡다단한 단면을 보여주고 있는 것 같았다. 나는 이것이 바로 우리의 현실이라는 것을 자각하게 되었다. 그동안 탄성을 질러

가며 감탄한 자연의 세계는 어디까지나 환상이며 속임수에 지나지 않는 것처럼 느껴졌다. 어쩔 수 없이 잠시 동안의 환영이었고 가면에 불과했다. 도로에는 무지막지한 차량들과 승용차들이 그 가면의 너울을 인정사정없이 할퀴어 가며 달리는 것이었다.

잠깐이구나 잠깐! 눈 깜빡할 사이로구나! 꿈에서 깨어나는 시간은 너무나 짧았다. 세상은 다시 요란스런 소음으로 머리를 어지럽히기 시작했다. 이것이 세상의 실상인 것을 잠시 착각하고 있었던 것이다. 知軒

3장

타고난 변덕

싱거운 사람이 있어 미친 척하고 떡판에 엎어지듯 뚱딴지같이 그야말로 동에도 서에도 닿지 않는 허튼소리를 하면 좌중의 긴장은 풀어지고 분위기가 흐물흐물해져 웃음이 터지고 가슴에 갇혔던 소리가 여기저기서 나오게 될 것이다.

—「말장난」 중에서

망신살

세상엔 좋은 사람도 많고 훌륭한 사람도 일일이 꼽을 수 없이 많건만 하필이면 못된 인간들의 막돼먹은 일들만 꽁하게 가슴속에 쟁여놓고 속을 끓일 때가 있으니 그 옹졸함을 어느 때나 떨쳐버리게 될 지 실소가 새어 나온다.

벌써 한참 지난 일을 묵밭을 일구듯 파내어 내 못된 버릇을 만천하에 폭로하는 맹초 짓을 한다는 것이, 과연 나잇값이나 할 수 있을지 자신이 없지만 넋두리 삼아 쏟아놓을까 한다. 나의 행동반경이란 대체로 서울서 백여 리 떨어진 산기슭에서 한 달에 한 번 정도 버스를 타고 서울이라는 곳에 다녀오는 것인데, 그때마다 큰일이나 해낸 것처럼 버거워하는 것은 나의 도시에 대한 못된 편견이나 불협화음으로 변명을 삼아야 할 것 같다. 그날도 예외 없이 내 소굴에 돌아오느라 강동역이라는 데서 버스에 올랐다. 뜻밖에 버스 안은 널널하게 자리가 여기저기 이빨 빠진 늙은이 입안처럼 빼끔빼끔 비어 있었다. 재수 옴 붙은 날이 아니라 억세게 운수대통한 행운의 순간으로 즐거운 비명을 지를 만했다. 나는 전철을 타든 버스를 타든 어디쯤 서야 양보를 안 받을까 눈여겨보다 되도록 남의 신세를 지지 않을 곳에 머무는 것이 습관이 돼 있다. 그러나 멀리 가는 시외버스에서는 앉을 자리가 없이 몇 시간이고 서서 견뎌야 한다는 것이 고역일 뿐만 아니라 공연히 심사가 뒤틀려서 서 있는 버스를 탓하고 운전기사를 원망하곤 하는 때가 있다. 그런데 이렇게 좌석이 훤히 뚫려 있으면 우선 기분이 좋아지고 마음도 넉넉해진다. 한마디로 어디 좋은 데 관광이라도 떠나는 것처럼 콧노래라도 흥얼대고 싶은 것이 사실이다. 참 사람의 마음이 간사해서인지 이런 횡재를 한 것 같은 상황에서도 어디쯤 앉아야 좋을까 잠시 망설이게 된다. 되도록 무난한 사람 옆을 찾는다. 인상이 험악하거나 지저분한 사람 곁은 싫고, 그렇다고 까다롭게 몸치장을 하고 교만해 보인다든지 혹은 도인인 양 너무 근엄해 보인다든가 반대로 시정잡배처럼 알로까고 유난스런 겉치레의 인물 옆에는 가고 싶지 않은 것이다.

때마침 호박이 넝쿨째 굴러들어 온다고 고향 누님같이 생긴 여인이 한 쪽 자리를 비워놓고 앉아 있었다. 얼굴 표정도 온화해 보이고 입고 있는 옷차림 또한 수수하면서도 궁기가 끼어 보이지 않았다. 여인의 옆에는 무슨 봉투가 놓여 있는데 제과점에서 흔히 담아주는 종이봉지인가 본데 결코 요란스럽지 않았다. 여인은 내가 그 곁으로 다가서자 킁하는 소리인지 캥하는 소리인지 들릴 듯 말 듯 내면서 그 봉지를 잡아채듯 잽싸게 들어 창가 자기 무릎 위로 옮기는데, 얼핏 그 표정이 노래기 씹은 얼굴이어서 좌골신경통이라도 앓나 싶었다. 느긋한 마음으로 손님 받아들일 준비가 완벽하게 돼 있는 윤기 흐르는 좌석 위에 되도록 느긋한 동작으로 조심스럽게 좌정을 했다. 그 순간 마치 이역만리 창공을 날아갈 비행기 좌석에 몸과 마음을 맡기듯 너무나 편안하고 흐뭇한 기분으로 그날의 행운을 감사하고 감격에 벅차 회심의 미소라도 짓고 있었는지 모른다. 아마도 뭐 대단한 보물을 숨겨놓고 저 혼자 몰래 가슴속 깊숙한 데서 좋아 어쩔 줄 모르는 이 기분을 어느 누가 눈치 챌 수 있을까 보냐 하는 심정으로……. 버스 속은 세속의 온갖 잡동사니 행태가 잠시 숨을 죽인 듯 버스 엔진 소리의 위력에 눌려 있는 듯싶지만 타고 있는 사람들 하나하나의 머릿속 가슴속에서 들끓고 있는 삶을 향한 아우성은 단지 들리지 않을 뿐이지 그렇게 순탄하고 평온한 것은 아니리라. 남들이야 어떻든 나는 가만히 눈을 감았다. 마치 좌선 삼매에 들려는 수도승 같다면 지나친 말일까? 이때 옆자리 여인한테서 또 킁인지 캥인지 분간 못 할 예의 그 소리가 한층 뚜렷하게 새어 나왔다. 여우도 아닌 여인의 입에서 그런 괴성이 나온다는 게 예사롭지 않아 고개를 옆으로 돌리니 그 눈과 입의 표정에서 뭐가 못마땅한지 살기 같은 것이 느껴졌다. 순식간에 나의 좌선 삼매는 날벼락을 맞은 꼴이 되고 말았다. 더구나 고개를 외로 틀고 옷자락을 끌어당기며 한 치라도 멀리 떨어지려는 그 여자의 몸짓에 내가 마치 병균을 옮기는 문둥병 환자 아니면 치한이라도 된 것 같은 기분을 떨쳐버릴 수 없게끔 불쾌감을 일으켰다.

참 같잖은 일이었다. 아무리 생각해도 그녀가 기분 나쁠 만큼 무례한 행동을 한 것도 아니고, 그렇다고 남을 불쾌하게 할 만큼 옷이나 몸에서 악취를 풍겼다고는 결코 상상도 할 수 없는 일이기 때문이다. 만약 나이 먹은 늙은이가 그 늙었다는 사실 하나만을 가지고 기분을 언짢게 했다면 몰라도 적어도 아직까지는 결벽증이 있을 만큼 깨끗하게 하고 다닌다고 믿고 있기에……. 보아하니 저도 혈기나 생기가 다 가시고 오그라지고 쭈그러진 꼬락서니가 역력한데, 똥 묻은 개가 겨 묻은 개 나무라는 식으로 주제 파악 제대로 못하고 가증을 떠는 것이었다면 꼴에 꼴값을 하는 구제불능의 인간일 수밖에 없겠다. 세상을 살아가다 보면 어처구니없게도 멀쩡히 있다가 바보, 등신, 불능자가 되는 경우가 없지 않은데 버스 칸에서 별것도 아닌 여편네 때문에 기분을 잡치고, 그런 불쾌감으로 집으로 오는 내내 내 상판대기 또한 꼴불견이었을 것을 생각하니 부아가 치밀었다. 아니, 내 평소에 품고 있던 못된 심보가 위선으로 가릴 수 없게끔 쌓이고 쌓여서 시도 때도 없이 밀려나와 남을 불편하게 하고 있다면 인과응보의 죄를 마땅히 받아야 하기에 누굴 탓할 일이 아니다. 입만 벌렸다 하면 남을 헐뜯고 욕하는 것이 습성이 돼 있어 알게 모르게 그 대가를 고스란히 치르고 있다고 생각하니 그 여인이 꿰뚫어 보는 안목으로 내색한 것에 대해 일종의 경책으로 봐도 좋으련만, 어쨌든 옹졸한 마음은 좀체 사그라지지 않았다. 그렇지 않았다면 차창 밖 경치를 감탄하며 세상을 아름답게 바라보며 세상만사가 다 고마우면 고마웠지, 사람 사는 것이 못된 것으로만 넘쳐나는 것으로 삐딱하게 치부하고 있을 까닭이 전혀 없었다.

요 며칠 전에도 은행에 갔다가 그와 흡사한 멸시를 당하고 울지도 웃지도 못하고 돌아온 일이 있다. 어쩌다 보니 내 순번 차례가 지나 뒷사람이 돈을 찾고 있었다. 창구에 그 사실을 얘기하니 기다리라고 했다. 나는 시키는 대로 다소곳이 부를 때를 기다리고 있었다. 마침내 내 차례가 되어 일을 보려고 하는데 한 여인이 자기는 사무실에서 사무를 보다 달려나와 급히 들어가야 하니 양보를 해달라고 하기에 그것도 좋은 일이라 생각하고 흔쾌히 승낙을 하고 서 있었다. 나는 아무 생각도 없이 서 있는데 매우 세련된 모습의 여행원이 상냥한 음성으로 저리 물러서라는 것이었다. 이유는 고객이 비밀번호를 누르는 데 바라다보면 안 된다는 것이었다. 콧대를 세워서 콧구멍이 땅콩이 들락날락할 것 같은가 하면, 피부는 억지로 화장품을 문질러 댔는지 자글자글한 겉가죽이 번들대지만 마른 북어 대가리가 곧추서 있는 것 같은 비쩍 마른 그 여인은 오십대는 되어 보였는데 은행 사무를 다 끝내고 지갑을 두 손아귀에 움켜쥐고 서서는 나를 뻔히 쳐다보는 것이었다. 나는 당연히 고맙다는 인사를 하려나 하고 흐뭇한 기분으로 창구로 몸을 돌리는데 이 여인 한다는 소리가 어처구니가 없었다. "할아버지 남의 비밀번호를 보는 게 아닙니다. 그런 것도 지극히 상식적인 일인데……. 조심하셔야죠!" 하곤 빳빳한 자세로 나가버리는 것이 아닌가! 너무 기가 막히면 말문이 막히는지 말 한 마디 대꾸도 못하고 우둑하니 서 있을 수밖에 없었다. 그야말로 뭐 주고 뺨 맞는 격이 되고 말았다. 솔직히 비밀번호를 누르는지 어쩌는지 모를 뿐만 아니라 설령 봤다 하더라도 그걸 외워 사기 칠 만한 위인은 더더욱 아니기 때문에 그 안하무인격의 가증한 여자가 괘씸하기 짝이 없었다. 집에 돌아와 있었던 일을 하소연하듯 울분을 터뜨렸더니 모두 한마디씩 했다.

"저런 못된 것! 건방진 년이네! 세상에 그런 아니꼬운 것들이 활개를 친다고요! 그래 그렇게 망신을 당하고도 입도 뻥끗 못했어요?"

그런데 모두 바라보는 눈길이 '그것 깨소금 맛이군' 하는 것 같았다. 하긴 집에서는 누가 한 마디만 대꾸를 해도 노발대발 역정을 내던 영감이 밖에 나가서 그 꼴을 당하고 들어와 화풀이를 하는 격이 됐으니 이거야말로 횃대 밑에서 호랑이 잡는 못난이의 전형이란 것을 스스로 재확인해 준 결과가 되고 말았다.

사실 우리가 이 막된 사바세계에 몸 붙이고 살아가지만 이런 일은 수도 없이 겪는 일상사가 아닐 수 없겠다. 나의 이 지극히 한정된 범위 내에서 단순하게 살아가는 지난 일을 되짚어 봐도 일일이 다 거론할 수 없을 만큼 잡다한 우여곡절이 용케도 극복이 되고 이 시점에 와 있다고 말하고 싶다. 지혜롭고 마음을 잘 쓰는 사람들에게야 하루하루가 평화롭고 행복하겠지만 심보가 곱지 못하고 탐욕으로 가득 찬 인간들에겐 불안으로 휩싸인 전쟁터나 다름없을 것이다. 지난날 버스 칸에서 겪은 여인이나 은행에서 맞닥뜨린 여인도 나의 사람됨이 너그럽고 지혜로웠다면 이렇게까지 기분 나쁘게 써 붙이진 않았을 것이다. 우리 곁에도 적지 않은 도덕군자 같은 인물들이 있어 그들이라면 그 여인의 내면을 깊이 성찰하고 이해해서 나를 가르쳐 주려 내려온 관세음보살쯤으로 판단하고 오히려 기뻐했을 지도 모를 일이다. 그런데 세상엔 정말 밥맛없는 도덕군자인 양 하는 인간들도 제법 끼어 있어 '마음껏 기뻐하다 붙들고 춤이라도 추라지' 하는 심보가 바로 나의 기분인 걸 어쩌랴.

쓰다보니 본의 아니게 여성을 끄집어내어 매도한 것 같아 세상의 뭇 여성들한테 걸려들어 머리털이 하나도 남아나지 않을까 두렵다. 아니 그 점에서만은 뽑힐 머리털이 하나도 없으니, 이것을 다행이라고 할까 불행이라고 할까 그것 또한 헷갈리기만 한다. 知軒

텔레비전

나라는 사람은 전생에 텔레비전 공장을 하다가 말아먹고, 갖은 수모와 절망 속에 길바닥에 나앉아 “그 염병할 놈의 텔레비전이라면 이가 갈린다. 이가 갈려!” 하고 반 미친놈처럼 울고불고 악을 쓰며 지랄하는 거나 진배없이 난리 법석을 떨다가 이 세상에 나왔는지, 애시당초부터 그 신기하고 오묘한 텔레비전을 좋아하기는커녕 노래기 보듯 거부 반응을 일으켰다. 여기서 애시당초란 소리는 우리나라에 최초로 텔레비전이라는 기계가 등장했을 때 시골 처녀가 보퉁이 하나를 싸들고 서울이라는 데를 와서 어느 집 식모살이로 들어가는 것과 다를 바 없이 대학 삼학년 초에 한 부잣집 가정교사로 들어가 말이 좋아 선생이지 반머슴꾼 같은 비굴한 존재로 그 집 밑바닥에서 슬금슬금 눈치 봐가며 기어 다니는 신세가 된 덕분에 일등으로 텔레비전과 해후를 할 수 있게 된 것이다. 이 집이야말로 숨겨진 재력과 권력이 제대로 갖춰져 나 같은 가난뱅이 가정교사로서는 언감생심 넘보기에는 높고 높은 하늘 꼭대기에 있는 것 같아, 세상 복은 죄다 이 집에서 독차지해서 내 알량한 복까지 빼앗겨 버린 것처럼 때로는 시기 질투심이 불쑥불쑥 튀어나오기도 했다. 아무튼 이런 댁에서 텔레비전이라는 철제 상자를 거실 전면 벽 가운데다 모셔놓고 온 식구들이 환호성을 터트리진 않았지만 하나같이 너무나 좋아하고 신기해하는 모습을 뒷자리에서 넘겨다보면서 그야말로 신기할 만큼 나에겐 호기심도 흥미도 일지 않아 슬그머니 화장실을 거쳐 내 방으로 들어와 문을 닫고 말았던 사실이 어제 일처럼 또렷이 떠오르고 있다.

텔레비전 소리를 하자니 문득 호랑이 담배 피우던 시절이나 다름없는 그 옛날 나 같은 위인하고는 그 체질이 영 다른 그 집의 내장 속 같은 구석구석을 본의 아니게 한 지붕 아래서 미주알고주알 알게 되어, 그 내용을 죄다 까발려야 할지 말지 잠시 헷갈린다. 다만 요령부득일진 모르겠지만 그냥 기분 나는 대로 한두 가지로 남의 소리, 내 소리를 얼버무려 써볼까 한다. 식구들 말고 나같이 생존을 위해 살림해 주는 식모 아가씨 하나와 하루돌이로 들락거리는 또 다른 가정교사가 있었다. 여기서 언급하고자 하는 인물은 바로 나와 같은 임무를 띤 격일간 가정교사다. 그와의 묘한 관계가 수시로 신경을 건드리는 문제를 만들곤 했는데, 덕분에 입에 풀칠을 하기 위해 일한다는 것이 그렇게 간단한 게 아니라는 것을 처음으로 경험하게 되었다. 물론 그 친구는 서열로 말하자면 내가 본처라면 한참 뒤에 들어온 첩년 같은 존재였다. 그런데 문제는 본 마누라 격인 덤덤하고 재미없는 나 같은 사람보다는 싹싹하고 재치 있고 세련되게 여우질 잘하는 첩의 세력이 점차 늘어나 멋대가리 없는 내 신세가 점점 개밥에 도토리 격으로 시세가 떨어져 가르치는 일보다 그 친구 못마땅한 데에 더 많은 신경을 소모하는 꼴이 되고 말았다. 그는 드나든 지 몇 개월 안 되어 주인 마나님의 안방에 들어가 화장품을 발라대고 고급 향수를 소모시킬 만큼 시쳇말로 한 가족화 되어가고 있었다. 듣자 하니 어느 시원치 않은 대학을 나왔다는데 어쨌든 나보다는 몇 년 앞선 선배였다. 그렇지만 나는 고등학교, 중학교 다니는 그 집 두 아들을 맡았고, 그는 초등학교 다니는 어린 여동생 두 자매를 맡아 가르쳤다. 누굴 가르치건 그야 상관할 바 아니지만 문제는 그 친구의 처신과 실력이었다. 얼굴이 기름기가 배어나와 매끄러운 데다 이목구비가 제법 배치가 잘돼 있고 몸매도 늘씬해서 전형적인 서울깍쟁이 테가 나는데, 금상첨화랄까 내 눈엔 기생오라비처럼 멋을 부렸다. 나 같은 보리쌀 자루나 다름없는 촌놈 외모와는 하늘과 땅차이나 될 만했다. 때때로 '악화가 양화를 구축한다'는 말을 떠올리면서 속을 다스린 일도 있지만 최소한 세상을 살아가는 면에서는 어쩔 수 없이 열등감을 느끼지 않을 수 없었다. 불행인지 다행인지 두 아들은 그의 지나친 행동을 곧잘 불평하는가 하면 두 자매 역시 선생님이 실력이 없어 틀리게 가르친다고 불만을 터뜨리곤 했다. 결국 어느 날부터 그는 나타나지 않았는데 지금도 그 껍데기만 꾸미던 한심한 친구를 최초의 텔레비전과 더불어 떠올리게 되다니, 내 옹졸함이 반세기가 넘게 흐른 뒤에도 사라지지 않고 머릿속 어느 구석에 박혀 있었던 게 신기할 뿐이다.

'침묵은 금, 웅변은 은'이란 격언이 있지만 텔레비전의 경우는 정반대인 것 같다. 텔레비전이 침묵하고 있을 때의 그 실체는 홀아비가 사는 불 꺼진 창 같기도 하고 공연 끝난 처량한 무대 막 뒤편 같기도 한데, 한마디로 죽음을 연상시키는 검은 시체 같은 느낌을 주는 것이 사실이다. 그렇지만 그것이 작동되어 온갖 영상을 펼쳐 보일 때의 광경은 실체 아닌 가공의 형상들이 요절복통할 만큼 요란스레 사람의 정신을 혼란시키고 있는 것이다. 그 언제인가 라스베이거스를 구경 간 일이 있는데 야간의 그 휘황찬란한 도시는 너무나 어마어마해서 마치 꿈속을 헤매고 있는 것 같았다. 한 마디로 정신을 홀딱 빼놓을 만큼 온 천지를 휘감고 있는 휘황한 불빛의 세계는 신비의 극치를 보여주는 것 같았다. 그럼에도 불구하고 다음 날 아침 태양이 떠오르고 환한 대낮이 되었을 때 나타난 도시의 몰골은 해골바가지나 다름없이 흉측했다. 지난 밤은 단지 사람을 현혹시키는 허상에 불과했다는 사실을 감당키 힘든 실망으로 배신감 같은 것을 느끼지 않을 수 없었다. 불행히도 나에겐 텔레비전 화면을 바라볼 때의 느낌이 그 허무한 라스베이거스의 밤과 낮의 추악한 광경과 다를 게 없다고 느껴져 맹랑한 노릇이 아닐 수 없다. 요즘 들어 어느 집이고 거실이나 안방에 대형 텔레비전 수상기가 시커먼 낯짝을 뻔뻔스레 내밀고 있는데, 우선 그 공간 분위기를 시커멓게 먹칠하고 있다. 그런가 하면 일단 켜지고 보면 온 집안에 폭군보다도 더 위력을 발휘하며 종횡무진으로 폭력을 휘두르고 있다. 한 번은, 아니 한 번이 아니라 거의 번번이 보고 싶은 손자, 손녀를 보러 아들네 집에 들렀을 때 그들은 텔레비전 화면에 넋을 잃고 빠져 있느라 할애비 마음을 서운케 한 일이 한두 번이 아니었다. 도대체 그놈의 텔레비전이 뭐길래 가족 간의 정리(情理)를 그렇게 무참하게 끊어놓으려 드는가! 그놈의 정체는 마약 같기도 하고 유아독존(唯我獨尊) 폭력배 같기도 하다. 무엇보다도 검정색의 그 상갓집 같은 면상이 사람의 기분을 푹 꺼지게 해놓는다. 집 안에 들어오면 밝고 화사한 실내 분위기에 따라 아늑하고 편안한 보금자리를 고마워하고 저절로 흐뭇한 미소를 지을 수 있으련만 그놈의 검은 장막 속에 도사리고 있는 예측불허의 내장 안에서 밀어내는 별별 해괴한 짓거리, 때로는 음흉스런, 아니면 잔인하기까지 한 내용물을 시시각각으로 쏟아내는 데는 속수무책으로 당할 수밖에 없다. 그럼에도 불구하고 열렬한 텔레비전 신도들은 넋을 잃고 그 속에 빠져 죽기 살기로 매달리고 있는 것이다. '주여

이 죄인을 구원해 주시옵소서!'가 아니라 '당신은 나의 구세주! 당신께서 뿌리치시면 이 몸 어디 의존하고 살아가겠습니까? 감사합니다! 감사합니다!'라고 외치는 듯한 그 교도들의 광신과 맹신의 표정과 눈동자는 과연 텔레비전 교주의 그 무소불능(無所不能) 무소불위(無所不爲)의 실체가 오만불손하게 온 세상을 제압하고 있다는 사실을 알기나 하고 있는지……. 세상 사람들은 그 홀로 우뚝한 교주의 표정 하나 말 한마디에 순한 양떼처럼 온순하게 따라다니며 고개를 끄떡거리기도 하고 웃고 울고, 환호하는가 하면 금방 울분을 터뜨리기도 하는 경우를 흔히 볼 수 있다.

이렇게 막강한 위세로 세상을 사로잡고 있는 '텔레비전교'는 남녀노소, 빈부귀천을 가리지 않고 몽땅 교도로 확보해서 제멋대로 횡포를 부릴 수 있게 된 것이다. 종교 집단이고 정치 집단이고 간에 너무 비대해지면 한쪽 구석부터 썩어 들어가기 마련인데 텔레비전교라고 예외일까? 그 부작용은 막대하다. 정신적으로나 건강상으로 끼치는 피해는 결코 가볍지 않은 것이다. 오죽하면 '바보상자'라는 별칭이 붙었을까? 나 같은 문명의 이기를 활용할 줄 모를 뿐만 아니라 거부 반응을 일으키는 사람까지 수시로 텔레비전과 한 방에서 욕을 퍼부으면서도 본의 아니게 언뜻언뜻 들여다보는 경우가 일상화되었는데, 스스로 생각해 봐도 이율배반적인 소리를 하지 않을 수 없음을 자책하게 된다. 용기가 있어 무인도에 혼자 뚝 떨어져 살거나 산꼭대기에 혼자 있지 않는 이상 자동차를 타고 앉아 차의 폐해를 불평하고 있는 꼴이나 다름없으니 실소가 새어나오지 않을 수 없다. 하지만 눈을 감기 전엔 어쩔 수 없는 현실이니 수시로 나 같은 위인은 백 년 전쯤 무주구천동 같은 데 외딴집에 태어나 지게목발이나 두들겨 대며 살면 꼭 맞을 거라고 중얼대곤 한다.

본래부터 바보에 가까운 머리를 하고 있지만 현대를 살면서 속수무책으로 바보가 된 비애 같은 것을 느끼며 인내하고 있다. 세상은 왜 그렇게 눈 코 뜰 새 없이 빠르게 변해가고 있고, 나를 제외한 모든 사람들은 기가 막힌 순발력으로 잽싸게 편승해서 희희낙락하고 있는 것 같은데, 어름어름하다 보니 어느 순간부터 세상이 무섭고 사람이 싫어지는 무능자로 전락하고 만 기분이다. 어린이, 젊은이, 늙은이를 막론하고 모두가 깨일 대로 깨어서 위안을 받기보다는 위축이 되는 것 같다. 어쩌다 텔레비전 화면을 통한 방송극 같은 것이 비치면 어떻게 저 사람들은 저렇게 호사스럽게, 아름답고 우아하게 모든 걸 갖춰놓고 삶을 즐길 수 있을까? 왈칵 배창자가 뒤틀리는 것 같은 자괴감에 빠지기도 한다. 이럴 때 세상은 참 고르지 못하다는 것을 절감하고 그렇게 행복하게 잘사는 사람들을 당연히 축하해야 하건만, 미워하고 세상을 비관하며 불만이나 터트리는 좀생이고 보니 참 한심하다는 생각이 들기도 한다. 하지만 그런 심리 작용이 단지 심보가 고약해서만은 아닐 것이다. '사촌이 땅을 사면 배 아프다'는 속담처럼 삶의 격차에서 오는 위화감 때문이리라. 문제는 이 텔레비전이라는 괴물이 이런 위화감을 부추기는 데 큰 몫을 하고 있다는 사실 때문에 나 같은 사람은 그 선의(善意)의 공보다는 부차적인 폐해가 가슴 속 깊이 박혀 있어 모두가 선호하는 문명의 이기에 대해 외면하고 백안시하게 되었다고 할 수 있다.

각설하고 현대를 사는 우리에겐 푸근한 위안이 필요하다. 누구에게나 몸과 마음을 의지할 안식처가 있을 때 이 각박한 세상을 그나마 희망을 잃지 않고 살아갈 수 있다. 누가 뭐라 해도 나에겐 그 옛날 가난에 찌들고 고된 나날을 미개인처럼 살아가던 고향, 알뜰살뜰 따뜻한 인정을 주고받으며 오순도순 살아가던 고향 이상의 의지할 곳이 없다고 생각한다. 오염되지 않은 맑고 신선한 자연 속에서 어디에도 구속되지 않고 자유롭게 가슴을 펴고 마음껏 숨을 쉴 수 있었던 그때가 그깟 휘황찬란한 기계 속에서 펼쳐지는 그 허풍쟁이 꼭두각시놀음과 비교나 될 수 있단 말인가? 자연 그대로의 기운을 흠뻑 누리며 봄, 여름, 가을, 겨울의 생명력 넘치는 변화를 만끽하면서, 그리고 땀 흘려 일한 만큼의 수확을 고마워하며 서로 돕고 어울려 살았던 그 시절을 한없이 그리워하고 회상하는 것만으로도 그나마 나만의 위안을 얻게 되는 것이다. 知軒

타고난 변덕

올겨울 들어 가장 혹독하게 추운 날인 것 같다. 식전에 닭 모이를 주려 바깥에 나가니 어디 한번 맛 좀 보라는 듯이 북풍까지 몰아쳐 나같이 허수아비 같은 위인은 금방이라도 동태가 돼버릴 것 같았다. 어제까지만 해도 "무슨 놈의 겨울 날씨가 춥지도 않고 이 모양이야? 겨울도 매섭게 추워야 해충도 죽고 겨울다운 건데……"라고 어쩌고 투덜대곤 했는데 그 입찬소리한 것이 씨가 되어 벼락같이 본때를 보이는 것 같았다. 하늘엔 티 하나 찾아볼 수 없고 맑은 햇빛이 신천지를 펼쳐주듯 밝게 빛나고 있었건만 빛살은 싸늘하고 몰아치는 서북풍은 멀쩡히 서 있는 나목들을 행패 부리듯 마구 흔들어 댔다. 그렇건만 오래된 고목들은 의연한 자세로 버티고 서 있고 그 언저리 마른 억새나 잡풀

들은 갈피를 못 잡고 이리 쏠리고 저리 깔리며 아우성을 쳐대는 것이었다. 마치 전쟁터에서 쫓기는 패잔병처럼 자포자기하는 꼴이라 할까? 이럴 때 바깥세상 모든 것은 살벌하게만 느껴진다. 그것들은 생명력을 잃고 꽁꽁 얼어붙은 대지가 내동댕이친 시체들처럼 처절한 최후를 맞고 있는 것이다.

이럴 때 밖에서 얼쩡거려 봐야 심기만 불편하다. 집 안으로 들어와 멍하게 앉아 있더라도 이것이 상책이다. 방 안은 상대적으로 어느 때보다도 아늑하고 평화롭게 느껴진다. 여기야말로 몸과 마음의 안식처인 것이다. 2미리미터쯤 되는 두께의 유리창을 사이에 두고 지옥과 낙원이 갈려 있다는 것을 실감하게 된다. 일 년, 열두 달, 삼백육십오일, 늘 그날이 그날로 변함없는 장소가 내가 기거하는 공간이다. 기껏 바뀌는 게 있다면 전면 벽면에 놓여 있는 반닫이 위 백자 작품에 꽂히는 꽃이다. 여기서 꽃이라고 말했지만 사실은 그때그때 산에서 잘라 온 나뭇가지나 이름 모를 풀잎들이 대부분이다. 바로 이것이 방의 변화를 주도하고 있다. 지금 같은 한 겨울에는 진달래 가지 같은 나목을 한 아름 갖다 꽂는다. 이런 야생의 제멋대로 자란 가지에는 봄에 필 꽃봉오리를 달고 있다. 기껏 예닐곱 개의 가지를 모아 꽂았건만 가는 가지가 수없이 얽히고설켜 마치 그물코처럼 섬세한 구조가 이루어져 그 나목 가지들을 바라다보는 것만으로도 수백 년 동안 동산을 지키고 있는 거대한 느티나무와 다를 바 없이 방 안 분위기를 압도하는 것이다. 방 안은 잎을 떨군 나목으로 겨울

풍경을 연출하고 있다가 어느 순간 꽃봉오리들이 부풀어 오르고 연두색 생명의 기운이 스며나기 시작하면 방 안은 덩달아 춤을 추듯 생동하는 것이다. 그냥 보면 한겨울의 앙상한 나뭇가지에 불과하지만 내 맘속에는 이미 봄이 찾아들고, 들뜨는 기분을 억누르지 못해 봄노래라도 흥얼거리게 되는 것이다.

오늘따라 이 춥고 사나운 날 벽면 전체를 그 화사한 진달래 꽃무리가 활짝 피어 방 안 가득 치장을 해놓다니! 유달리 맑고 밝은 햇볕은 하늘의 정기를 듬뿍 안고 유리창 안으로 스며들고 이제 막 피어난 꽃잎들은 그 곱고 투명한 빛깔로 온 방 안에 가득 넘치니 바깥세상과 방 안 세상이 이렇게 상반될 수 있을까? 그 언젠가 울안 뒷간 사건(?)이 떠오른다. 나는 집 안의 멀쩡한 화장실을 놔두고 아침이면 그 바깥 뒷간을 이용하던 때가 있었다. 현대 문명의 이기보다는 구시대의 고향집 같은 터분한 분위기가 내 체질엔 맞는지 도깨비굴 같은 측간에 앉아 일을 보는 것이 그렇게 편안하고 쾌적할 수가 없었다. 물론 예의 냄새가 역겨우련만 어쩐 일인지 흙바닥과 진흙 벽, 그리고 똥 다리 나무판 등 어느 것 하나 너절하고 궁색스럽지 않은 게 없었지만 그렇게 푸근할 수가 없었다. 그런 까닭에 굳이 여기를 찾아들어 가 쭈그리고 앉아 세월아 네월아 시간 잡아먹는 짓을 비가 오나 눈이 오나 일편단심 즐기기까지 했다. 어쨌거나 구린내까지도 구수하고 좋았던 것만은 사실이다. 그런 와중에도 변덕이 나면 똥통 속을 싱싱한 풀잎이나 나뭇잎 또는 진달래꽃으로 장식(?)을 했다. 이 짓은 전적으로 나만의 사치이고 나만의 즐거움을 위해서였다. 누가 와서 들여다볼 사람도 없고, 누구에게 보여주고픈 연출도 아니기에 어찌 보면 지극히 이기적인 발상에서였다. 굳이 이유를 붙이자면, 다만 기분 전환을 위한 장난기가 발동해서 한 행동이라 할까? 아니면 개미 쳇바퀴 돌듯 이어지는 따분한 일상이 지겨워 뭔가 변화를 바라는 욕구불만이 저도 모르게 발작을 일으키듯 튀어나왔다고 해도 무방할 것 같다. 오물이 고여 들끓고 구더기가 기어 다니는, 그리고 악취가 밀고 올라오는 그 지옥 같은 공간을 활짝 핀 진달래꽃으로 가득 덮고 내려다보는 순간 악취가 아니라 싸한 향기, 그 쾌감을, 아니 그 최상의 사치를 누릴 수 있었다는 것이 언제까지고 느긋한 자부심으로 나를 사로잡고 있는 것만은 사실이다.

지금 이 순간의 심경이 어찌 그때 뒷간 속에서의 기분과 똑같을까? 바깥세상은 저 휘몰아치는 날씨처럼 치열한 생존 경쟁의 소용돌이 속에서 살아남으려고 아우성을 치는데 창문 하나를 사이에 두고 또 다른 세상이 존재하고 있으니 이거야말로 행운이라 자족하는 것으로 넘겨버리기엔 왠지 목에 걸리는 것 같다. 유사 이래 세상은 고르지 못했다. 빈부귀천이 너무나 뚜렷하게 골이 깊어 항상 불평등이 세상을 어지럽고 살벌하게 해놓았다. 어느 때고 강자는 약자를 멸시하고 짓밟아서 원한이 쌓이고 쌓여 비극을 가져왔다. 세상 역사를 들춰볼 것도 없이 그 피비린내 나는 사건들이 지금 이 순간에도 어디를 막론하고 터지고 있지 않는가? 이런 불행을 막기 위해 수많은 성인군자들이 목구멍이 터져라 외쳐대고 혼신의 힘을 다해 몸과 마음을 바쳤건만 어느 개가 짖느냐는 식으로 그대로 굴러가고 있는 현실이다. 하긴 그나마도 없었다면 세상이 어떻게 굴러떨어졌을까 아찔한 생각이 든다.

나같이 지극히 좁은 범위 내에서 몇 백 년 전 산간벽지에서 흙이나 파고 사는 사람 같은 단순 사고와 단순 행동의 테두리 속을 맴도는 일상임에도 불구하고 불한당처럼 침범해 들어오는 문명의 이기로 말미암아 세상에 대한 불만과 증오가 쌓여나가는 것이다. 어쩌자고 제 주제 파악은 못하고 불평불만만 늘어나서 남을 시기 질투하고 혐오하게까지 되는지 나도 모르겠다. 그동안 숫하게 겪은, 주제파악 제대로 못해 패가망신한 사람들을 둘러볼 때, 사람은 하나하나 다 다르게 태어나서 그 나름의 소질과 능력을 지니고 있게 돼 있는데도 불구하고 터무니없이 욕심을 부린 결과가 불행을 초래하는 것이다. 다시 말해 사람은 태어나면서 그 그릇이 다른 것인데 그것을 인정하지 않고 무리를 할 때 문제는 벌어지는 것이다. 발가락은 발가락의 역할이 있고 눈은 눈의 역할이 있건만 발가락이 눈 역할을 하려 할 때 벌어지는 결과는 심각한 것이다. 그것은 파멸을 초래하게 돼 있는 것이다. 내 주위에도 그런 사람을 적지 아니 봐왔던 터라 그렇게 되면 자신뿐만 아니라 주위 사람들까지 괴롭혀서 모두를 고통으로 몰아넣었던 것이다. 이런 소리를 하는 나 역시 주제 파악 제대로 못 하고 꼴 같지 않게 굴던 때가 얼마나 많았던가? 뒤늦게나마 그런 사실을 깨닫고 반성하고 있지만 이미 굳어진 습성이 그리 쉽게 바뀔까 걱정을 안 할 수 없다.

험한 바깥 날씨와 더없이 평화로운 실내 분위기를 대조해 보면서 엉뚱하게 세상이 양극으로 나뉘어 불화의 불씨를 품고 있다는 사실에까지 비약했으니 실소가 나온다. 나 역시 속과 겉이 다른 이중적 처신을 밥 먹듯 하고 있으니 이번엔 실소가 아니라 고소(苦笑)가 터지려 한다. 엊그제도 별로 반갑지 않은 사람이 찾아와 면전에선 맘에도 없는 좋은 소리만 늘어놨는데 그가 돌아가자마자 흉질을 해댔으니 이 죄를 어찌할까?

제발 이 실내 분위기와 걸맞게 서로 함박꽃 같은 찬사를 늘어놓다가 떠나간 다음에도 그 몇 배의 칭찬을 해댈 수 있다면 이게 진정 사는 맛이 아닐까……. 知軒

다시 버스 칸에서

기껏 쓴다는 게 버스 칸에서 시시껍절한 그야말로 아무짝에도 쓸모없는 것을 가지고 이러쿵저러쿵 말거리를 삼는다는 것이 남사스런 짓이 아닐 수 없겠다.

죽으나 사나 서울을 다녀오려면 시외버스를 타지 않을 수 없는 것이 내 신세이니 남 흉거리라도 걸려들어 곁눈질에다 엿듣기까지 해서 요즘 세상 돌아가는 것을 낌새라도 챌 수 있으니 그것 또한 운수대통은 아니더라도 버스값은 건진 것 같아 기분이 그냥 처져버리기만 하는 게 아닌 성싶다.

버스 칸은 청개구리 심보를 닮았는지 콩나물시루처럼 빽빽하게 자리를 메우고 있었다. 참으로 묘하게 전혀 뜻밖에도 버스 허리쯤 웅덩이처럼 빈자리가 눈에 띄었다. 그런데 좌석 한가운데는 가짜인지 진짜인지 분간 안 되는 루이비똥 문양의 번들대는 가방이 나른하게 입을 벌리고 하품을 해대는 여인의 모습처럼 푹 퍼져 있었다. 여인은 힐끗, 아니 꽤 못마땅한 표정으로 그 주저 물러앉아 있는 백을 자기 무릎 위로 옮기는 것이었다. 나는 감지덕지 앉았다. 여인은 화장 삼매에 들었다. 난데없이 나타난 늙은 노새 같은 영감 때문에 주춤하다가 다시 그 화장품 작업을 시작했다. 육십 년 가까이 마누라 얼굴 찍어 바르는 걸 때때로 스쳐봤어도 옆자리 여인의 그 다양하고 신기에 가까운 손가락, 손바닥 놀림과 희한 빽적지근한 화장품들은 소위 메이크업의 세계가 얼마나 신묘하고 대단한가를 깨우쳐주는 것이었다. 액체, 크림, 분말뿐 아니라 스프레이를 뿜어대고 난 다음에는 족집게 같은 것으로 크림병 좁은 입구를 후벼 파내어 손바닥에 찍어놓고 문질러서 양 볼에 바르고 토닥대는가 하면 항아리에 오이지를 담가 꼭꼭 눌러놓듯 늘어지려는 아래 볼을 눌러댔다. 솔직히 그 거동을 안 보는 척 슬쩍슬쩍 곁눈질하며 보자 하니 마치 못 볼 데를 응큼하게 훔쳐보는 것 같아 어쩔 수 없이 눈을 질끈 감았다. 그래도 그 현상은 더욱 생생하게 전해지는 것이었다. 사실 화장이란 외모만 그려서 재구성하는 게 아니라 부수적으로 거기서 풍기는 화장품 냄새 역시 결코 무시할 수 없는 것이기에 외면한다고 되는 일이 아니었다. 버스 속에서나 밖에서나 숨을 쉬지 않고는 살 수 없는 생물이기에 그냥 코만 벌리고 있으면 좋은 냄새든 못된 냄새든 거져 얻어 걸리게 돼 있으니 운이 좋으면 향내를, 그렇지 못하면 악취를 맡아야 하는 것이다. 버스 안에서의 여인의 화장 냄새는 당연히 전자에 속하련만 차차 역겹기 시작했다. 아무리 좋은 향내도 짙으면 질리게 마련이고 그 시간이 끈덕지게 달라붙어 있으면 정반대의 현상이 나타나게 돼 있다. 사실 짙은 꽃향기도 너무 심하면 골이 아픈데 하물며 인공의 향이야 말할 까닭도 없다. 더구나 싸구려 인조 향수를 지독하게 풍겨대면 심한 편견일지는 몰라도 똥 쿠린내보다도 못한 게 사실이다. 여인의 화장품 냄새가 처음엔 향기롭고 신선하게 다가와 솔직히 퀴퀴한 몸내를 풍기는 사람 옆에 앉아 있기보다는 천상의 꽃밭 같은 기분이 안 든 것도 아니었지만, 애초와는 달리 점점 거머리처럼 달라붙어 사람을 괴롭히는 것이었다. 일체유심조(一切唯心造)란 말을 여기 꿰어 붙여도 될지 모르겠지만 그 여인의 외모와 처신 따위가 못마땅하고 보니 거기서 풍기는 화장품내 역시 결코 향기롭지 않았던 것만은 부인키 힘든 사실이다.

화장을 한다는 것, 참 묘한 뉘앙스를 떠올리게 한다. 솔직히 사십 대 중반쯤 돼 보이는 여인이 속내의(內衣)처럼 하늘대는 짧은 치마를 걸쳤는지 둘렀는지 풍만한 허벅지가 나체나 다름없이 다 노출되고, 그러고 앉아 한도 끝도 없이 화장을 해대는 데 환장을 하고 있는 꼴을 지켜보자니 도대체 이 여자는 어떤 여자인지, 샛서방이라도 만나러 가는 게 아닌가 하는 의심이 들기도 했다. 화장 얘기가 나온 김에 좀 더 탄식인지 흉질인지 해대는 것을 너그럽게 양해해 주시길 바란다.

우리 집은 비교적 손님들이 와서 밥을 먹을 때가 많은 편이다. 대체로 한두 명의 손님이 찾기도 하지만 여러 명이 몰려 올 때가 있다. 여기서 얘기하고자 하는 것은 여러 사람이 함께 이마를 맞대다시피 둘러앉아 식사를 하고 나서의 사건(?)을 들먹이고 싶은 것이다. 늘 그런 것은 아니지만 어쩌다 쌀에 뉘 끼듯 이질적인 사람이 좌중을 휘어잡고 웃지 못할 분위기로 눈살을 찌푸리게 하는 경우이다. 무엇보다 숟갈을 놓자마자 이쑤시개를 꺼내 입을 가리는지 벌리는지 이빨 사이를 후벼댄다. 그러고 나서는 화장 도구를 꺼내놓고 입술을 바르는가 하면 손거울을 치켜들고 상하 좌우로 얼굴을 비춰보면서 한다는 소리가 “어쩜 요즘 사람들은 교양과 상식이 그렇게 없는지 모르겠어요. 특히 젊은애들 버릇없는 거나, 어른 몰라보고 이기적으로 노는 걸 보면 한심하다니까요. 도대체 예의범절이라는 것이 땅에 떨어지고 하고 다니는 꼴을 보면 뭘로 교육을 받았는지……” 어쩌고 하면서 비분강개하는 표정으로 열심히 얼굴을 만지작대는 손가락 끝까지 분노가 치밀었는지 간헐적으로 바르르 바르르 떨리기까지 한다.

마치 자기는 20~30대의 미모를 자랑하듯 건강과 외모에 자신만만하고 교양과 예의, 절도가 상류 사회의 품위를 대변하듯 내뱉는 말씨와 표정이 능숙하게 구사되고, 모든 걸 골고루 갖추고 있는 양 자만하는 듯한, 아니 교만하기 짝이 없는 표정을 짓고 있지만 턱밑에 숨어 있는 듯한 자글자글한 목덜미를 보면 그녀의 자존심을 여지없이 배신할 뿐만 아니라 소매 속에 감춰 있다 이따금 슬쩍슬쩍 숨바꼭질하듯 정체를 드러내는 시커먼 검버섯이 눈에 띄게 되면 얼른 고개를 돌리고 싶었던 것이 솔직한 심정이다.

또 요즘 세상 유행병처럼 번지고 있는 얼굴 뜯어고치는 풍조는 어떻게 봐야 할지 모르겠다. 인간도 자연의 일부, 타고난 모습대로 자연스럽게 조화를 이루어야 편안하고 자연스러운 게 아닐까? 인위적으로 꿰어 맞추다 보면 전체적인 조화가 어그러진다. 우리가 경계해야 할 점은 부분에 집착할 게 아니라 전체적인 조화에 마음을 써야 할 것이다. 길가에 납작하게 땅에 붙어 자라는 질경이가 난초가 되겠다고 고급 화분에 심겨 실내에 모셔진다고 과연 바람직할 것인가? 적어도 나의 신념은 자연 그 자체 이상의 것은 없다고 생각한다. 그것은 지극히 부분적인 사람의 얼굴에서도 마찬가지다. 납작한 빈대코를 한 얼굴에 송곳 같은 콧대를 세웠다고 그 얼굴이 얼마나 황홀해 보일까? 천만의 말씀이다. 그 얼굴은 전체 조화를 깼기 때문에 어색하고 불안하지 않을 수 없는 것이다.

화장 또한 예외일 수 없다. 윤기 흐르는 청순한 얼굴에다 무슨 까닭으로 필요 이상의 이물질을 발라대어 피부의 생기를 죽이는지 참 답답하다. 더구나 내면의 아름다움보다는 겉껍데기 예쁘게 보이려고 빠져들다 보면 속에서 스며 나오는 아름다움을 잃고 지극히 부자연스럽고 표피적인 인간으로 변질돼버린다는 사실을 알아차려야 할 것이다. 그 일례로 향수를 치는 일만 해도 짙게 풍겨대면 역겹다. 정말 센스 있는 지성인이라면 살짝살짝 풍기는 향기와 사람에게서 스며나는 체취가 조화롭게 어울려서 새벽 숲 속의 신선한 안개처럼 은근히 풍길 때 매혹적이라고 믿는다.

수다를 떨다보니 입이 열 개라도 할 말이 없는 주제에 남 흉보고 비난만 해댔으니 이 죄를 어떻게 감당할지 걱정이다. 똥 묻은 개, 겨 묻은 개 나무란다고 저는 한술 더 뜨면서 남들을 향해서는 야박하네, 가증하네, 뻔뻔스럽네, 무식하네, 음흉하네 하고 손가락질을 해댄 꼴이니 몰매라도 맞아야 버릇을 고치게 될지 뒤가 꿀린다. 知軒

입찬소리

평소에 입찬소리는 하는 게 아니라고 입버릇처럼 해댔으면서도 막상 그 꼴이 돼버리고 말았으니 입이 열 개라도 할 말이 없겠다. 나라는 사람은 뭐가 어떻게 돼서 그런지 가축을 키운다는 것은 천부당만부당한 것처럼 뇌리에 박혀 있어 그 일을 경멸하고 혐오하고 있었다. 심지어 집 안에 새를 키우는 것조차 무척 못마땅해 했다. 더구나 나와는 무관한 애완견을 키우는 사람들에 대해서까지 곱지 못한 눈초리로 한심스럽게 생각하는 것이 부인키 힘든 사실이다. 짐승은 어디까지나 짐승이기에 짐승 취급을 하는 게 타당하건만 어떤 이들은 자기네 부모한테는 고기 한칼 사다 대접 않으면서 그깟 개는 산해진미로 고급 음식을 처먹이는가 하면 값비싼 장신구로 치장을 시키고, 이빨이 좀 어떻다고 금니를 해 넣는다니, 이걸 보고 웃어야 할지 침을 뱉어야 할지 모르겠다. 이런 풍조는 어이없게도 유행병처럼 번져 집 안에서 개와 함께 살면서 그 짐승을 자식처럼 위해 바치는가 하면 엄마니 아빠니 하고 개 부모인 양 언동을 서슴지 않는 데는 그야말로 벙어리 냉가슴 앓듯 속을 끓이고 비분강개하고 있으니 '걱정도 팔자'라는 소리가 바로 나를 두고 나온 말인 것처럼 피식 실소를 터뜨리게 된다. 그런 내가 뒤늦게 무덤 문턱에 거의 다 와서 평생 지키던 지조(?)를 헌 신발짝 벗어던지듯 내버리고 닭을 키우게 되었으니 이를 어찌 변명을 해야 할지 모르겠다. 원체 위인이 초지일관하는 의지가 미약하고 그럴듯한 남의 말에 홀리길 잘할 뿐만 아니라 변덕이 팥죽 끓듯 요랬다조랬다하는 성향이라 팔십 년 이상을 지켜온 주의 주장을 하루아침에 변절시키고만 꼴이 되고 말았다. 그래도 굳이 이유를 대자면 손 안 대고 코 푸는 식으로 닭이 뛰어놀 터전만 있다면 한 번 해볼 만한 절호의 기회가 왔다고 판단되어 모험을 하게 되었다. 실은 가마터 아래쪽에 40년 가까이 방치해 놨던 구지레한 공간을 정리해서 울을 치면 쾌적한 닭 사육장이 되겠기에 흥분을 감출 수 없었다. 요즘처럼 불량식품이 판을 치는 판국에 옛날 고향 마당에서 키우던 토종닭을 놓아먹여 알을 받는다면 우선 도시에서 부대끼는 어린 손자, 손녀 건강식품으로 훌륭하겠기 때문이다. 그리고 우리도 수십 년 만에 제대로 된 계란을 먹을 수 있고, 따라서 손님 대접까지 할 수 있으니 이게 웬 떡인가 싶게 그 싱싱하고 영양가 높은 자연산 계란 더미 속에서 맨날 우거지상이던 얼굴이 활짝 피어날 것 같아서이다. 처음부터 거창하게 31마리의 토종닭이 들어왔다. 수탉이 4마리, 암탉이 27마리인데 사람으로 치면 한창 혈기왕성한 청춘들이라 바라보는 나 같은 늙은이마저도 청춘이 된 것 같은 기분에 사로잡히게 했다. 과연 푹 꺼져 있던 울안 분위기가 생명력으로 활기가 넘쳐 나기 시작했다. 놈들은 이리 뛰고 저리 뛰고 제멋대로 활갯짓을 하는가 하면 두 발로는 땅바닥을 뻐리집고 구덩이를 파놓기도 한다. 그리고 흙구덩이 속에 웅크리고 들어가 흙투성이가 되기도 한다. 수놈들은 있는 대로 목을 빼고 목청을 자랑하는가하면 암놈을 향해 돌진하고 한쪽 날개를 수직으로 펴고 맴을 돈다. 이 놈들의 생존 목적은 전적으로 암놈을 타고 올라가 제 본능을 충족시키는 것으로 보인다. 네 마리의 수놈들은 서로 꼬리를 물듯 서열이 정해져 있는데 그 특성이 제각각이다. 그 네 놈 중에 한 놈은 풍채로는 덩치도 크고 화려한 털빛이라 벼슬이 제왕 같건만 몸놀림이 우둔하고 겁이 많아 저보다 훨씬 작은 수놈들한테 쫓기어 등신같이 한쪽에 외톨로 서 있기 일쑤이다. 또 한 놈 짙은 황갈색의 키가 늘씬한 놈은 벼슬도 작고 옆으로 찌그러져 험상궂은 폭력배처럼 못생긴 게 예쁜 구석이라곤 코딱지만큼도 없는데 양다리가 굵고 강철처럼 악세게 생겼다. 이놈은 걷는 법이 없이 뛴다. 비호같이, 아니 쏜살같이 뭔가를 향해 돌진한다. 모이를 먹을 때 잠깐을 제외하곤 얼마나 힘이 좋은지 달리기와 암탉 정복하는 것으로 이골이 나 있다. 아침에 닭장 문을 열자마자 양눈에 불을 켜고 암탉만 탐한다. 암탉들은 그놈이 싫다고 사력을 다해 도망질치고, 이놈은 기어코 눈독 들인 놈을 무지막지하게 뒤통수를 물어뜯듯 물고 욕망을 채우는 것이다. 어찌된 놈이 암탉을 구슬리는 법도 없이 기습을 해서 그 짓을 한다. 나는 그놈 하는 짓이 하도 얄미워서 "요 배라먹을 놈의 닭의 새끼! 고만 지랄 좀 해라!" 하고 욕을 퍼붓고 발길질이라도 해서 혼을 내주고 싶은 충동이 일지만 요놈은 얼마나 잽싼지 얼른 도망질을 치고 서서 '용용 죽겠지? 네가 어디 나를 한번 잡아봐라!' 하는 식으로 꼬꼬 꼬꼬 하고 먼 데를 쳐다보고 서 있는 것이다. '저놈의 달기 새끼는 순 색골로 돼 처먹었나 봐!' 하릴없이 중얼대고 포기하고 마는데, 속에서는 여전히 '아무리 짐승 새끼라도 염치가 있어야지 저렇게 야비하게 굴다니……. 쯧쯧' 한탄 비슷한 소리가 새어 나온다. 더욱 가관인 것은 다른 수탉이 암놈 위에 올라타기가 무섭게 어디서 감시를 하고 있었는지 득달같이 그 수탉을 밀어내고 제가 차지하는 것이다. 닭을 키우다 보니 별 거지 같은 사실을 다 발견하게 되었다. 수탉이라는 놈은 얼마나 시샘이 심한지 어떤 놈이고 간에 그 짓을 할 양이면 우르르 몰려와 서슬 시퍼렇게 방해를 놓고 마는 것이다. 결론적으로 한 우리 안에는 수탉이 한 마리만 있어야지 두 마리 이상이면 애매한 암탉만 골탕을 먹게 되는 것이다. 그 증거로 그 많은 암탉의 등은 거의 다 털이 짓이겨져 빠져버리고 하나같이 뻘건 살을 내놓고 있으니 그걸 볼 적마다 수컷의 횡포가 잔인하구나 하는 생각을 하게 된다.

그런 와중에 암탉들은 새끼를 까기 위해 알을 품기 시작했다. 3주 동안을 꼼짝 않고 알을 품고 앉아 있는 어미 닭의 고역은 애처롭기까지 하다. 암탉도 다 각각 특성이 있음인지 그중 한 마리는 꼭 전기망 울타리를 날아 넘어 담 곁에 있는 단풍나무 옆에 구덩이를 파고 알을 낳고는 다시 울안으로 넘어 들어가는 것이었다. 이 암탉은 야성이 강해서 다른 놈들이 낳는 둥우리에 낳지 않고 꼭 그 나무둥치 옆에다 낳더니 며칠 전부터 알을 품기 시작했다. 알을 품으려면 아늑한 둥우리에서 품어야 비바람, 추위도 피하고 도둑고양이나 기타 딴 짐승들로부터 안전하기에 알을 갖다 둥우리에 넣어줘도 굳이 그곳을 고집하는 것이다. 하는 수 없이 달걀 몇 개를 더 놔주고 지켜보고 있는데 공교롭게도 한밤중부터 비가 쏟아진다 하고 날씨도 추운데 걱정이 되어 안아다 닭 집 안에 앉혀놨는데 아침에 나오니 그 밤중에 다시 날아 나와 거기 쭈그리고 있는 것이다. 이거야말로 맹랑한 노릇, 하는 수 없이 거기다 짚을 깔아주고 구차스레 의지간을 만들어주었다. 어쨌거나 제가 하고 싶은 대로 하고 병아리를 잘 깠으면 하는 마음 간절했다. 암탉들은 제 새끼를 보호하기 위해서는 어떤 고난도 감수하며 외부에 대해 사나워진다. 뭘 돌봐주기 위해 가까이 가면 성난 매처럼 부리로 사람을 쫀다. 한 번은 잠깐 나왔는데 수탉이 수작을 부리려

하자 양 날개를 풍선처럼 부풀리고 목털을 곤두세우며 덤벼드는 것이었다. 사람이나 짐승이나 새끼에 대한 모성의 그 깊은 보호 본능은 위대하고 감동스럽지 않을 수 없다는 것을 닭을 키우면서 새삼 깨닫게 된 교훈이다.

군소리 같지만 이 야성이 강한 암탉을 통해 인위적인 안락함보다는 자연의 열악함이 월등 건강하고 희망적이라는 것을 재확인하게 되었다. 그 예로 암탉 두 마리는 폭신한 상자 속에서 알을 품었고, 이 야성의 한 마리는 노천 단풍나무 밑 열악한 흙바닥에 앉아 알을 품었다. 그 결과 아늑하고 폭신한 상자 속의 알 부화는 삼분지 일도 채 되지 못했다. 반면 맨 흙바닥에서는 열두 개의 알이 하나도 실패되지 않고 귀엽기 이를 데 없는 병아리가 껍질을 깨고 나와 어미 닭을 졸졸 따라다니며 노는 것이다. 어미의 새끼에 대한 극진한 돌봄은 모성애의 표본일 뿐만 아니라 새끼를 이끌고 진정 유유자적하는 모습은 바라보는 사람의 마음까지 따뜻하고 평화롭게 해주고 있는 것이다. 아무리 마른 작대기 같은 둔자도 적어도 이 순간만큼은 생명과 모성의 위대함에 감복해서 경건해지지 않을 수 없으니 사방팔방을 향해 절이라도 하고 싶은 심정이다. 知軒

노인정 가지 말고 교회 가시오

두 팔 성한 사람이면 거의가 부리고 다니는 것 같은 차 한 대를 몰지 못해 당하고 본 일이니 어디 하소연 한들 무슨 소용이 있겠는가 싶다. 별로 나돌아 다니는 성미가 아니면서도 때때로 어쩔 수 없이 전철 신세를 지고 사는 세상, 그것 또한 사는 재미를 톡톡히 느끼게 할 때도 있으니 세상엔 공것은 없다는 생각이 든다. 사실 세상엔 공것이라는 것이 없다. 한 가지 좋으면 한 가지 나쁘고, 무엇이고 누린 만큼 값을 치러야 되게끔 돌아가고 있으니 누구한테 기분 언짢은 소리를 들었다고 해서 펄펄 뛸 게 아니라 허허 웃어넘길 수 있는 아량이 아쉽기만 한 것이다. 어제는 몇 년, 몇 십 년에 한 번 있을까 말까 하게, 아니 평생 오직 한 번밖에 없을 것 같은 그야말로 호박이 넝쿨째 굴러 떨어진 날이었다. 일진이라는 것을 믿지 않는 나 같은 사람도 아침부터 기분 좋은 일들만 일렬로 줄을 서서 기다리듯 차례차례 찾아드는데, 반 무당이라도 된 것 같았다. 정말 희한한 날도 다 있다고 입이 벌어져 오후에는 세계적인 프리마돈나 홍혜경이라는 소프라노 노래를 듣기 위해 하던 일 팽개쳐 놓고 헐레벌떡 서울 한복판으로 비집고 기어올라 갔다. 과연 그 명성에 걸맞게 그녀는 허당탕한(?) 야외무대에서 수만 청중을 압도하는, 아니 압도한다기보다는 차라리 우리 모두를 천상으로 끌어올리는 것 같은 위력을 발휘했다. 아무튼 나는 꿈속 같은 희열에 빠져들었고 그 여운은 다음 날까지도 가슴 가득 차올라서 세상 사는 맛이 바로 이런 거야 이런 거야, 하고 뇌까려 보기도 했다.

다음 날 아침 나는 시골로 돌아오는 길을 서두르고 있었다. 강변 시외버스터미널을 이어주는 전철 안은 비교적 한산했다. 나는 너무나 푸근한 마음으로 자리를 차지하고 앉아 꿈과 현실 사이를 한가히 오락가락해 가며 관광여행이나 떠나는 것처럼 즐기고 있었다. 오전 열 시 전후의 차 안은 더없이 여유롭고 평화스러웠다. 듬성듬성 서 있는 사람들과 앉아 있는 사람들이 순한 양 떼들이 화사한 초원 안에 오순도순 모여 있는 것처럼 아늑한 분위기를 이루고 있었다. 그런데 순간 어디선지 이상한 음성이 들리는 것 같았다. 나는 잘못 들었나 싶어 그쪽으로 목을 잡아 빼니 아니나 다를까 우렁찬 목소리가 쩌

렁쩌렁 가까워 오고 있었다. 뜨겁기로 말하자면 목구멍을 델 것 같은 열띤 외침인데 지금 내 머리를 때리는 낱말들은 지옥, 천국, 예수, 하나님, 악마, 청와대, 감옥, 죄인, 영원, 형벌 같은 것들이었다. 드디어 그 열변의 장본인이 내 앞으로 한 발짝 한 발짝 다가오고 있었다. 그의 옷차림은 아래 윗도리가 하얀 양복에 흰 중절모로 세트를 이루었다. 얼굴은 오십 대 중반쯤 돼 보이는 혈색 좋은 번듯한 이목구비를 하고 있는데 쏟아져 나오는 낱말에 따라 험악하게도 온화하게도 표변했다. 그러나 눈은 열기에 차 있고 창백한 형광 불빛 아래서도 뜨겁게 번쩍거렸다. 더구나 양 가슴 앞자락에는 빨간 천을 오려 너무나 선명하게, 그리고 크게 가슴을 상하로 이등분해서 예수를 믿으라는 글자가 '주홍글씨'처럼 박혀 있었다. 나는 그의 차림새나 목청이나 거동이 솔직히 혐오스러워 속으로 욕을 퍼붓고 있었다. '그따위로 하고 다니며 소리를 지르는 꼴을 보고 예수 믿을 사람이 어디 있냐? 믿으려던 사람도 도망쳐 버리겠다' 하면서 냉소하는 것이 어느새 내 버릇이 돼버렸던 것이다. 그는 나에게 다짜고짜 한마디를 던졌다. "영감, 노인정 가지 말고 교회를 가시오!" 아니 나라는 존재가 얼마나 우습게 보였기에 허구한 사람 다 놔두고 내 앞에 다가서서는 그것도 주먹 쥔 한 팔을 불쑥 내밀고는 '너, 말 안 들으면 죽어!' 하는 식으로 희번드르르한 눈으로 내리본단 말인가. 나는 멀쩡히 앉았다가 날벼락을 맞은 것처럼 멍한 눈길로 이미 지나쳐 버린 그 위세 등등한 등판을 바라다보았다.

'할렐루야!' 역시 엄청나게 큰 주홍색 문자가 '뭘 쳐다봐 이놈아' 하는 것처럼 내 눈을 가득 밀고 들어왔다. 별 거지 같은 놈 다 보겠네. 아무리 병든 늙은 노새처럼 앉아 있어도 무슨 만만한 싹을 봤기에 다짜고짜로 호령을 해댔는지 입맛이 싹 달아났다. 이렇게 머리는 허옇고 비쩍 말랐어도 아직 노인정이라는 데를 달나라만큼이나 먼먼, 나하고는 상관없는 곳으로, 생각해 본 적도 없는 사람한테 이게 무슨 잠꼬대 같은 소리인가? 이래봬도 이 마음만은 엊저녁 음악회에서 혈기 왕성한 소년처럼 흥분해서 손바닥이 얼얼하도록 두들겨 댔고 얼마나 열광적인 환호와 함성을 질러댔는지 목이 칼칼했는데……. 그뿐인가 하룻밤이 지난 지금까지도 들뜬 기분에 사로잡혀 마냥 즐겁기만 한데, 또 한편으로는 구멍 난 일을 벌충해야겠다고 바삐 움직이고 있는 판에……. 콩도 심어야 하고 감자밭도 매야지, 연적도 몇 개 더 만들어야 하겠다고 잔뜩 벼르며 달려가고 있는 사실을 모르고……. 하긴 세끼 밥이나 때려죽이고 빈둥거리는 쓸모없는 늙은이로 봤는지도 모르고, 아니 그보다도 그동안 지은 죄도 많고 주제 파악 못 하고 큰소리치며 웃기게 노는 내 실상을 꿰뚫어 보고 너 같은 인간은 교회 가서 훌륭하신 목사님 말씀 듣고 눈물을 쏟든지 가슴을 쳐가며 참회의 기도를 드려도 구원을 받을까 말까 한 죄인인데 기도는커녕 교회 문턱에도 가지 않고 맨날 두더지처럼 흙만 가지고 뒹구니 그런 소리 들어 마땅하다고 여겨지기도 했다. 그건 그렇다 치고 노인정이라는 데가 다 산 송장

감들이 입은 살아 하나님, 예수님 욕해대며 허송세월하는 천하에 못 갈 마귀 소굴 같은 데란 말인가? 아니면 대낮부터 코나 드르렁거리며 쓰러져 있다가 음담패설이나 주고받으며 퀴퀴한 늙은이 냄새나 풍기는 곳이란 말인가? 차라리 온갖 귀신이 득시글거릴 것 같은 무당집이나 바위나 나무를 찾아가서 엎드려 빌지 말라했다면 모를까……. 나는 도대체 이런 사람들이 하나님 전도를 할 목적으로 하는 짓인지 훼방을 놓느라 그러는지 판단이 안 되었다. 자기는 하늘에서 뚝 떨어진 사자인 것처럼 모든 사람들을 무지몽매한 죄인으로 규정해 놓고 협박조로 목에 힘줄을 세우는 부류가 있는가 하면 부드러운 미소와 상냥한 말씨로 진드기처럼 달라붙어 놔주지 않는 사람도 있다. 한 번은 좀 늦은 저녁 전철을 타게 되었는데 한 여자가 아무개 목사님 부흥회 전단을 죽 돌려나가고 있었다. 내 옆에는 얌전하게 생긴 젊은 여자가 앉아 있었는데 그 여자가 지나간 후 말을 걸어왔다. 여인은 내 앞자락에 떨어진 전단을 집어 들고 "이거 다 사이비예요. 조심하셔야 돼요" 하면서 친근한 표정을 지었다. "그런데 선생님께서는 교회를 나가시나요? 교회도 잘 선택해서 나가셔야 하는데 이름 있는 큰 교회가 믿을 수 있습니다. 교회 나가세요? 안 나가세요?"

이제는 숙제 안 해온 학생 다그치듯 강한 어조가 되어 나의 대꾸를 강요하고 있는 것이었다. 나는 반사적으로 고개를 좌우로 흔들었다. "교회 나가세요! 구원 받으셔야지요! 지옥이 얼마나 무서운 덴 줄 아시고 그냥 계십니까?

하나님 앞에 그동안 지은 죄 회개하고 천국 문 찾아들어 가셔야 하지 않겠어요?" 나는 불편한 마음으로 입을 다물고 있을 수밖에 없었다. 그러고 보면 내가 남들한테 어떻게 비치기에 툭하면 그런 일을 당하나 싶어 은근히 부아가 나지만 문제는 나에게도 있는 것 같아 쓴 웃음을 삼키게 되는 것이다.

그러나 실망할 일만 있는 것이 아니다. 내가 살고 있는 이웃에는 팔십이 넘은 할아버지 한 분이 살고 계신다. 그분은 독실한 기독교 신자로, 전에는 전도사로 전방 근처의 어느 폐허가 된 교회를 맡아 일을 보셨다는데 당신 입으로 다른 사람에게 한 번도 교회 나오라고 말해본 적이 없다는 것이었다. 다만 모 심을 때면 팔을 걷어붙이고 모 심어주고, 동네 어려운 일 있을 때마다 집안일처럼 발 벗고 나섰다는 것이다. 결국 교회는 1년도 되기 전에 가득 넘쳐났다. 그는 하나님의 진리가 '소리 나는 꽹과리 속에 있는 것이 아니라 사랑이 넘치는 헌신적인 행동 안에 있다'는 것을 몸소 보여준 것이었다. 오늘도 그분은 말없이 지저분한 골목길을 쓸고 계신다. 知軒

구두선

아침마다 기어올라 가는 뒷산 중턱까지의 산책은 등산이라기엔 낯간지러운 소리 같지만 그렇다고 우리가 흔히 말하는 느긋한 산책하고는 거리가 멀다. 솔직히 이 등산이 건강을 위해서 여유롭게 자연을 감상하며 사색을 하는 것으로 시작되었다면 노년의 품위가 눈곱만큼이라도 돋보이련만 순전히 산에 널려 있는 꽃가지나 나뭇가지를 꺾어다 실내 장식을 하는 것으로 시작해서 습성이 돼버린 게 결과적으론 건강에 도움이 돼준다고 볼 수 있다. 이런 식으로 수십 년을 뒷산 골짜기, 산등성들을 헤집고 다니다 보니 군데군데 묏자리도 발견하게 되었다. 대체로 무덤이 자리 잡고 있는 자리는 양지바르고 전망이 확 트인 곳이다. 그중에 내가 얼마 전부터 목적지로 삼고 오르는 산소

자리는 거리도 적당하고 내다보이는 능선이 몇 겹으로 유장한 곡선을 이어 가고 있어 마치 별세계에 와 있는 것처럼 기분이 부풀어 올라 두 팔을 하늘로 내뻗고 목청껏 만세라도 부르고 싶은 심경이다.

바로 내가 도달한 지점은 세상 때가 범접 못 한 밝고 신선한 곳인데 아주 소박한 봉분 세 기가 외로운 듯 외롭지 않게 서로 의지하듯 다소곳이 이웃하고 있다. 마치 가난한 고향 마을의 초가지붕처럼 포근하고 소박하게 깊은 삼매에 들어 있는 것처럼 고요하고 고요하다. 그런데 그중 하나가 바로 우리 집 뒤편에 살던 할머니 무덤이라는 것을 뒤늦게야 알게 되었다.

부득이 할머니 집에 대해 언급을 해야 할 것 같다. 사실 그 집에 대해 알맹이는 전혀 모른다. 다만 지극히 피상적으로 그 집이 위치한 터와 식구들을 어쩌다 마주친 정도니까 결코 잘 알고 있다고 할 수가 없다. 집터는 어찌된 것이 푹 꺼져 뒤꼍은 일 년, 열두 달, 물이 질질 새어 나와 울타리 안이 무논 같아서 거기 사는 사람들까지 음습하게 보이기도 했다. 할머니의 영감님은 일찍 타계했는데 늘 술에 취해 동네 길을 하릴없이 배회하면서 이것저것 참견했다. 술 좋아하는 사람 악인 없다는 속설을 증명이라도 하듯 늘 싱글벙글 웃으며 어쩌다 마주치면 다정하게 손을 붙들고 끝도 없이 기분 좋은 말만 하는 것이었다. 그와 대조적으로 할머니는 말이 없고 어쩌다 입을 떼도 아주 감정 없는 작은 소리였다. 모습은 소인국 여인처럼 몸집이 없고 키가 작은 데다 과장 없이 'ㄱ' 자로 꼬부라져 걸을 때는 얼굴을 바짝 위로 제쳐 백 미터 선수가 출발선에 몸을 굽히고 앞을 노리고 있는 것 같았다. 그녀에게 가장 자연스런 자세는 꼬부리고 앉아 호미로 풀을 매는 모습이었다. 그래 그런지 양손은 유난히 크고 억세 보였다. 또 하나 지금도 내 뇌리에 지워지지 않고 선명히 박혀 있는 것은 무슨 심각한 사연인지 그 가난한 집에서 무당을 끌어들여 굿을 하는데 참으로 희한한 광경이 벌어지고 있었다. 살색이 시뻘건 늙수그레한 무당이 번질대는 이마 위에 피가 뚝뚝 떨어지는 생 돼지 반 짝을 가로 이고 집 둘레를 돌았다. 무당 역시 살집이 돼지 못지않은데 얼굴이고 목에선 비지땀이 흘러내리는가 하면 살찐 돼지가 찍어 누르는 무게에 안간힘을 써가며 비척거렸다. 할머니는 바로 무당 뒤를 따르며 그 큰 솥뚜껑 같은 손을 모으고 연신 비벼댔다. 나는 그 기괴한 굿을 치르고 효험이 있는지 어쩐지 그 뒷일은 전혀 모른다. 다만 그 할머니마저 세상을 뜨고 나서 뒷산에다 산소를 썼는데 그 집 여러 명의 아들들 중에 하나가 지극한 정성으로 어머니 묘소를 가꾸는 것을 보고 많이 감동하고 있는 것이다. 그 아들도 아버지를 닮았음인지 만날 적마다 허리 굽혀 인사 잘하고 착하게 웃는다. 그럼에도 불구하고 무슨 연유인지 정상적인 가정을 꾸리지 못하고 홀아비인지 아니면 늙은 총각인지 후줄근한 모습으로 우리 가마 앞을 지나 뒷산으로 올라가는 것이다. 요즘 세상엔 좀처럼 보기 드문 효자 노릇을 하고 있는 것 같다. 아마 어머니 생전에 그렇게 했다면 세상에 없는 효자로 뭇사람의 칭송을 받을 것이 확실하다. 또 다른 언덕배기에 있는 한 쌍의 무덤은 왕릉 뒤꿈치는 따를 만큼 장엄하게 꾸몄고, 매끄러운 대리석 묘비며 추모비가 어마어마하게 커서 사람을 위압하듯 버티고 있는데, 묘 잔등의 잔디가 다 떨어져 나가고 잡초가 우거진 것을 보면 아무리 떵떵거리고 잘 살던 사람도 죽으면 저렇게 황폐해지는구나 하는 것을 피부로 느끼게 된다. 요즘 세상에 제 부모 산소도 기껏 한식 때나 추석 명절에 찾아가 잡풀 좀 뜯고 흙 파다 몇 삽 끼얹고 싸가지고 간 음식, 소풍 온 것처럼 시시덕대며 먹고 내려오면 자식 된 도리는 다 했다고 느긋해 하는 게 일반 풍조가 아닌가? 그럼에도 불구하고 그 할머니 산소는 비록 그 규모가 작아 초라하게 느껴질진 몰라도 무덤 둘레를 덮고 있는 잔디가 싱싱하고 탄력이 넘쳐 좀 과장해서 말하면 구름 위에 앉아 있는 기분이다. 아니 이렇게 좋은 잔디 위에 어찌 드러눕고 싶지 않고 어린애처럼 뒹굴고 싶지 않겠는가? 그 언젠가 삼척에 있는 준경묘(濬慶墓)를 가서 잘 가꾸어진 잔디 위에 누워 하늘을 보니 마치 깊은 바닷물 속에 잠겨 있는 신비감이 들었다. 그 넓은 잔디밭을 뺑 둘러싸고 서 있는 우람한 적송을 바라볼 때 탄성이 저절로 터져 나오고 노래를 하지 않을 수 없었다. 준경묘는 이성계의 사대조(四代祖) 목조(穆祖)의 아버지 양무 장군(陽武將軍)이 묻힘으로써 왕이 됐다는 설화가 있다. 어느 도사인지 스님이 이 자리에 묘를 쓰면 후손이 왕이 되겠다고 하는 바람에 땅을 파니 백학 세 마리가 나왔는데 두 마리는 하늘 저 멀리 날아가 버리고 한 마리만 잡았기 때문에 500년 이씨 왕조를 누렸다는 것이다. 참말인지 거짓인지 세 마리 다잡았더라면 1,500년은 누리지 않았을까 하는 엉뚱한 생각을 해보게 된다.

화사한 햇살이 막 날개를 펴기 시작하는 신선한 아침에 맑은 하늘, 푸른 산, 싱싱한 잔디에 에워싸여 있는데 어찌 마음이 즐겁고 착해지지 않겠는가? 이거야말로 장작개비 같은 몸뚱이를 조금이라도 누그러뜨리기 위해 잡탕이나 다름없는 옛날 국민체조, 사이비 숨쉬기, 요가 비슷한 것 등 뒤죽박죽으로 머리통, 가슴팍, 양팔, 양다리, 손바닥까지 정체불명의 내 나름의 운동을 하고 나면 양심에 가책을 느끼는지 기도랍시고 두 손을 모으고 눈을 감고 고개를 숙여 박수무당 주문 외듯 온갖 좋은 소리를 다 입속으로 뇌까린다. 백번 천번 만번을 세상이 편안하고 평화롭고 모든 사람들이 건강하고 행복하길 빌고, 생명 있는 모든 것들이 나름대로 안락하길 덧붙인다. 특히 어려운 사람들이 잘 되기를 빈다. 그런 다음 내 마음이 너그럽고 따뜻하고 겸손하길 다짐하는 것이다. 양 가슴에 두 손을 얹고 아무리 생각해 봐도 나의 아침 기도는 구두선(口頭禪)에 불과하다는 것을 넉살좋게 고백하지 않을 수 없다.

실천이 따르지 않는 기도는 공염불에 불과하다. 누구나 번드르르하게 말은 잘한다. 사기꾼들은 말할 것도 없거니와 특히 사회적인 신분이 높다는 사람들, 종교 지도자들, 학생을 가르치는 선생들의 경우 더 그렇다. 이렇게 말하는 내 자신만 보더라도 "너는?" 하고 따지고 들면 깩소리도 못할 것이다. 다만 그나마 맑은 정신에 몇 번씩 다짐하는 그 덕분에 양심에 가책이라도 느끼게 되는 게 아닌가 싶다. 비근한 예로 살아 있는 생명체를 괴롭히거나 죽이지 말자고 다짐하고 다짐하지만 그게 그렇게 쉽지 않다. 돌이켜 보면 무수한 생명을 아무렇지도 않게, 심지어는 독기를 품고 죽인 예가 허다한 것이다. 파리, 모기 등 무수한 벌레들뿐만 아니라 뱀 따위를 악착같이 잡아 죽인 예가 허다하니……. 또 방 안에 들어온 나방이나 지네 따위는 포악스레 잡아 죽였다. 지네 같은 곤충은 독충 중의 독충이어서 한 번 물리면 그 고통이 이만저만이 아니다. 이런 해충한테 일방적으로 당하고 보니 눈에 띄면 원수를 갚듯 앙심을 품고 때려죽였던 것이다. 그래도 신기한 것은 기도발이 작동하는지 얼마 전부터는 조심스레 집게로 들어 창밖 산기슭에 던질 수 있게 되었다는 것이 나 스스로 생각해 봐도 가상하게만 여겨진다.

엄밀히 따지면 생명체가 생존한다는 것은 다른 생명을 희생시키지 않고는 가능하지 않은 것이다. 채식주의자들이 살생을 하지 않겠다고 식물만 먹더라도 식물 또한 생명체인 것만은 부인할 수 없기에 생존 자체가 타생명의 희생에 의지하지 않고는 불가능하다는 것을 보여주고 있다. 그러기에 세상은 어찌할 수 없이 약육강식의 부조리로 굴러가고 있는 것이다. 생명 존중 사상을 부르짖는 성인, 성직자들의 고귀한 깨달음과 일깨움이 없었다면 그런 막된 살육의 야만성은 극에 달했을는지도 모를 일이다. 슈바이처가 그랬다든가? 잡초 한 포기도 목적 없이 뽑지 말라는 사상, 나 같은 사람에게는 크게 와 닿는 말이다.

오늘 아침에도 어김없이 '살아 있는 모든 생명체들이 그 나름대로 안락하기를 빕니다'라고 중얼대 놓고 벌써 몇 차례 팔에, 목에 덤벼들어 피를 빨아먹는 모기를 때려잡았다. 그리고 욕을 퍼부었다. 며칠 전에 계율을 칼같이 지키는 스님이 오시어 차를 마시며 담소하던 전시실에서 웃지 못할 일이 벌어졌다. 시간은 오전인데도 불구하고 모기가 스님의 그 시원한 이마에 날아가 붙었다. 무량겁을 맑은 물에 씻긴 듯 환한 빛을 발하는 이마에 감히 어디라고 피를 빨아자시겠다고 덤벼든 놈을 보자, 된통 겁이 많아 별것 아닌 벌레만 봐도 금방 어떻게 될 것처럼 호들갑을 떨던 한 여인이 손바닥을 펴서 무망결(무심결. 편집자 주)에 스님 면상을 쳤다. 기습을 당한 모기는 잡히지 않고 애꿎게 스님만 한 대 얻어맞는 웃지 못할 사건이 되고 말았다. 그놈의 모기, 눈 깜짝할 사이에 스님의 도력을 빨아들였는지 잽싸게 피했으니 스님 왈 "그냥 쫒아야지요!" 하는 것으로 보아 다행으로 봐야 될 것 같다.

나는 아침마다 그 무덤 주위를 한 바퀴 돌며 흐뭇해한다. 그러던 중 한 번은 내가 죽어 땅에 묻히면 이런 무덤을 해놓고 이렇게 정성껏 돌봐줄 자식 놈이 있을까 생각해 봤다. 착각을 해도 한참 착각이란 결론을 내린다. 나는 진작부터 비좁은 국토에 자리 차지하고 후손들한테라도 부담이 되기보다는 활활 태워 한줌 정도의 뼛가루를 적합한 데 뿌려서 흙으로 돌아가게 하는 것이 최선책이라는 것을 굳게 믿고 있기에 그 신념은 바뀌지 않을 것이다.

이런 소리 역시 구두선이 될지 모르겠지만 말이다. 知軒

말장난

유치한 듯하면서도 제법 재치 있는 것 같은 말장난을 들자면 몇 년 전에 듣고 파안대소한 이런 소리가 있어 적어보고 싶어 몸이 근질거리기도 했다. "이모저모로 대단히 감사합니다!"를 영어로 한 소리인데 "This corner, that corner thank you very much!"라는 순 코리안 잉글리시를 듣고는 일동이 우스워 죽겠다고 요란을 떤 일이 있었다.

말이란 '아' 해 다르고 '어' 해 다른 것처럼 그 기능이 무궁무진해서 말이 독화살이 되어 화를 불러일으키는 경우가 허다한 것이다. 만약 우리가 살아가는 데 말이 없다면 암흑 세상이나 별다르지 않을 것이다. 그러기에 '말씀이 하나님'이라는 성경 구절이 있지 않나 싶다. 그럼에도 불구하고 '침묵은 금 웅변은 은'이란 소리가 있는 것은 말로써 말이 많아 얼마나 많은 분란을 일으키고 있는지 눈을 감고도 훤히 알 수 있다. 말은 의사전달 수단으로 요지부동하지만 한편 어느 학설에는 그보다도 분위기를 만드는 데 더 큰 역할을 한다는 것이다. 설령 평소 잘 알고 지내는 이웃집 사람을 아침에 만났을 때 "참 날씨가 좋지요" 하고 다 아는 소리를 건네고 보면, 아무런 의미 없는 단순한 말이지만 어색한 분위기를 누그러트리는 효과를 내는 것이다. 또 친구들이 함께 앉아 있을 때 누구도 입을 안 떼고 침묵 속에 시간을 보낸다면 그분위기가 무겁고 어둡기만 할 것이다. 아무 쓰잘 데 없는 말이라도 해서 고여 있는 공기를 흔들고 보면 금세 생동하는 분위기로 바뀐다. 여기에 구수한 농담이나 재치 있는 허튼소리를 하게 되면 벙어리 말고는 모두 웃음보가 터져 즐겁고 활기 넘치는 분위기가 이루어질 것이 뻔하다.

말에는 좋은 말도 많고 못된 말도 많다. 들으면 어감이 부드럽고 사랑스러워 절로 흐뭇해지고 즐거운 말이 있는가 하면 반면 입에 담기에도 더러운 막된 말이 있다. 또 흔해 빠진 멍청한 말이 있는가 하면 재치 있고 묘미 있는 그런 말이 있다. 수필을 쓰다 보니 자연스레 구사하는 어휘에 대해 적지 아니 골몰하는 버릇이 생겼다고 할까, 어떤 상황에 맞는 어휘를 떠올리기 위해 안간힘을 쓰고 빈 머리를 짜내게 된다. 다행히 자갈밭에서 보석을 찾은 것처럼 떠오르면 그 어휘가 그렇게 대견하고 흐뭇할 수가 없다. 그런데 내게 그런 보석 같은 어휘는 박학다식한 고급스럽고 고상한 게 아니라 일반적으로 시골 아낙네나 할머니, 지게꾼들이 쓰는 지금은 한물간 곰팡내가 나는 그런 구닥다리인지 모르겠다. 다만 그 옛날 조상 대대로 내려오는 외세에 오염되지 않은 토속적인 것이라고 말할 수 있겠다. 적어도 내게는 그런 서민적 소박한 말이 체질에 맞아 어느 구석에 내팽개쳐진 폐물과도 같은 순수 우리말이 떠오를 땐 만세를 부를 만큼 감동이 되고 나만이 갖고 있는 특허나 된 듯 뿌듯한 것이다.

그런데 얼마 전부터 그런 어휘를 생각날 때 마다 메모하기 시작했는데 좋은 의미의 아름다운 어휘보다는 못된 쪽의 소리가 훨씬 많았다. 가령 야비하다든지 음흉하다는 말을 비롯해 야박하다, 뻔뻔스럽다, 능글맞다, 야멸차다, 가증하다, 건방지다, 박절하다, 되바라지다, 우뭉스럽다, 얌체, 흉물스럽다, 치사하다, 비굴하다, 얌통머리 없다, 아깃똥하다, 심보 망한, 방정맞다, 심술궂다, 지랄스럽다, 표독하다, 악독하다, 천덕스럽다, 비루하다, 야짓잖다, 교만하다, 교활하다, 아니꼽다, 잗달다, 코랑내, 고린내, 쿠린내, 암내, 지린내, 배라먹다, 앙칼지다, 야죽대다 등등 내 못된 정신세계와 맞아 떨어지는지 이밖에도 주워섬기면 몇 배는 더 나올 것 같다. 하고많은 좋은 말들을 다 놔두고 왜 그런 못된 소리에 끌려 흥미가 가는지 나 자신도 모를 노릇이다. 따뜻한 인정이라든가 맑고 향기로운 삶 같은 아름다운 말을 떠올리면 내 내면세계까지 정화되는 것 같은데 왜 거기엔 익숙지 못할까? 어떤 때는 일부러 좋은 말을 광산에서 금맥을 캐내듯 외워본다. 후덕한, 관대한, 자비로운, 청정한, 영롱한, 순순한, 우정, 귀여운 아이들, 사무치게, 그리운 같은 순진무구한 낱말들을 꼽아나갈 때 어느새 세상이 밝아지고 잔잔한 행복감으로 매사에 감사하게 되는 것이다.

그런데 문제는 멀쩡한 말들이 그야말로 말장난이라 할까 간교한 횡포라 할까 그런 못된 풍조로 말미암아 왜곡되고, 엉뚱한 뜻으로 변질되어 눈살을 찌푸리게 하는 현실에 있다. 마치 분재하는 사람들이 자연스레 자랄 나무를 자르고 비틀고 얽어매어 심한 고문 끝에 자기네 딴에는 희귀한 작품을 만들었다고 자만하고 있는지 모르겠지만 너무나 비정상적인 중증 장애목(障礙木)을 만들어 자연의 질서를 거역하는 것과 별다름 없는 해괴망측한 장애어(語)를 양산하고 있다는 사실에 비애를 느끼지 않을 수 없는 것이다. 특히 가증스러운 것은 식자층입네 고급문화 냄새를 풍기면서 현학적인 묘한 외래어를 끌어들여 순수한 우리말과 합성을 하든지 제멋대로 뚝뚝 잘라내어 팔다리 잘려나간 발명품인 양 아무렇지도 않게, 아니 오만스레 언어문화에 군림하고 있다는 사실이다. 이런 행위는 말장난이 아니라 말을 희롱하고 학대해서 우리의 심성까지 악화시키고 순수 우리 문화 전체까지 오염시키는 결과를 낳고 있다고 말하고 싶다.

농담, 익살, 풍자, 허튼소리, 싱거운 소리라도 좋고 유머, 위트, 쌔타이어라 해도 다 비슷한 소리인데, 아무튼 이런 말장난이 있어 계산적이고 팍팍한 사람 관계에서 그나마 윤활유 역할을 해주어 천만다행이라 생각한다. 앞에도 언급했다시피 언어의 기능이 의사전달 수단보다 분위기를 만드는 데 우선한다는 말이 나로서는 전적으로 동의하는 쪽이다. 어떻게 사람이 서로 어울려 사는 데 사무적인 소리만 하고 살겠는가? 비록 무의미하고 때로는 그 도가 지나쳐서 부작용을 일으키는 일이 있더라도 자유분방하고 웃음보를 터트릴 수 있는 분위기가 사람 사는 재미가 아닐까 한다. 설령 어느 모임에서고 깍듯이 예의범절을 지키고 의례적인 얘기만 한다면 품위 있고 정중한 회합이 될지언정 허심탄회하게 마음을 열고 서로를 이해하는 시간이 되긴 힘들 것이다. 여기에 싱거운 사람이 있어 미친 척하고 떡판에 엎어지듯 뚱딴지같이 그야말로 동에도 서에도 닿지 않는 허튼소리를 하면 좌중의 긴장은 풀어지고 분위기가 흐물흐물해져 웃음이 터지고 가슴에 갇혔던 소리가 여기저기서 나오게 될 것이다. 이렇게 되면 분위기는 가벼워지고 자유로워진다. 이제부터는 긴장할 필요도 체면을 차리느라 점잔을 뺄 필요가 없다. 서로 소통해서 이해하고 가까워지는 것이다. 세상 사람들은 필요 이상으로 허세를 피워 위선적인 언동에 익숙해 있기 때문에 실상은 너무나 고독하게 지내고 있다. 그 위선과 허세의 벽을 허물어 버릴 때 인간다워지는 것이다. 우리가 가식 없이 천진난만해질 때 그곳이 바로 낙원이라 생각된다. 농담 한마디가 이렇게 분위기를 누그러트린다면 진정 말장난도 해볼 만한 것이라 믿는다.

얼마 전 오랫동안 못 만났던 스님 한 분이 불쑥 찾아오셨다. 나는 이 뜻밖의 방문에 놀랍기도 하고 반가워, 한다는 인사가 "스님 뭘 잡수시기에 하나도 늙지를 않으셨네요!" 하고 아첨 아닌 아첨을 떠니까 "나이야가라" 하고 대꾸하시는 게 아닌가? 함께 있던 여인이 "어머, 나이야가라가 얼마나 좋기에 더 젊어지셨어요? 나도 구해 먹어봤으면 좋겠어요!" 하며 바짝 달겨들자 스님 왈 "진시황의 불로초보다 천배나 효험이 있지요." "아이고 신기해라! 어떻게 생긴 것인데요?" "글쎄 어떻게 설명을 드려야 할까요. 마음 비우고 백일기도나 삼천 배쯤 하면서 정성을 다해 공부를 하시면 그 이치를 알게 될 겁니다." "상구보리 하화중생(上求菩提 下化衆生) 하신다는 스님께서 혼자만 감춰두고 잡수시면 되나요?" 여인의 표정과 음성이 앵돌아진 것 같으니까 스님 빙긋이 미소 지으시며 가라사대 "보살님! 내일부터 아침저녁으로 젊어지는 진언을 세 번씩 세 번, 그러니까 아홉 번을 소리 내어 외우십시오! 이렇게요! '옴 나이 나이 나이 가라 가라 가라 야라 야라 야라 사바하' 하고……." "아이구 젊어진다면 세 번씩 백 번이라도 외우겠어요! 감사합니다. 스님!" 하고 흐뭇한 표정을 짓는 것이었다. 하느님 맙소사!

나는 지금도 그때 그 말장난을 떠올리면 바보처럼 실없이 입가에 웃음이 번진다. 知軒

4장

40년이라는 세월

마차푸차레

— 나용준

영겁의 세월이
찰나 속에
우뚝 솟아오른다

신들의 고향
새하얀 칠흑의 광채
까아만 순백의 포옹

흑백이 하나
시공이 하나

시작과 끝이 사라진 곳
전율하는 인연의 고리

연기불이(緣起不二)
불이무아(不二無我)

깨어라!

보이는가, 저 청천허공의 외침
들리는가, 저 고봉준령의 자태

깨어라 깨어라!

무아무상(無我無常)
무상지공(無常之空)

인간적인,
지극히 인간적인

어느 호젓한 산사(山寺)를 나와 내리막길을 걸어가고 있었다. 주위가 더없이 적막하고, 침침하고 무겁게 느껴지는 산길은 결코 순탄하진 않았다. 그럼에도 불구하고 법정 스님은 나는 듯이 가사 소매를 휘날리며 저만큼 휘적휘적 앞서가고 계셨다.

"스님! 좀 천천히 가세요! 같이 가요!"

하고 나는 소리를 질렀다. 스님은 멈춰 서시고 곧이어 둘이서 어깨를 나란히 걷게 되었다.

"돈 있으면 좀 꿔주세요. 집에 갈 버스 값이 없어서……."

스님은 바로 가슴 속에서 지갑을 꺼내 불그레한 오천 원짜리 한 장을 내주셨다. 지갑에는 꽤 많은 지폐가 들어 있는데 연두색이 스며 나오는 만 원짜리 같았다.

"너무 많습니다. 천 원짜리 두 장이면 되는데요."

라며 그 지폐를 내미니까 다시 지갑을 뒤져 천원 권 두 장을 건네고 오천 원짜리를 회수하시는 것이었다. 두 사람은 별 얘기 없이 한참을 걸어 내려오다 보니까 넓은 마당이 나왔다. 스님은 그 마당에서 발길을 멈추시더니 작별을 해야겠다고 말씀하시고 뜻밖에도, 아니 기상천외하게도 나를 포옹하는 것이었다. 나는 작별이라는 말씀에 가슴이 아릿해지면서 스님을 껴안았다. 두 사람은 아무도 없는 넓은 마당 한가운데서 포옹을 하며 서 있는데 스님이 흐느끼기 시작했다. 내가 안고 있는 스님의 등뼈는 너무나 앙상하고 떨려서 함께 울기 시작했다.

스님은

"내가 여직껏 헛살았나 봐요. 헛살았어!"

하면서 한참을 우시다 마침내 포옹을 풀고

"우리가 언제 또 만나게 될까……."

하면서 돌아서 가시는 것이었다. 그런데 시선을 들어 스님 가시는 쪽을 보니 대궐 같은 기와집이 첩첩하고 우뚝한 솟을대문이 그 앞에 열려 있었다. 마침

내 스님의 모습은 그 안으로 사라지고 나는 홀로 남아 말뚝처럼 서 있다가 집으로 간다고 무거운 발길을 옮기기 시작했다.

꿈이었다. 개꿈이겠지! 나는 언제나 내가 꾸고 난 꿈에 대해 개꿈이라고 단정해 왔으니까……. 그렇지만 거의 밤마다 꾸는 꿈 얘기를 아침이면 지껄여 댄다. 사실 별것도 아닌 내용을 가지고 일일이 얘기하면 어떻게 그렇게 소설을 쓰느냐고 시큰둥한 반응을 당하곤 하지만 아침에 일어나 할 말이 뭐 있겠는가? 그나마 꿈 얘기라도 해가며 아침밥을 떠 넣는 분위기가 벙어리처럼 꾸역꾸역 밥을 퍼 넣는 것보다는 훨씬 낫다고 믿고 있기에…….

아무리 꿈이라도 나를 끌어안고 흐느끼시다니……. 평소에 악수마저도 결코 살갗 접촉을 삼가시는 스님이셨다. 삼십 년을 넘게 만나고 헤어지기를 그렇게 많이 했어도 언제고 일정한 거리에서 두 손 모은 합장으로 대하셨지 결코 손을 내미시는 일이 없던 스님이 아니었던가? 참 희한한 사건이었다. 꿈은 반대 현상으로 나타난다는 말도 있지만 이거야말로 충격이 아닐 수 없었다. 어디까지고 꿈은 꿈이니까 별 의미를 둘 필요가 없다고 다짐했건만 자꾸 마음에 걸리는 것은 어쩔 수 없는 사실이었다. 하긴 신기하게도 내겐 꿈과 맞아떨어진 사례가 몇 차례 있었던 것 같다. 꿈에서 맑고 푸른 물속에 싱싱한 물고

기가 요동치는 광경을 본 날은 공연히 좋은 일이 있을 것 같다는 얘길 함부로 발설 않고 입을 다물고 있다 과연 그럴 만한 일이 일어나면 쾌재를 부르기도 했다. 그런데 묘한 것은 법정 스님 모습을 꿈에 보면 기분 좋은 일이 나타나 그것 또한 신기하다고 생각한 적이 한두어 차례 된다. 그럼에도 불구하고 이번에 꾼 꿈은 영 아니었다. 공연히 불길한 생각부터 나고 밤사이에 스님의 신변에 무슨 변화가 있지 않았을까 걱정이 되기 시작했다. 나 같은 단순 세포도 별 방정맞은 생각이 다 들고, 혹 신문 방송에 무슨 기사가 나지 않았을까 신경을 곤두세우곤 했었다. 나중에 추측한 일이지만 그 꿈을 꾼 것이 스님 입적 일 년 전쯤 되니까 그 병세가 최악의 상태에 처해 있을 때인 것 같았다.

어언 스님 떠나신 지 삼 년이란 세월이 훌쩍 가버리고 말았다. 그럼에도 불구하고 금방이라도 걸어 들어오시며 “봄에는 매화꽃이 참 좋아!” 하고 만면에 웃음을 띠고 바라보실 것 같은 착각을 일으키게 하는 때가 가까워 오고 있다. 지극히 자연의 아름다움을 사랑하시고 즐기시는 분이었기에 떠나신 봄이 각별하게 다가온다. 내가 만나본 중에 가장 안목이 높고 넓은 분, 거의 완벽에 가까울 만큼 그 인품과 사리분별이 정확하신 분, 나는 그분만큼 자기 질서가 철저해서 말씀과 행동이 일치하는 사람을 못 본 것 같다. 거기다 인간적인, 지극히 인간적인 면모를 드러내는 경우가 더러 있었다. 장난기, 해학, 편견, 욕이나 흉을 쏟아 내는 천진성, 아니 인간 본연의 울분 같은 것을 토로하는 일도 있었으니 사람의 온기를 느낄 수 있었다. 한번은 당신이 각별히 아끼시는 제자 흉을 이성을 잃고(?) 해대시곤 멋쩍은 표정으로 파안대소로 끝맺음을 하시기도 했다. 그것은 이 글을 쓰는 위인의 책임도 없다고 할 수 없으니 이상하게 사람들이 우리 집에 와서 얘기를 나누다 보면 남의 흉을 보게 되는 경우가 꽤 많은 걸로 보면 이 터에는 남 흉보는 귀신이 죽치고 앉아 사람들 입을 그 쪽으로 돌리게 하는 건지 의심이 들기도 한다. 어찌 되었건 세상은 어쩔 수 없이 상반되는 것으로 메워져 있기 때문에 법정 스님의 완벽성과 허점도 이렇게 조화를 이루고 있다고 믿고 싶다.

서울 안의 수많은 사람들의 마음의 고향인 길상사(吉祥寺)! 아니 맑고 향기로운 절, 법정 스님의 최후의 목숨까지 값을 치르고 창건된 도량, 길상사로 탈바꿈되기 전의 대원각, 그 실상은 고기 굽는 누린내와 기름때로 찌든 탁하기 짝이 없는 그곳을 청정하기 그지없는 낙원으로 다시 태어나게 했으니 이 사건이야말로 기적이 아니고 무엇이겠는가? 이러한 기적이 이룩되기 위해 수많은 진통이 따른다는 것은 당연하리라.

아직도 꿈속에서 "헛살았어"라는 스님의 흐느낌이 지워지지 않고 착잡한 여운으로 남아 있는 이유를 나는 모르겠다. 아무리 꿈속에서의 비탄에 찬 토로 일망정 우주만큼이나 불가사의한 문제로 남아 있다. 그토록 냉철하고 자의식이 강한 스님께서 몸부림치듯 비통하게 개탄한 까닭이 무엇일까? 이 글을 쓰고 있는 이 순간마저도 꿈속을 헤매고 있는 허깨비놀음인지 모르겠지만……. 知軒

마차푸차레
Machapuchare
영봉

눈을 뜨면 수시로 뭉개고 앉아 있는 탁상 앞 벽 위에는 사진틀이 하나 걸려 있다. 벽면이라고 해봐야 비좁은 쪽방 창호지 두어 장 바를 만한 넓이에 불과하지만 적어도 내게는 금싸라기 같은 아주 친숙하면서도 아늑한 공간이기도 하다. 거기에는 올망졸망한 식구들 사진이나 자잘한 물건들이 벽을 등지고 기대어 있고 그 중앙 눈높이쯤에는 언제고 마음에 드는 조촐한 달력이 걸려 있어 세상과 소통하는 창구 노릇을 해주고 있는 것 같기도 했다.

하지만 한편으로는 깔끔해야 할 공간이 너절한 물건들로 채워져 있어 그렇지 않아도 복잡한 세상을 한층 혼란스럽게 해놓는 꼴이 아닐까 여겨지기도 했던 것이다. 다시 말해 조용히 관조할 수 있는 정신세계와는 아예 담을 쌓고 있는 것 같아 수시로 나의 속물근성을 되돌아보게 해 주었다. 그러나 살아온 습성이나 정신 수준이 그것밖에 되지 않으니 억지로 고상한 척 해봐야 더욱 꼴불견이 될 것이 뻔하다. 그러니 그냥 생긴 대로 살 수밖에 없다고 단념하고 당연시해 온 것만은 부인할 수 없는 사실이다. 탁상 위가 텅 비어 시원하면 꾸겨진 휴지 조각 같은 게 숨 쉴 틈 없이 쌓여 있는 이 가슴팍도 소위 '텅 빈 마음'이 되어 세상살이 탈속하게 살아나갈 것도 같건만 그 노릇도 쉽지 않아 지지리 궁상을 떨고 허우적거리고 있다는 것이 창피할 따름이었다.

그런데 뜻밖에도 꿈에도 생각해 보지 못한 일이 벌어졌다. 그것은 누가 봐도 지극히 하찮은 자그마한 사진 액자를 걸어놓고 주책없이 나 혼자만 감탄하고 감격하고 희열에 넘쳐 자랑하고 싶어 안달하며 가슴 두근두근하고 있으니 참 세상 사는 기쁨이 이런 데서도 튀어나와 남몰래 미친놈처럼 히쭉히쭉 회심의 미소를 짓게 되니 이 일을 어떻게 설명할지……. 다시 말하거니와 무당집 골방 속 같은 너절한 탁상 벽면 앞 잡다한 물건들이 신기하게도 이 사진틀을 돋보이게 하고, 그것들조차 그 후광을 받아 그럴듯하게 느껴지니 하루아침에 별천지가 전개된 것처럼 내 마음 또한 환해지는 것이었다.

이제 사진틀 얘기로 들어가자. 사진 크기는 가로 24cm, 세로 12cm, 액자는 가로 38.5cm, 세로 26.5cm의 비교적 작은 것이다. 틀은 목재로 안쪽 7mm

정도는 검은색, 바깥 폭은 17mm인데 금속판을 눌러 자연스레 문양이 새겨진 것 같은 약간 어두운 황금색이다. 언뜻 보면 철제 틀처럼 보이지만 목재로, 번들대지 않아 수백 년 세월의 흔적을 밀어내듯이 진중하고 품위 있게 품안의 사진을 감싸고 있는 것이다. 장방형의 거인 손바닥만 한 작품은 2/3 정도는 텅 빈 허공을 배경으로 삼고 있다. 정작 마차푸차레 눈 덮인 봉우리는 중심에서 천공을 향해 치솟아 있지만 그 비례로 볼 때 전체 면적의 아주 사소한 부분에 불과하다. 한 마디로 우리 시야, 아니 마음을 사로잡는 것은 티끌 하나 찾아 볼 수 없는 요원하고 요원한 무한대의 우주 공간이라 할까, 신비하고 불가사의한 천상(天上) 세계라 할까, 아니면 그 실체의 실오라기 한파람도 잡아볼 수 없는 무(無) 그 자체가 아닐까 하는 공상(空想)도 하게 되는 것이다.

각설하고 마차푸차레가 지니고 있는 그 기상에 대해 그 위용을 둘러싸고 있는 모습을 그려보려 하지만 내 한계는 백분의 일, 아니 만분의 일이나 전달할 수 있을지 자신감이 생기지 않는다. 송곳 끝처럼 날카로운 예봉을 중심으로 타고 내려오는 능선은 면도날만큼이나 서슬이 시퍼렇게 성깔을 나타내고, 결코 자연이 관대하고 따뜻하기만 한 것이 아니라는 것을 직통으로 실감케 한다. 적어도 이 산을 바라다볼 때의 그 위엄은 냉철하다 못해 엄혹해서 뭘 모르고 날뛰는 인간들에게 자연의 위엄이 어떤 것인가를 일깨워 주고도 남을 것이다. 이럴 때 사람들은 겸허하고 순수해져서 외경의 눈물인지 감동의 눈물을 흘리게 되는지 모르겠다. 그 언제인가 인도 성지순례를 하는 도중 포카라에 묵으면서 수십 명이 이른 새벽 마차푸차레를 보기 위해 가파른 산을 올라 해가 막 뜨는 그 광경과 설산의 신비함에 감동해서 모두가 어깨를 들썩이며 눈물을 흘린 일이 있었다. 그 눈물은 어떤 눈물일까? 그 어떤 위력이 일순간에 모든 사람을 그렇게 만들었을까? 여기서 단언할 수 있는 것은 눈물을 닦고 난 그들의 얼굴은 하나 같이 희열에 넘쳐 환한 빛을 발하고 있었다는 사실이다.

나는 그때, 햇살 비추이는 설산의 영봉에 어떤 변화가 일어났는지 전혀 기억 못 하고 있다. 다만 지금 사진으로 보는 영봉 최상 부분을 후광처럼 감싸고 있는, 구름인지 안개인지 빛의 화신(化身)인지 정체를 가늠할 수 없는 현상에 감동하고 있을 뿐이다. 그 현신(現身)은 목화솜보다도 부드럽고 양털보다도 포근한 느낌으로 우리 가슴을 따뜻이 어루만져 주고 있다. 아니, 우주의 불꽃이 저런 것일까 하고 짐작해 볼 만큼 청정하고 화사하고 부드럽게 산의 정기로 피어나고 있다고 믿고 싶은 것이다. 진공묘유(眞空妙有)란 이런 현상일까? 칼날 같은 지혜와 어머니 품속 같은 자비가 이렇게 절묘하게 조화를 이룰 수 있을까. 마음의 합장을 경건하게 하고 상상의 날개를 펴 그 높은 곳을 향해 한 치라도 가까이 할 수 있다면 그 영봉을 바라보는 더 깊은 뜻을 찾을 것도 같건만…….

마차푸차레는 안나푸르나의 능선 남쪽으로 뻗어 나온 산줄기 끝자락에 위치하며 산세가 가파르다 못해 칼날 같고 송곳 같다. 형상이 물고기 꼬리처럼 하늘을 치고 올라갔다고 해서 '피시 테일(Fish's Tail)'이라 일컬어지고 등산이 허락되지 않는 영산인 것이다. 앞에도 언급됐듯이 그 기상이 서릿발 같고 경이로워 사람의 마음을 단박에 정화시키고 환희에 넘치게 한다. 거기에 신비스럽기만 한 운무가 서려 있어 서로 상반되는 양극의 조화를 느끼게 한다. 그것은 추호의 예외도 용납지 않는 매서운 자연법칙과 관용과 자비의 화신으로 나타난 것만 같은 운무와의 대칭이 우리가 사는 세상 온갖 현상과도 무관하지 않은 것 같다.

세상에는 수많은 명산들이 헤아릴 수 없이 많다. 어디 에베레스트를 비롯해 수미산, 알프스, 황산, 태산, 후지산뿐이겠는가? 우리나라만 해도 빼어난 산이 얼마나 많은가? 내가 직접 오르고 바라다본 산만 해도 백두산, 금강산, 설악산, 오대산, 희양산, 속리산, 한라산, 가야산, 계룡산, 북한산, 관악산, 도봉산 등 서울 근교만 처도 놀라울 만큼 수려한 산들이 자웅을 겨루며 그 기상과 위용을 뽐내고 있다. 젊었을 때는 너무나 등산을 좋아해서 일요일이면 서울 근교의 산들을 메주 밟듯 다닌 적이 있었다. 특히 청명한 가을날 석양에 물든 백운대와 인수봉을 뒤로 하고 하산할 때의 그 감동은 지금도 뇌리에 깊이 박혀 있다. 나는 이런 무수한 산들이 결코 마차푸차레에 못지않다고 믿고 있다. 그 산은 산마다 제 모양을 지니고 한껏 제 특징을 뽐내고 있었다. 봄, 여름, 가을, 겨울을 통해 자연스레 신비스런 변모를 거듭함으로써 세상에 찌든 우리 영혼을 정화시켜 주고 있는 것이다. 마차푸차레가 설산으로 날카롭다면 그만 못지않게 금강산의 만물상도 이루 헤아릴 수 없는 예봉을 하늘로 치켜세우고 톱날같이 성깔을 나타내고 있다. 그럼에도 불구하고 석양볕을 받아 반사되는 그 모습은 섬세하기 이를 데 없는 동양 자수와 같아 열두 폭 비단 병풍을 둘러친 거나 진배없이 바라보는 이의 마음을 한없이 포근하고 경건하게 해놓았다.

어차피 세상은 상반되는 것으로 가득 넘치게 돼 있는 이상 우리가 고해(苦海)라고 일컫는 일상사가 결코 간단하게 규정되기는 불가능할 것 같다. 빛과 암흑, 하늘과 땅, 선과 악, 부와 가난, 사랑과 증오, 축복과 저주, 기쁨과 슬픔, 자유와 구속, 음과 양, 생성과 소멸, 삶과 죽음, 선인과 악인, 행복과 불행, 자비와 잔인, 오만과 겸손, 청정과 오탁, 향기와 악취, 관용과 엄벌, 강자와 약자, 일하는 사람과 놀고먹는 자, 베푸는 자와 받기만 하는 자, 사기 치는 자와 사기 당하는 자, 뺏는 놈과 빼앗기는 자, 고상함과 저질, 널리 세상을 이롭게 하는 사람과 제 몸뚱아리 하나만 호의호식하고 즐기는 인간, 건강한 이와 병든 자, 미와 추 등등 심지어는 빌려주는 자와 꾸는 자로 나눌 수 있는 것이다. 냉혹하게 말해 악으로 인해 선이 존재하고 무(無)를 통해 유(有)의 가치가 인식되는 것이다. 세상은 이렇게 정반대의 것들이 얽히고설켜 울고 웃고, 죽느니 사느니 시끄럽게 엎치락뒤치락하고 있는 것으로 그 실체가 존속되는 것이 아닐까?

개똥철학인지 맹추 같은 넋두리인지 뭔지는 고만하고 다시 마차푸차레 사진으로 돌아가자! 나는 이 사진틀에서 적재적소(適材適所)란 말이 얼마나 실감 나고 대단한지 새삼스럽게 절감했다. 사람이나 물건이나 위치에 맞게 제자리에 놓일 때 제대로 그 가치가 드러나게 돼 있다. 실은 마차푸차레 사진은 열두 장 달력 중의 한 면이었다. 물론 달력에 있을 때도 좋았지만 그 사진을 오려 액자에 끼우고 보니 전혀 딴 작품이 된 것이다. 그것은 그 사진의 크기와 액자의 비율이 알맞게 조화를 이루고 거기에 액자틀의 빛깔과 질감이 뒷받침이 되어 전혀 새로운 모습으로 재탄생할 수 있었다고 말하고 싶다. 여기서 거듭 강조하고 싶은 것은 그것을 연출할 수 있는 안목이다. 다시 말해 예술적인 높은 안목이 이루어낸 결과인 것이다. 아무리 좋은 사진이라도 엉뚱한 크기와 조잡스런 테로 끼워 넣었다면 결코 감동을 줄 수 없을 것이다. 또 만의 하나라도 그 사진을 찍은 작자가 악명 높은 혐오스런 인간이었다면 절대로 순수한 감명을 줄 수 없을 것이 확실하다. 오히려 그것은 겉치레에 불과한 위선이며 들여다보면 볼수록 역겨운 비웃음이 새어 나와 바라보는 이까지 오염시키고 불쾌감을 삭이느라 진땀이 날지도 모를 일이기 때문이다.

최종적으로 이 사진이 지고(至高)한 신의 존재인 양, 아니면 하늘 호수에 걸친 오색영롱한 무지개처럼 바라보는 이의 마음을 평화롭고 환희에 넘치게 하는 것은 바로 청정하게 수행을 해오실 뿐만 아니라 인연 맺은 둘레 모든 사람들에게 몸과 마음을 다해 보살행을 하고 계시는 한 스님의 영혼이 담긴 작품이기에 그 감동은 천배 만배 크리라 믿는다. 썩은 물이 부글거리며 고여 있는 웅덩이도 한 줄기 깊은 산속 옹달샘 맑은 물이 흘러들면 정화되는 것처럼 이 살벌하고 이악스런 세상을 살아내려고 몸부림치는 사람들에게 스님은 드러내지 않고 조용히 그들의 손을 잡아주고 껴안아 주는 것이다. 그렇기에 우리 같은 속물도 절망하지 않고 밝은 빛을 향해 기도를 할 수 있지 않나 생각한다.

한 마디로 마차푸차레 사진은 내 방의 혼탁한 공간을 그 시원하고 맑은 기운으로 끊임없이 채워주고 있는 것이다. 知軒

부채 예찬

나는 언제부터인가 손님이 오면 부채를 내놓는 버릇이 생겼다. 요즈음처럼 문명의 이기가 흔한 때에 구시대의 구닥다리 부채를 내놓는다는 것이 모자라는 것 같기도 하지만 여름 한때는 즐겁게 하고 있는 일이다. 그것은 부채가 지니고 있는 그윽한 매력 때문에 더욱 즐겨 하는지 모르겠다.

나는 그 옛날 어머니들이 쓰고 있던 기름종이 대부채를 특히 좋아한다. 그네들은 손님을 맞아 호들갑스럽지 않게 부채질을 해주며 인정을 나누었다. 그들은 둘러앉아 이야기를 나누는 동안 자기가 부치는 바람이 옆 사람이나 앞사람에게 은근히 미치도록 해 따뜻한 속마음을 나타내었다. 뿐만 아니라 잠자는 아기 곁에서 솜털 같은 바람을 일으켜 물것들을 막아주었다. 그뿐이랴! 유리알같이 윤이 나는 대청마루에 앉아 맑고 시원한 바람을 날리면 장지문 옆에 고여 있던 난초 향기가 서서히 군무를 시작하고 그 자리는 어느새 깊은 계곡의 선경(仙境)으로 바뀌는 것이었다.

지금부터 삼사십 년 전만 해도 우리 여인네들은 삼베 적삼이나 모시옷을 입었다. 상큼하게 다려 입은 모시 치마 적삼은 마치 지상에 내려온 선녀들처럼 보였다. 요즈음도 번잡한 거리에서 이런 여인을 어쩌다 보게 되는데 우리의 눈을 시원하게 해줄 뿐만 아니라 신선한 기쁨을 안겨준다. 어차피 모양을 낸다는 것은 자신을 위하기보다는 남들을 기분 좋게 해주는 편이 많다. 우리의 얼굴을 놓고 봐도 자신이 제 얼굴을 보는 시간보다는 남들이 보는 쪽이 훨씬 많다. 때문에 못생긴 뱁새눈을 억지로 찢어 왕방울 같은 쌍꺼풀눈을 만드는 것은 보다 아름다운 사회 분위기를 위해 공헌했다고 해도 좋을 듯싶다. 그것은 악취를 풍기는 시궁창이나 향기를 내뿜는 꽃에서도 알 수 있다. 가령 삼복지경에 짠지 쪽 같은 털오바를 걸치고 흉칙한 냄새를 뿜어대며 남의 거실에 들어와 죽치고 앉았다 치면 그 상황이 어떠하겠는가? 그러나 날아갈 듯이 사뿐하게 모시로 몸치장을 한 여인이 한 손에 파초 잎 같은 부채를 들고 보일 듯 말 듯 움직이는 부채 언저리에서 향긋한 분 내음을 피워낸다면 설혹 어둡게 푹 가라앉았던 공간도 금방 화사한 분위기로 생동하게 될 것이다.

나는 여러 해 전에 방학을 이용해서 가족들과 함께 수덕사에 다녀온 일이 있다. 그때 내가 본 한 장면은 너무나 인상적이어서 아직도 머릿속에 생생하게 담겨 있다. 절 구경을 다 하고 내려오는 길인데 멀지 않은 곳에서 낭랑하게 들려오는 독경 소리가 발길을 멈추게 했다. 때는 석양 무렵, 선방(禪房)의 뜰이나 지붕이 연한 회색빛으로 고요히 잦아들고 있는 찰나였다. 선방의 널찍한 마루에는 하얗게 모시옷을 입은 연세 많은 비구니 스님들이 너덧 분 자유롭게 저녁 시간을 보내는 것 같았다. 그중에 한 분은 경상 앞에 단정히 앉아 독경에 여념이 없는 것 같았고 나머지 분들은 학이 날개를 펴듯 널찍한 부채로 더위를 날리고 있었다. 그런데 그 광경은 하늘에서 내려온 백학(白鶴)이 저녁 한때의 한가한 시간을 누리고 있는 것 같았다.

나는 여기에서 인생의 노년이 바로 이런 것이어야 하겠구나 하는 것을 절실히 느끼게 되었다. 적어도 어둠이 깔리기 직전의 선방의 그 정경은 사바세계는 아니었다. 여기에는 죽음이 군림할 수 없을 것이 분명했다. 마치 활활 타던 숯불이 다 사위어 꺼질 듯 말 듯 한 숯불 위에 하얀 안개 같은 가벼운 재가 얹혀 미풍만 슬쩍 불어도 드높은 창공 어디론가 사라져 버릴 것 같은 그런 모습이었다. 삶과 죽음은 지극히 엷고 연한 막이 경계가 되어 삶과 연결되는, 생사의 구별이 있을 수 없는 경지가 바로 여기에 있다는 것을 알게 되었다. 그들은 다 사윈 영혼의 집을 어린 아기가 엄마의 젖줄을 놓고 소르르 잠이 들 듯 편안하게 피안의 세계로 여행을 떠나리라. 그 이후 나는 부채에 대한 각별한 애착을 갖게 되었다. 그렇다고 오늘날까지 이렇다 할 변화가 있는 것도 아니다. 다만 여름이나 겨울이나 방 한쪽 구석에 놓여 있는 떡메 항아리에 여러 자루의 크고 작은 대살부채가 꽂혀 있을 뿐이다. 그래도 이들 부채는 우리의 옛 정취를 조상들의 체취인 양 풍겨주고 한껏 시원한 여유를 안겨준다. 바라기는 우리의 벽면 하나를 장식할 큰 대살부채가 걸리고 그 위에 인생을 관조할 수 있는 수묵의 학이 날고 있다면 나 또한 하늘을 나는 한 마리 학의 꿈을 그려볼 수도 있겠는데……. 知軒

그 좋았던 불일암

지금 떠올려 봐도 바로 어제 일처럼 느껴지는 스님과의 작별의 순간은 스님의 또 다른 면모를 보여주는 사건이라 할 만하다. 우리 식구들이 불일암(佛日庵)을 찾아 하루 이틀 개개다가 떠나올 때 한번은 대숲을 지나는 데까지 배웅을 하시고는 그 자리에 망부석처럼 우뚝 서서 우리의 뒷모습이 사라질 때까지 지켜보시는 것이었다. 나는 몇 번이고 뒤돌아보면서 스님께서 되돌아가시기를 바랐지만 그날은 뜻밖에도 당신의 혈육이 아주 떠나버리기나 하는 것처럼 요지부동이셨다. 나는 지금도 석별의 정이라는 것이 이렇게까지 가슴속 깊이깊이 박혀 있다가 수많은 세월이 흐른 뒤에도 가슴을 서늘케 하고, 아니 훈훈하게 덥히고 있다는 사실에 눈시울이 뜨거워지는 것이다.

대체로 우리 가족은 일 년에 두 번 정도 여름방학, 겨울방학을 계기로 남들이 바다나 외국으로 떠날 때 불일암을 찾아갔다. 마치 어린 시절 방학 때 고향을 찾아 한 달씩 있다가 돌아오는 것과 다르지 않았다. 그 당시 먼 시골 고향 큰집을 간다는 것은 이역만리 새로운 세상을 찾는 것처럼 설레고 기다려졌는데 막상 가서 한 달을 뛰놀다가 되돌아올 것을 생각하면 마음이 무겁고 싫었다. 떠나올 때 초라하게 늙고 꼬부라진 큰아버지가 신작로까지 나와 떠나는 버스를 하염없이 바라보며 손을 흔드시는 모습을 보이지 않을 때까지 고개를 빼고 내다볼라치면 공연히 가슴이 아리고 울적해져 어찌할 바를 몰랐다. 우리의 불일암 방문은 이와 비슷했다. 몇 날 며칠을 손꼽아 기다리다 마침내 그날이 오면 널뛰듯이 좋았다.

서울을 출발해서 법정 스님이 계신 불일암으로 가는 내내 상상하며 기분이 좋았다. 그곳은 송광사 입구에서 계곡물을 건너 실타래처럼 이어져 있는 외길이 그렇게 신선하고 아름다울 수가 없었다. 그리 멀지 않은 오리 정도의 산길이지만 이름 있는 명산을 등산하는 것처럼 다양한 산길이 이어져 세속에 찌든 잡다한 먼지를 맑고 시원한 공기와 물, 그리고 수목과 풀들이 말끔히 씻겨주는지 심신이 상쾌하고 머리가 맑아지는 것이었다. 그곳 중간쯤에 습지가 나오는데 비단 실 같은 풀잎들이 잔잔히 깔려 있고 그 사이사이 귀엽기 이를 데 없는 붓꽃이 참으로 해맑고 고운 빛깔로 우리를 맞이해 주는 것이었다. 때묻지 않은 자연 속에서 맑은 물을 머금고 자라난 생명체들, 진정 청정함과 지상 낙원이 어떤 것인가를 보여주는 것이었다. 비록 몇 발자국 안 되는 작은 공간이지만 적어도 나에게는 광대무변한 초원 같은 느낌이 들었다.

마침내 대숲을 헤치듯이 지나 불일암이 자리한 환한 터전에 오르면 마치 에베레스트 정상에나 오른 듯한 환희와 뿌듯함이 깊은 숨을 내쉬게 했다. 고즈넉한 불일암 경내! 그곳을 감싸고 있는 하늘과 뒷동산 같은 편안한 숲, 이 모두가 고귀하고 완벽하게 제 모습을 드러내고 있었다. 한 치의 어긋남도 없이 너무나 질서정연하게 조화를 이루고 있다고 할까? 한마디로 조금도 번들대지 않고 다소곳이 의연한 제 모습을 띠고 있는 분위기는 자연스레 경건한 마음을 일게 했다. 아무리 경관이 좋고 양지바른 터전에 궁전 같은 집을 짓고 호화판으로 차려놓고 있다 치더라도 그 속에 사는 인간이 못됐으면 그 풍기는 느낌은 좋지 않은 법이다. 반대로 아주 열악한 환경에 초라하게 오두막을 꾸리고 있다 하더라도 그 안에 사는 사람의 인품이 훌륭하면 조금도 누추하게 보이지 않는 것은 거처와 인품의 관계가 결코 무관하지 않다는 것을 보여주는 예이다. 불일암의 경우야말로 그 별천지 같은 청정한 분위기와 스님의 완벽하리만큼 철저한 수행 생활이 상승해서 나 같은 천방지축의 뻔뻔한 인간도 고개를 못 들고 “스님 계신가요? 저희 왔는데요”라고 모기 소리만큼 기어들어 가는 소리로 조심스레 입을 떼는 것이었다. 그러면 닫혀 있던 장지문이

사르르 열리며 환하게 미소 띤 스님의 모습이 나타났던 것이다. 늘 그랬지만 그때만큼은 스님의 얼굴이 한층 더 빛나는 것 같았다. 비록 소박한 승복이지만 그 옷에선 멋이 풍겼다. 언제 봬도 털끝만큼도 후줄근한 모습을 발견할 수 없었다. 깔끔하게 다려 입은 베 장삼은 스치면 베일 것처럼 날이 서 있었다. 그것은 그분의 청정하고 절도 있는 일상을 드러내는 것과 무관하지 않은 것 같았다.

그 어떤 것보다도 불일암의 정낭은 놀라웠다. 인적미답의 대숲 속에 자리한 것 같은 조촐한 목조 공간은 정갈함 그 자체였다. 티끌만큼도 오물이 고여 있다고 생각되는 장소가 아니었다. 앞을 내다보면 신선하기 이를 데 없는 대숲과 이끼 덮인 초지가 한눈에 들어오고 비단결 같은 대나무 잎의 사각댐, 그리고 폐부를 시원하게 하는 숲 향기가 밀려드는 것이었다. 뒷간이란 어쩔 수 없이 배설물을 받아내는 곳이라 사후 처리를 위해 낙엽과 재를 담아놓고 그것으로 덮게 돼 있으니 시각적으로나 후각적으로 조금도 역겹지 않은 것이었다. 그것은 놀라운 문화였다. 참으로 이상적인 자연 순환 법칙에 따라 자연으로 되돌리는 방법이었다. 농사짓는 사람들이 "제 똥 삼 년만 안 먹으면 다 굶어 죽는 겨"라고 했던 이치를 체험했던 것이다.

법정 스님의 정신과 삶의 면모는 한 평 정도의 작은 다실에 들어가 보면 여실히 들어나는 것이다. 평소 무소유와 스님 식의 자유로운 삶이 이 작은 공간에서 채득된다는 것은 장님 코끼리 더듬는 격인지 모르겠지만 자연스레 그 단면을 엿볼 수 있는 것이다. 사방 벽은 뭐 하나 걸리지 않고 벽면 전체가 텅 비어 있다. 또 어디를 봐도 군더더기 없이 단순 소박하다. 어떻게 그토록 간단명료하게 텅 빈 세계를, 무(無)의 실상을 내보여 주는지 놀라운 노릇이었다. 한번은 숨소리도 들리지 않는 고요하고 고요한 큰방에서 아주 특이한 체험을 할 기회가 있었다. 그 놀이(?)는 적어도 그 공간에서는 현실 세계를 떠난 절제되고 경건한 의식이라 해도 좋았다. 환했던 방 안은 캄캄해지고 백자 연잎 말차 다완(茶碗)에 불을 붙인 티라이트를 넣으니 금세 환상의 세계가 열리는 듯했다. 그리곤 곧이어 은은한 명상 음악이 흘러나오니 일렁이는 촛불은 그 선율에 맞춰 살아 움직이는 우주의 날개처럼 유장한 자연의 본모습으로 벽면에서 서서히 율동하기 시작했다. 음악의 선율과 연잎 다완을 빠져나온 광명의 세계가 벽면 가득 펼쳐지는 장면은 신비스럽기까지 했다. 스님과 우리는 숨이 멎도록 환희 삼매에 숨 쉬는 것마저 잊고 있는 것 같았다.

생각해 보면 우리 어렸을 때 등잔불을 배경으로 두 손바닥을 겹쳐 몇 가지 짐승 모양을 만들어 벽에 비쳐보면서 신기하고 재미있어 지칠 줄 모르고 반복했던 기억이 떠오르는 것이다. 이것은 그 시절의 지극히 단순한 그림자놀이였다. 그렇지만 스님께서 연출한 이 퍼포먼스는 기발하다면 정말 기발한 것이었다. 우리는 이런 뜻밖의 놀이 아닌 의식을 오붓하게 치른 셈이었다. 반면 불일암에서의 순간순간은 허리가 꼬부라지게 폭소를 터뜨리게도 했다. 스님은 숨 쉴 틈 없이 엄격하기만 하고 냉철한 수도자는 아니었다. 지극히 인간적인 면모에 더 큰 위안을 느꼈는지 모른다. 진정 그분의 재치, 그때그때 절묘하게 경직된 분위기를 확 풀어주는 말장난, 나는 그 점에서도 천재성을 발휘하신다고 굳게 믿는다. 그것은 완벽함 속에 빈틈이다. 곧기만 하면 꺾인다. 휘청 휘는 그 묘미, 우주 질서의 한 치 어긋남 없는 운항 가운데도 기상천외의 이변이 있는 것처럼……. 그 맑은 하늘, 신선한 산천, 결코 자연을 거스르지 않는 겸손하고 소박한 인공의 구조물들, 거기에 청정 그 자체의 스님의 일상까지 더해 조화를 이루고 있던 맑고 향기로운 그 시절의 불일암이 그리워지는 지금이다. 知軒

발우공양

우리가 몸 붙여 살고 있는 지구를 맑고 아름답게 지키는 최선의 방법은 발우공양이라는 것을 깊이 느꼈다. 벌써 오래전의 일이지만 청도 운문사에서 '맑고 향기롭게' 여름 수련회를 마치고 나서 가장 머릿속 깊이 경각심을 불러일으킨 것은 어떤 훌륭한 법문보다도 단 한 번의 발우공양 체험을 하고 나서야 오늘날까지 감동과 감격으로 변함없이 찬탄하게 되는 것이다. 지금처럼 먹을 게 많아 욕심껏 먹어대고 살이 쪄 죽겠다고 야단법석을 떨고, 그래도 모자라 남은 음식을 내다버리는 일이 일상화돼 있는 시대에 그 언제 적 호랑이 담배 피우던 시절의 궁핍했던 소리를 한다는 것이 한낱 옛날 얘깃거리로 들릴진 모르겠지만 곰곰이 그 속을 파고들면 너무나 심각한 현실과 미래가 환히 보이기 때문이다.

사람에 따라서는 과학 문명이 발달하고 모든 게 풍요롭고 편리해서 참 살기 좋은 세상이라고 입에 게거품을 물고 희희낙락하지만 한 치 앞만 내다보면 그게 아니라는 것을 바보 등신이 아닌 이상 다 알 수 있는 일이기에 대량생산 대량소비로 인한 결과는 자연의 자원을 고갈시킬 뿐만 아니라 환경을 오염시키고 파괴해서 우리의 미래를 절망적으로 해놓고 있는 것이다.

비근한 예로 물 한 가지만 두고 봐도 놀라울 만큼 많은 양을 쓰고 있는 것이다. 옛날 같으면 샘에서 떠온 물로 세수를 하고 발을 씻고 걸레를 빨고, 그리고 화초에 물을 주었다. 설령 대야에 많은 물을 퍼 담아 세수를 하면 "이 다음에 지옥 가서 그 물 다 마셔야 한다"고 야단을 맞았다. 그 흔한 호텔들, 한 사람이 욕조에 가득 담은 물을 몸 한 번 담그고 버리지 않는가? 그전의 몇 백 배, 몇 천 배의 물을 낭비하고 보니 지하수가 마르는 현상이 나타나고, 먹을 물은 다 사 먹지 않고는 안 되는 '현실'이 되고 만 것이다.

발우공양이야말로 지극히 간소하고 합리적인 방법으로 최소한의 지구 자원을 소비하게 하는 것이다. 두 개의 바리때와 한 장의 바리 수건으로 밥풀 하나 김치 쪽 하나 남기지 않고 깨끗하게 설거지해서 마무리 짓는 것이다. 우리가 지금 먹고 있는 잡다한 음식, 결코 신선하지 못한 재료로 온갖 재주를 다 피워 차려놓고는 쓰레기로 나가는 양이 더 많은 것이 현실 아닌가? 결코 건강하지 못한 탁하고 기름진 음식으로 우리 몸과 환경을 오염시키고 파괴하는 행위를 전혀 의식하지 않고 날마다 자행하는 것이 우리 일반 식생활이라 할 것이다. 신선하게 자란 식물성 먹거리와 담백하게 만든 사찰 음식은 그 자체가 청정하기 때문에 먹고 난 다음에 뒷맛이 개운하고 깔끔해서 상쾌한 기분을 느끼게 하는 것이다. 쉽게 말해서 토끼나 염소, 소까지도 식물을 먹고 내놓는 배설물은 그다지 혐오스런 악취가 나지 않는 반면 개, 고양이, 돼지, 닭 따위의 잡식 동물의 그것은 지독하게 역겹다. 아마 사람의 그것도 육식을 주로 하는 그것과 채식하는 이의 그것은 완연히 다르리라 믿는다. 좀 비약된 소리인지는 모르겠지만 건강한 엄마 젖을 먹고 싼 애기 똥은 그 빛깔도 황금색이고 결코 역겹지 않은 배릿한 냄새가 젖비린내처럼 사랑스럽기까지 한 것이다. 그것은 보기에 따라 배설물이라기보다는 생명 순환의 꽃으로 봐도 무방할 것 같다.

비록 세상에 먹을 것이 넘쳐나고 내다버리느라 상을 찡그리고, 환경을 오염시켜 가면서 살이 쪄 죽겠다고 하소연을 한들 근본적으로 생각을 바꾸지 않는 한 우리의 미래는 밝을 수 없다. 다만 구석구석에 땀 흘려 일하며 소박하게 절제하며 사는 사람들이 있기에 위안을 받게 된다. 언젠가 송광사로 참배하러 가는데 수많은 스님들이 소매를 걷어붙이고 노스님, 젊은 스님, 어린 스님 할 것 없이 함께 어울려 넓은 밭에서 배추, 무를 뽑고 나르는 모습을 발견했을 때 '저게 바로 울력이구나!' 하고 감격한 일이 있다.

아무리 온갖 오염 물질로 시궁창같이 된 강물이라도 한 줄기 맑은 물이 쉬지 않고 흘러들 때 그 강은 결코 죽지 않고 정화되는 것처럼 곳곳에서 발우공양과 같은 청정한 일상이 전개되면 이 세상은 더 이상 더러워지지 않고 맑고 향기롭게 변화돼 나가리라 믿는다. 知軒

밀짚모자

나는 원래 시골 출신이라 그런지는 몰라도 반듯하고 매끄러운 것보다는 헙수룩하고 촌티 나는 것이 더 좋다. 어쩌다 일 년에 한두 번씩 와이셔츠에 넥타이 매고 신사화를 신고 번들거리는 건물 안을 걷노라면 마치 촌 신랑이 예식장에 걸어 들어가는 것처럼 어색하다.

목을 잡아맨 품위 있는 신사 노릇을 하는 것이 온몸을 구속할 뿐만 아니라 거기 담겨 있는 정신까지 숨통을 막고 있는 것 같아 한여름에 정장하고 나다니는 사람들을 보면 신기하기까지 하다. 그러나 사람은 제 나름대로의 몸치장을 하게 마련이기 때문에 어떤 사람은 변화무쌍하게 구두를 번갈아 신어서 멋을 부려보고, 또 어떤 이는 세계 각국의 넥타이로 목에 힘을 주고 다니는 것이다. 나는 처음부터 이런 데는 흥미가 없고 "당신의 멋은 무엇인지요?" 하고 질문을 받게 된다면 어정쩡하게 내놓을 것은 벗겨진 머리를 덮을 모자밖에 없을 것 같다. 그렇다고 남다른 모자를 수집해서 하루돌이로 갈아 쓰고 나갈 모자가 있는 것도 물론 아니다. 언젠가 아우가 외국 여행에서 구해 온 값진 베레모는 안방 거울 앞에서 이마 위에 올려놨다 내려놨던 것이 고작이다. 또 집사람이 무슨 백화점에서 멋져 보인다고 사 가지고 와 쓰고 다니라고 강요한 최신형 중절모 같은 것 역시 몇 번 쓰다가 어느 구석에 내던져버렸다. 다만 가을부터 초봄까지 즐겨 쓰는 모자는 골덴 등산모이다. 이것은 구겨져도 좋고 때가 묻어도 그런대로 정이 간다. 정 더럽다 싶으면 비누칠해 빨아 말려서 다시 쓰면 상점에서 새로 사온 모자보다 훨씬 기분이 좋다. 우선 정갈하고 익숙하기 때문이다. 그러나 무엇보다 내게 있어 여름 한철은 밀짚모자이다. 나의 밀짚모자 역사는 오래되었다. 아마도 중학교 시절부터 어른 것을 구해 쓰고 다닌 것 같다. 아무튼 밀짚모자 없는 여름은 상상도 할 수 없을 만큼 애지중지하는 존재가 되고 말았다. 내리쬐는 햇볕에 신작로의 은빛 열기가 숨을 막고 금방 말려버릴 것 같은 한낮에도 밀짚모자 밑에서는 묘한 상쾌감을 맛볼 수 있는 것이다. 마치 천둥 번개 치며 천지개벽할 것 같은 험악한 날씨에 아늑한 실내에서 밖을 내다보는 기분이라 할까? 사실 나는 이런 밀짚모자의 기능에 수시로 신비로움을 느낀다. 가다가 큰 느티나무가 있고 옆으로 도랑물이 흐르는 쉼터가 나오면 모자를 벗고 꼼꼼하게 살펴보기도 한다. 너무나 기특해서 뭔가 신기한 것이 있나 손으로 어루 쓰다듬으며 찾아보아도 실에 박힌 마른 밀대뿐이건만……. 그러나 이 속에는 분명 자연의 섭리가 깃들어 있다는 것을 깨닫게 된다. 그런데 이런 모자를 왜 사람들이 쓰고 다니지 않는지 알 수가 없다. 나는 도시 한복판을 돌아다닐 때도 이 모자를 즐기고 있다. 적어도 내 눈에는 이 모자를 쓴 나의 모습이 가장 멋지다고 느끼기 때문이다. 거리를 다닐 때 적지 않은 사람들이 시골 원숭이 구경하듯 힐끔거리고 지나치건만 쑥스럽기는 커녕 오히려 자랑스럽다. 그 예로 몇 해 전에 구라파를 가게 되었을 때 내가 첫 번째로 챙긴 것이 전년에 쓰던 밀짚모자였다. 아마 여러분은 이 밀짚모자의 위력이 어떠했는가를 상상 못하리라! 파리 시내를 비롯해 구라파 전역의 수많은 도시에서 내 머리 위에 올려져 있는 밀짚모자가 얼마나 많은 사람들의 시선과 관심을 끌었는지 모를 것이다. 그들은 신기한 시선으로 바라보며 동양인의 소박한 모습에 부러움을 느꼈을는지도 모를 노릇이다. 한번은 밀라노 시내를 두리번거리며 걷는데 난데없이 회오리바람이 휙 불어, 쓰고 있던 밀짚모자를 낚아채 갔다. 그것은 내 이마 위를 이륙해서 대로 한복판 창공으로 멋지게 곡예비행을 한 차례 하더니 비행접시처럼 사뿐히 시내 전차 선로 위에 착륙하는 것이 아닌가! 아뿔싸! 때마침 달려오던 전차가 급정거를 했고 승객들이 눈이 휘둥그래져 내다봤다. 그런데 그 운전사 나른하던 판에 재미가 있었던지 뜻밖의 윙크와 미소를 함께 보내며 우리의 귀중한 문화재(?)를 모셔 가라는 표정을 지었다. 나 역시 여유를 되찾아 허둥대지 않고 한 손을 들어 답례를 하며 주워들고 나왔다. 그런데 문제의 밀짚모자는 딸의 외국 친구의 간절한 소원을 들어주기 위해 파리에 그대로 남기고 왔으니, 그곳을 떠날 때는 마치 사랑하는 자식을 또 하나 떼어놓고 오는 것 같아 몹시 서운했다. 그러나 그 모자가 지금 그녀의 가장 귀중한 벽면 높직한 자리를 차지하고 우리 문화의 향기를 내뿜고 있을 것을 생각하면 한편 가슴이 뿌듯해진다. 여름 한때 이런 밀짚모자를 사람마다 쓰고 걷는 무리로 서울 거리를 메운다면 서울 장안은 마치 삼베 차일을 친 것처럼 훨씬 시원해질 것이고 그 황금빛 밀짚모자의 율동은 온 시가를 파도치는 해변처럼 생동하게 할 것이다. 만일 이 밀짚모자에 천덕스럽지 않게 색색가지 물감을 들여 각자 취향대로 쓰고 나선다면 도시 전체가 이보다 더 화려하게 출렁이는 군무가 어디 있겠는가? 그런데 애석하게도 요즈음은 제대로 된 밀짚모자가 귀한 것 같다. 너무나 조잡하게 마구잡이로 만들어서 그것을 쓰면 거지, 각설이꾼 같은 꼴이 되기 십상이다. 자연 그대로의 빛깔과 모양으로 소박하게 엮은 밀짚모자를 좀처럼 찾기 어려운 것이 서글픈 노릇이다. 가끔가다 대할 수 있는 스님들의 서늘한 밀짚모자는 더위에 찌든 우리의 심신을 상쾌하게 해주건만 이마저 쉽지 않은 것 같다. 운 좋게도 얼마 전 법정 스님으로부터 아주 섬세하게 엮은 예술품 밀짚모자를 선사받게 되었는데, 이거야말로 내 벗겨진 머리와 얼굴을 알맞게 덮어주어 훨씬 멋진 여름을 즐길 수 있게 되었다. 뙤약볕 내리쬐는 깊은 산골 오솔길이 아련히 내다보인다. 知軒

스코트 니어링의 삶과 죽음

백 년이라는 결코 짧지 않은 세월을 살고 마지막 숨을 거두는 순간 "좋-다"라는 희열을 내뿜으며 지극히 편안하고 평화롭게, 그리고 감사와 만족스러움으로 끝맺음을 한 사람이 있으니 감격스러울 뿐만 아니라 숙연한 심정을 누를 수 없다. 마치 평생을 수도한 고승의 최후 열반의 순간을 보는 것 같아 그 거룩하고 위대한 마지막 모습에 뭐라고 말할 수 없는 위안을 품게 된다. 일생을 통하여 얼마나 잘 살았으면 인생을 끝맺음하는 최후의 순간, 그 엄혹한 극한 상황에서 그토록 의연하고 담담하게 눈을 감을 수 있었을까? 나 같은 멋모르고 우물떡 주물떡 살아온 위인에겐 충격인 동시에 장차 숨을 거두게 될 때에 어떤 모습이 될까 가만히 눈을 감고 고개를 숙여 막막한 고민에 휩싸이게 한다.

그는 희대의 훌륭한 인물이었다. 성인은 제 고장에서 존경을 받기가 어렵다는 말과는 달리 늘 곁에서 생활하는 부인에게까지 그렇게 절대적 존경을 받을 수 있었던 존재였으니 어찌 놀랍지 않으랴! 그는 정신적으로나 평소의 인품이 훌륭할 뿐만 아니라 손발을 움직여 생산적으로 노동하는 것을 세상을 뜰 때까지 멈추지 않았다는 사실이 더욱 존경심을 불러일으킨다.

사람은 반드시 죽음을 맞이하게 돼있다. 좀 더 구체적으로 표현한다면 출생과 더불어 죽음이라는 정체불명의 시커먼 괴물이 대기하고 있다가 어느 순간 잡아채 가고 마는 것이다. 그렇기에 최후에 어떤 모습으로 죽느냐가 문제로 남는 것이다. 그동안 겪어야 했던 몇 가지 임종 모습은 비통한 감회를 억제할 수 없는 청천벽력과 같은 사건이었다. 내가 첫 번째로 지켜봐야 했던 임종 자리는 부친의 마지막 모습이었다. 오월의 신록이 막 피어나서 생명력으로 넘쳐나는 아침 시간이었다. 이제 막 운명을 하시려는 아버지의 눈동자는 더없이 맑고 고요해 보였다. 창문을 통해 비춰드는 아침 햇살이 그렇게 환할 수가 없었다. 그 요원한 허공 어딘가를 망연히 바라보는 것 같은 시선은 서서히, 그리고 티끌만 한 기력도 없이 감겨지고 있는 찰나, 나는 "아버지!" 하고 나도 모르게 고함을 치듯 부르짖었다. 그때 마지막으로 감기던 눈이 다시, 온

힘을 다해 그 아련한 눈동자로 내 얼굴을 바라보시곤 영영 눈을 감고 마셨다. 그 순간의 아버지의 시선은 너무나 평화롭고 혼곤한 상태였다. 마치 우리가 밤늦게 술에 취해 귀가하는 버스 좌석에서 노곤하게 잠에 취하는 황홀경처럼 감미롭고 편안한 최후의 순간을 누리시며 떠나시는 것 같았다. 그 다음 두 번째로는 모친의 임종 자리인데 늦가을 저녁 무렵에 식구들이 하루의 일과를 끝마치고 귀가해서 저녁밥을 함께 먹는 시간이었다. 평생 고생을 많이 하시고 힘들게 사셨건만 인정이 넉넉하고 대범한 인품이셨다. 보통 어머니들의 아기자기한 성격은 아니셨고 내 생일만 하더라도 몇 달이 지난 다음에야 "기철이 생일 지났네" 하고 멋쩍게 웃으시는 정도였으니 말이다. 그러나 나에게는 하늘같은 어머니였다. 그런 어머니께서 임종을 앞두고 몇 시간 동안을 계속 우셨다. 돌아가시기 싫다고 엉엉 우시던 마지막 모습이 가슴을 저민다. 세 번째로는 형수님의 임종을 병원에서 혼자 겪어야 했던 악몽이다. 돌도 되지 않은 어린 조카를 놔두고 눈을 감아야 했으니 그 처절한 운명을 어디다 하소연할지 몰랐다. 형수는 암으로 서울에서 제일 유명한 S대 부속병원에 입원을 해서 수혈 도중 세상을 뜨고 말았다. 수혈을 하는 동안 환자는 차마 눈뜨고 볼 수 없게 고통에 못 이겨 누워 있는 침대 위에서 벌떡벌떡 상체를 곧추세우고 혈액백을 뚫어지게 응시하고는 천길 낭떠러지에 떨어지는 것처럼 상체를 내던졌다. "악마야! 물러가라! 내가 너한테 굴복할 줄 아냐? 이 사탄아!" 하고 악을 쓰셨다. 형수는 독실한 크리스찬으로 참으로 진실되게, 철저히 신앙생활을 하신 분이었다. 결국 그분은 병실이 떠나가게 비명을 지르다 동아줄이 뚝 끊어지듯 소름끼치게 정적을 남기고 생을 끝마치셨다. 마치 활활 타던 거센 불이 쏟아져 내리는 폭우로 풍덩 꺼지듯 차라리 안도의 숨을 내쉴 만큼 그 고통에서 벗어난 뒤가 오히려 다행스럽게 느껴졌다. 나는 지금도 그때의 장면을 떠올리면 몸서리가 쳐진다. 사람이 죽은 뒤의 모습이 저토록 처참하고 무서울 수 있을까 고개를 젓게 된다. 유명을 달리한 그 모습! 얼굴은 말할 것도 없고 죽은 이의 상반신은 짙은 잉크를 들어부은 것처럼 검푸르게 피멍이 들어 있었다. 이것이 최고의 권위를 자랑하는 종합병원 의사의 처방이었으니 기가 막힐 수밖에 없는 것이다. 돌이켜 보니 무슨 놈의 팔자가 집안 식구들 임종하는 자리를 속수무책으로 지켜보는 경우가 적지 않았으니 이를 어떻게 봐야 할지 모르겠다.

끝으로 하나만 더 가슴을 태우던 악몽을 말하고 싶다. 두 돌 생일을 넘기자마자 서둘러 떠난 손녀의 얘기이다. 눈에 넣어도 아프지 않은 맑고 고운 아기는 하늘의 요정 같았다. 나는 지금도 그 아기가 잠시 세상을 다녀간 뜻을 찾아보려고 때로는 골똘히 생각에 잠기곤 한다. 티 없이 맑고 귀여운 아기에게 무슨 까닭으로 그렇게 몹쓸 병마가 들어와 일 년이라는 길고 긴 세월을 괴롭혔는지 도대체 이해가 되지 않고 있다. 어린 것이 항암 치료를 받고 손톱 발톱이 새까맣게 변하고 그 많던 머리가 다 빠져나가고 피골이 상접한 모습으로 고통을 겪는 것을 바라볼 때면 차라리 살만큼 다 산 이 할애비가 대신했으면 얼마나 좋을까 수도 없이 기도를 했다. 일 년이라는 지옥 같은 고통 속에서 온갖 정성을 다 하고 치료했지만 종당에는 생명줄을 놓게 되었다. 여기서 빼놓을 수 없는 것은 그 아기가 마지막 숨을 거두는 며칠간의 모습과 그 최후의 과정이 전해주는 신비스런 현상을 어떻게 의미를 붙여야 할지 내 능력으론 한참 모자랄 수밖에 없겠다. 아기는 늘 의연한 모습이었다. 거품 같은 앙상한 몸에 젓갈짝같이 가는 목이 무슨 힘으로 머리를 가누고, 깊은 삼매에 든 것처럼 고요하고 고요한 자세로 앞을 바라다보는 맑디맑은 눈빛은 불가사의하게 느껴졌다. 생명의 마지막 단계가 순간순간 다가옴에도 불구하고 우윳빛 이마며 머리가 고운 윤기를 내뿜고 있었다. 아기의 시선은 추호의 흐트러짐도 없이 빚어놓은 조각상인 양 기적이라고 밖에 말할 수 없는 수정 같은 광채로 실내를 숙연케 해놓고 있었다. 그리고 생명줄을 놓은 다음 반듯하게 뉘어놓으니 이는 막 꺾어놓은 한 송이 연꽃 몽우리였다. 아기한테서는 신선한 향기가 스며 나오는 것 같고, 피가 돌듯 발그레한 양 볼은 지극히 편안한 미소를 머금은 채 금방이라도 "엄마!" 하고 깨어날 것 같았다. 적어도 이 순간만은 절대로 저 세상으로 떠난 아기는 아니었다.

스코트 니어링의 최후의 모습이 이런 분위기라고 상상을 한다면 지나친

억측일까? 그의 마지막 모습은 석양빛을 받아 은은히 빛을 발하는 고색창연한 성벽이라는 비유가 어떨지……. 아니면 양털같이 폭신한 흰 구름 위에 누워 광대무변한 우주를 바라보며 기쁨에 넘쳐 있을지도 모르겠다는 생각이 들었다. 또 어쩌면 온갖 꽃이 만발한 꽃밭 속을 거닐며 너무나 감격에 벅차서 환성을 발하는 피안의 순간이었을지 누가 알랴? 이런 죽음이라면 기쁨의 절정임에 틀림없겠다. 그의 일생은 평화주의자, 인권 옹호자, 생태주의자, 귀농운동가, 미래주의자일 뿐만 아니라 교육자, 경제학자, 국제 사회주의자이며 좌파 정치인이었다. 그의 사회 개혁운동은 전쟁을 없애는 것, 가난을 몰아내는 것, 그리고 모든 형태의 살육을 중지시키는 것이었다. 그러기에 채식주의를 주창하고 몸소 실천하였다. 우선 윤리적으로 생명체에 대한 견해가 확고하다. '모든 동물들은 우리 형제들이다. 동물들은 열등하지 않으며, 형태가 다른 자아들이다. 인간 역시 지구상에 살고 있는 생명체 가운데 하나일 뿐, 이런 창조물들에 대해 아무런 권리가 없다'고 주장한다. 그는 계속해서 '인간은 셀 수없이 많은 숲을 파괴하고, 고기를 얻으려고 지나치게 많은 목초지를 만들고, 드넓은 땅을 황폐화시키고 말았다. 또한 온갖 새와 물고기와 짐승을 죽였다. 그렇다고 볼 때 인간은 단연코 으뜸가는 해충'이라고 단정한다.

그는 종교나 신에 대한 질문을 받고 피력한다. "나는 있는 그대로의 우주, 모든 것이 그 나름으로 구현되어 있는 우주를 믿는다. 나는 또한 우주는 순간

순간 조금씩 변화하고 있으며 언제나 변화하는 전체로서 그것이 있음을 믿는다"고 하였고 인과응보의 천리를 "모든 것이 끊임없이 변화하지만 어떤 것도 이 우주에서 사라지는 것이 없다. 모든 것은 인과율의 흔들리지 않는 법칙 속에서 다른 모든 것들과 이어져 있다"고 했다. 또 그는 자연에 순응하고 조화를 이루며 사는 것이 지극히 자연스런 삶이라고 말한다. 또한 '모든 것은 덧없으며 사라진다'고 역설한다. 그의 '진실보다 고귀한 신앙은 없다'는 나무판에 새긴 벽걸이는 아마도 그의 좌우명이 아닐까 여겨진다. 그리고 그는 '가장 위대한 성공은 일하는 것'이라는 신념과 더불어 '쓸모 있고 조화로우며 해를 끼치지 않고 뭔가를 생산하는 당신 자신의 삶을 사는 것이 중요하다'고 충고한다. 거기에 정신적으로는 '원초적이고 우주적인 힘에 대한 이해를 넓히는 것과 원만하고 균형 잡힌 인격체를 완성하는 삶이면' 더 바랄 것이 없을 것이다.

스코트는 명상과 요가를 격식을 떠나서 실천했으며 기계를, 현대 문명의 이기를 싫어했다. 음악을 제외하고 라디오나 TV를 싫어해서 생활 속에 세상잡사가 끼어들지 못하게 했다. 뿐만 아니라 약과 병원과 의사를 멀리했다. 그는 일 년에 한 번 정도는 건강 검진을 받아야 한다는 친구의 충고를 단호히 거절하고 구지레하게 생명을 연장해서 살기보다는 차라리 죽는 게 낫다는 신념이 확고했다. 그러면서 80~90대의 나이에 여러 채의 돌집을 짓고 돌로 담을 두른 정원을 만들었다. 돌담은 자그마치 14년이란 긴 세월에 걸쳐 완성한 것이다. 그는 정치 성향과는 별개로 그의 바른 정신, 불굴의 투지, 실천력, 소박하고 근면한 생활 태도, 정신적인 면과 육체적인 노동을 조화롭게 이룩한 대표적인 인물이라고 생각한다.

우리 속담에도 죽을 때 잘 죽는 게 최상의 복이라고 하듯 누구나 죽을 때 자신은 물론 주위 사람들에게 고통을 주지 않고 눈을 감기를 원한다. 요즘 백세 시대라고 너나없이 쾌재를 부르고 있는지 모르지만 우리 주위에서 벌어지는 현실을 볼 양이면 결코 만세를 부를 일이 아니라는 생각이 든다. 글쎄 내 주위에는 맨 그런 사람들만 몰려있어 그런지 몰라도 죽을 즈음의 그 과정이 너무나 구질구질하고 답답하고 비참하기까지 해서 울적한 마음을 어쩔 수 없다. 현대 문명, 의학이 획기적으로 발전하고, 이용하기가 용이해서 조금만 뭐가 어때도 병원에 가기를 밥 먹듯 하는 세상이 되고 말았다. 우리말에 '모르는 게 약, 아는 게 병, 긁어 부스럼'이란 소리가 왜 있겠는가? 내가 아는 사람들 중에도 가만 놔두고 잘 다스리면 괜찮을 것을 종합 검진이다 뭐다 해서 들쑤셔 대가지고 최악의 상태가 된 경우가 적지 않다. 더구나 현대라는 최첨단 과학 기능에 의존하다 보니 머리만 깨어지게 쓰고 손 발 움직이는 육체노동을 하지 않게 되니 자연 정신노동과 육체노동의 균형이 깨어져 신체 기능 자체가 너무나 비정상적이 돼버리는 것이다. 우리가 머리를 써서 골이 아플 때 몸을 움직여 땀을 흘려보라! 머리 아픈 것이 언제 사라졌는지 모르게 정상이 된다. 비근한 예로 자연 속에서 땀 흘리며 일을 하고 신선한 음식과 쾌적한 휴식을 취하는 농부들의 단순하고 소박한 일상은 약이고 병원을 모르는 건강한 삶이 되고 있는 것이다. 또한 이분들의 노년 역시 결코 무료하지 않고 노동과 생산의 꿈을 끝까지 놓지 않고 스코트처럼 자연스레 자연으로 돌아가고 있다고 믿는다.

스코트의 최후는 자의에 의한 끝맺음이었다. 백세가 되고 3주 후에 메인에 있는 집에서 일부러 음식을 끊음으로써 삶을 마감했다. 참으로 평화롭고 조용히 위엄을 잃지 않고 갔다. 이 말을 쓰고보니 수십 년 전 저녁 무렵 수덕사를 참배하고 내려오는데 비구니 스님들의 선방이 저만큼 바라다보였다. 사위가 어둑하게 장막이 내리는 듯한 마루 위에 여러 노스님들이 마치 백학이 날개를 접고 내려와 쉬는 것처럼 앉아서 독경도 하고 서성대는 모습이 천상세계처럼 고결하게 느껴졌다. 그분들은 열반에 들 때 다 타고난 재가 날아가듯 피안의 세계로 가볍게 건너 뛸 것 같은 생각이 들었다. 그들에겐 결코 고통이나 험악한 죽음의 그림자가 범접할 수 없을 것 같아 얼마나 마음의 위안을 받았는지 모른다. 평생 살다가 뒤 끝에 남는 것이 처치 곤란한 고깃덩어리로, 산송장으로 주위 사람들을 힘들게 하며 생명을 유지하기보다는 아쉬운 듯싶을 때 잠자듯 떠난다면 얼마나 큰 축복일까?

우리 모두에겐 죽음이라는 가장 궁극적이고 심각한 문제가 가로놓여 있다. 우주만큼이나 불가사의하고 해결할 수 없는 정체 불명한 것이 언제 어떻게 우리 앞에 다가와 덮쳐버릴지 모른다. 제아무리 과학 문명이 발달해서 하늘을 찌를 듯 기세를 떨친들 그 앞에선 쪽도 못 쓰고 있다. 나같이 맹물처럼 살아오면서, 배고프면 밥 먹고, 잠이 오면 잠이나 자는 단순한 사고의 틀을 가진 맹문이가 죽음에 대해 천착하는 이유가 있다면 아는 것 같으면서도 모르고 나하고는 상관없는 것 같은데 막상 코앞에 닥쳐와 있다는 사실이 참으로 맹랑하게만 느껴지기 때문이다. 실로 멍청이도, 하물며 미물까지도 다 아는 죽음이건만 알려고 파고들면 들수록 수천수만 갈래의 미로가 얽히고설켜 한도 끝도 없이 뻗어나가 그놈의 정체가 어떻게 돼먹은 것인지 손을 들 수밖에 없으니 답답하기만 하다. 결국 결론은 죽어봐야 알겠는데 그것 또한 깜깜절벽이다.

어쩔 수없이 스코트의 견해로 그 답을 대신코자 한다. '많은 사람들은 죽음을 끝으로 생각하지만 우리 같은 사람들에게 죽음은 변화지, 낮에서 밤으로 바뀌는 것과 비슷한 것이다. 사람의 몸뚱이는 생명력이 빠져나가면서 먼지로 바뀌지만, 다른 모습을 띤 삶이 그 생명력을 받아 이어진다. 우리가 죽음이라 부르는 변화는 우리 몸으로 보아서는 끝이지만, 같은 생명력이 더 높은 단계에 접어드는 시작이라고 볼 수 있다. 나는 어떤 식으로든 되살아남 또는 이어짐을 믿는다. 우리 삶은 그렇게 계속되는 것이다.' 知軒

40년이라는 세월

제목이 40년이라고 해서 뭐 특별한 사연이 있는 게 아니라 어쩌다 보니 엉뚱한 방향으로 인생행로가 바뀌어 40년이라는 세월이 흘러가고 말았다는 얘기이다. 설령 평생을 천직으로 알고 40년을 하루같이 몸과 마음을 다 바쳐 근무하던 직장에서 시나브로 이어지던 생명의 끈이 40년이라는 매듭에서 뚝 끊겨 진이 다 빠진 허수아비 같은 꼴로 떨려났다거나, 젊었을 때 첩년한테 눈이 뒤집혀 멀쩡한 가정 내팽개치고 죽자 사자 싸돌아다니다 몸은 병들고 쪽박을 차고 오도가도 할 데가 없게 되니까 안면몰수하고 본가로 기어 들어온 게 40년이 됐다는 것도 아니고, 아니면 어느 날 갑자기 인생무상(人生無常)을 뼈저리게 느끼고 인적 없는 깊고 깊은 산속 동굴 속에 홀로 틀어박혀 있다 보니 도(道)는커녕 반 짐승처럼 돼버려 수행(修行)이야말로 아무나 하는 것이 아니라는 것을 벼락 맞듯 알아차렸을 때 따져보니 40년이라는 세월이 지긋지긋 길기도 길어 한숨만 쉬고 앉아 있다는 것은 더더욱 아니다.

내게 있어 그 40년은 인생의 가운데 토막이라 해도 좋겠다. 아니 사십 대 이후의 전부라고 하는 것이 타당할지 모른다. 인생이라는 예측불허의 우연이 꿈에도 상상 못 했던 방향으로 고를 터줬다고 해도 부정할 자신이 없다. 일부 뛰어나게 유능하고 영악한 사람들을 제외하고 많은 사람들이 조직 사회에서 서로 어울려 화기애애하게 일을 해나가기란 그리 용이하지 않은 것만은 사실이다. 그 가운데에도 나 같은 사람은 유별나게 그 성질이나 능력이 괴팍할 정도여서 나 자신은 말할 것도 없거니와 그 조직에 결코 이롭지 못한 존재로, 개밥에 도토리 신세로 참아나가자니 목구멍이 포도청이 아니라면 당장 때려치워야 마땅했을 것이다. 사실 따지고 보면 인생의 황금기를 너무나 억울하고 비굴하게 우거지상을 지으며 참고 지내왔다는 것이 신기할 정도인 것이다. 그러니까 이십 대 후반부터 사십 대 중반까지의 교편생활은 솔직히 말해 욕구불만과 오직 생존만을 위해 하루하루가 고단하고 침울했던 것으로만 기억된다. 물론 당시의 사회상은 누구에게나 거의 비슷했으련만 유독 나만 무능해서 짓눌려 있는 것 같았다. 물론 머릿속에선 하룻밤에 기와집을 열두 채도 더 지었다 허물었다 했다. 그 기와집이라는 것이 기껏해야 '양계장을 할까?

아니면 외딴 시골에 가서 과수원을 하는 게 낫지 않을까? 썩어버리지 않는 깡통 장사를 해볼까?'로 저녁마다 염불을 한 셈이었다.

1978년 이른 봄, 그러니까 내 나이 마흔 다섯에 갖은 우여곡절 끝에 지명마저도 생소하기만 한 곤지암이라는 데에서 도자기 가마를 시작하게 되었다. 이 또한 묘한 것은 제가 스스로 찾아들어가 했다기보다는 전적으로 타의에 의해서 집안 운명이 걸린 모험을 하게 된 것이다. 나의 살아온 경력으로 보나 성향으로 볼 때 이렇게 무모한 일에 뛰어들었다는 것이 참으로 신기하기만 하다. 사람들과 낯을 가리고 너울너울하게 교류하는 체질은 애초부터 아니었기 때문에, 더구나 하나밖에 모르는 콕 막힌 답답한 생활 습성으로 봐서 전혀 경험도, 계획도, 고심도 없는 철부지 만용을 부렸다는 점에서 귀신 같은 것이 씌지 않고 어떻게 덤벼들 수 있었는지 달리 변명할 길이 없다. 상식적으로 이런 사업을 하려면 치밀한 계획과 보다 많은 사람들에게 알려 관심을 불러일으키든가, 뱃심 좋게 선전을 해서 협조를 구해야 마땅했을 것이다. 그러나 내 경우는 정 반대였다. 누구 한 사람에게도 도둑질하듯 숨기고 싶었고, 그렇게 은밀하게 끙끙대며 해나오게 되었다. 단언컨대 도자기 가마 40년을 하면서 내 입에서 먼저 입을 열어 찾아주기를 바란 사람은 아마도 한 사람도 없을 것이다. 그것이 집사람은 한술 더 떠서 엉뚱하게 오해를 산 일도 한두 번이 아니니까…….

애초부터 내가 소원하던 것은 자연 속에서 먹을 거나 농사짓고 꽃이나 나무를 가꿔가며 아담한 울안을 꾸미는 것으로 지상 목표를 삼고 있었다. 언감생심 도예가가 된다는 것은 꿈에도 생각 못 한 저 먼 세상의 남의 일이었다. 더구나 그림이고 공예고 간에 근처에 가볼 형편도 못 되는 데다 아예 관심 밖의 일이었다. 가마를 시작하고 몇 달 안 돼서 S여대 도예과를 졸업한 한 아가씨가 무슨 공모전에 출품한다고 그 작품을 준비하고 있는데 나중에 알고 보니 공간사(空間社)에서 실시하는 제4회 도예대상이었다. 그녀가 뜻밖에도 함께 내보자고 끈질기게 권유하는 바람에 "그럼 아무거나 내보지!" 하고 출품한 것이 기상천외하게도 디자인상을 받게 되어 하룻밤 사이에 도예가라는 딱지가 붙게 된 것이다. 당시 심사위원으로 국립중앙박물관 최순우 관장은 나이 사십 중반의 북어포 같은 영어 선생이 그런 작품을 빚었다는 사실에 대해 매우 감탄하는 기색이었다. 그리곤 아무 의미 없이 흙장난하듯 만든 백자 조형물을 불수감(佛手柑)이라 명명하고 박물관에 기증하기를 요청했다. 결과적으로 당시 문화공보부에서 주관하는 세계 여러 나라에서의 도예전에 끌려다니다 파손되어 백금으로 복원하겠다는 문공부 무슨 실장이라는 공무원의 약속을 그대로 믿었는데, 나중에 알아보니 그 문제의 작품은 누구의 손을 탔는지 영영 증발되고 말았다.

나의 체질이라 할까 성향은 결코 어떤 목표를 세워놓고 죽기 살기로 탐구

한다든지 고민하는 것과는 거리가 멀다. 그러기에 가마를 시작한 것도 수동적이었고 몇 차례에 걸친 개인전만 해도 천수답처럼 마냥 손 놓고 있다가 누가 권유하면 그냥 따라 하는 것 같은 의욕결핍증(意慾缺乏症)이라 해도 좋을 그런 습성이 진드기처럼 몸속 구석구석에 달라붙어 있어 일거수일투족을 좌지우지했다고 볼 수 있다. 그 한 예로 실망한 전시회가 떠오른다. 우리나라 도공이 끌려간 400주년 기념으로 열린 일본 후쿠오카에서의 한일 합동전은 불쾌하기 짝이 없는 전시였다. 소위 한일 협회장이 주선해서 열린다는 이 전시가 그렇게 재수없이 끝마무리가 될 줄은 꿈에도 생각 못 했었다. 무엇보다 전통 도예를 한다는 우리나라 측 도예가 몇 명의 작품이나 작태가 형편없을 뿐만 아니라 일본 측 이름 있다는 작가들의 것 역시 오십보백보였다. 우선 전시장의 위치나 그 실내 공간의 열악한 분위기부터 영 마음에 들지 않았다. 엎친 데 덮친 격으로 내 작품은 운송 도중 몇 점이 파손되어 처음부터 전조가 좋지 않았는데 최종 반송 때도 또 파손이 되어 보상을 받겠다고 고생만 하고 아주 좋지 않은 전시의 체험으로 남아 있을 뿐이다. 이런 해외전이 한두 번이 더 있지만 거론해 봐야 자랑스러운 것이 못 된다. 반면 1996년 미국 버밍햄에서 개최된 '한국의 해' 행사에 초대된 우리 백자 도예전은 우리 문화를 한껏 드높인 예로 들 수 있겠다. 어떤 연유로 미국 주최 측 위원장 일행이 우리 가마를 방문했다. 그들은 우리 도자기를 보자 아무런 조건 없이 전시회를 제의했다.

그 행사는 삼성전자, 현대자동차, SBS에 수여하는 크리스탈 크라운 어워드(Crystal Crown Award)와 더불어 미 전역의 사업가들에게 우리나라 발전상을 소개하는 큰 행사로 막을 열었다. 한 달간의 '한국의 해' 행사는 버밍햄시 한 구역을 완전히 할애 받아 각종 문화 행사뿐만 아니라 체육과 민속놀이 등을 함으로써 마치 한국 거리를 옮겨 놓은 듯한 분위기였다. 나의 전시는 아라바마 대학 전시장에서 한 달 내내 이루어졌는데 작품 하나하나를 진열장 속에 진열해서 조명을 밝혀놓으니 훨씬 돋보였다. 관람객들은 진지하게 둘러보고 대체로 감탄을 하는 모습이었다. 물론 우리 도자기에 대한 위상을 높이기 위해 최상의 작품들을 선보임으로써 우리 문화에 대한 인식을 가능한 한 높이고자 했다. 물론 몇 점은 팔리고 버밍햄 박물관에도 소장되었다. 그때야말로 이 보잘 것 없는 위인의 작품이 국위를 선양하는 데 보탬이 될 수 있었으니 꿈결 같기만 하다. 물론 이 전시도 멍청히 앉아 있다가 얻어 걸린 참으로 영광스런 전시회라 할 때 운수 대통한 사건이라 아니할 수 없는 것이다.

그런가 하면 다른 한편 진정 내 마음속에서 우러나 신나게 정성을 다해 일 년에 한 번씩 벌인 가마 잔치는 지금 생각해도 기쁨과 보람을 한껏 누릴 수 있었던 행사였다. 일 년 농사를 갖가지로 지어 추수하고 신록이 꽃보다 더 신선하고 화려한 오월에 소위 창립 기념일을 기해서 마련한 잔치였다. 정작 가마 창립일은 삼월 초하루인데 기왕이면 만물이 새롭게 피어나서 만화방창

호시절에 손님 대접을 하면 몇 배의 기쁨이 솟아날 것 같았다. 때는 우리 가마 울안에 모란이 막 피어나서 그 향기로 고향의 정서를 충족시킬 때라면 더할 나위 없는 좋은 환경과 좋은 사람들이 조화를 이루어 자연 속에서의 하루를 보람 있고 즐겁게 보낼 수 있겠다고 생각했다. 음식은 하나부터 열까지 우리가 농사지은 재료를 가지고(단, 고기나 극히 일부를 제외하고) 예로부터 내려오는 우리 음식으로 장만했다. 예를 들면 열 군데서 부치는 빈대떡, 팥고물이 넉넉한 찰시루떡을 열 개 이상 시루째 떼어다 차려놨다. 또 한쪽에선 큰 가마솥에 펄펄 끓는 고깃국, 그리고 산에서 뜯은 각종 나물, 게다가 누룩을 띄워 직접 담근 찹쌀 동동주 등 수십 년 전 시골 잔치에서나 볼 수 있는 토속적인 먹을거리로 풍성하게 마련했다. 그 이유는 우리 같은 맹꽁이가 문 안 닫고 농사와 도자기를 해낼 수 있도록 정신적으로, 기술적으로, 그리고 실질적으로 뒷받침이 돼준 우애 깊은 분들에 대한 고마움을 적어도 일 년에 한 번쯤은 대접하고 싶었던 것이 이렇게 판을 벌이게 된 것이었다.

때는 88올림픽을 앞둔 1980년대, 서양 문물에 치어 우리 것들이 밀려나고 있는 상황에서 우리의 미풍양속 등 우리의 것을 지키고 싶었다. 그리고 손님들이 먹고 마시고 즐기는 것도 좋지만 여흥이 있다면 금상첨화 식으로 우리 것에 대한 인식과 귀중함을 일깨우는 계기가 될 것도 같았다. 그런 뜻에서 우리 전통 민속놀이를 보여주고 싶었던 것이다. 비록 우리에게 벅차고 과한 계획이었지만 누구나 인정하는 인간문화재 놀이패를 초청했던 것이다. 예를 들면 김덕수패 사물놀이, 김금화 굿, 북청사자놀이, 송파산대놀이, 공옥진 등등 해서 88올림픽이 시작하기 전까지 어떤 사명감 같은 것을 자부하며 실천했던 것이다. 다만 안타까운 것은 해마다 찾아오는 손님들이 너무 많아서 감당할 수가 없게 되었다. 초청도 하지 않은 생면부지의 사람들이 승합차를 대절해 와서는 마구 먹고 버리고 싸가지고 가는 데는 어떻게 할 방도가 없었다. 결국 이런 거창한 가마 잔치는 1989년도를 끝으로 아쉽게도 마감하고 말았다.

다른 한편 도자기 가마를 하면서 겪은 좌절과 실망, 수많은 시행착오, 심지어는 사기꾼들의 짓거리 등을 일일이 열거하자면 끝이 없을 것 같다. 고래로 도자기의 풍토는 '청기와 장사'란 말이 있듯이 그 만드는 비법을 일급비밀로 하고 자기만이 최상의 비법을 가지고 있는 양 철저하게 감추려고 했다. 도자기의 생명이 색깔과 질감을 절대시하기 때문에 태토와 유약의 비밀을 가지고 자기만의 것을 해내느라 안간힘을 쓰는 풍토였다. 그런 가운데 우리 역시 이(李) 대장(도공으로 유명)의 끊임없는 실험과 실패가 반복되었다. 또 도자기를 굽는 용가마 역시 허술해서 심지어는 불을 때다가 가마 천장이 무너져 내려 다 망친 적도 있었다. 아무튼 우리가 만든 흙벽돌로 쌓은 가마는 고열에 견디지 못하고 흙덩이가 뚝뚝 떨어져 내려 앉혀놓은 도자기를 만신창이로 만들어 놓았다. 그러나 그런 실패를 당연시하고 수백 점의 도자기 중 몇 점만 제대로 나와도 다행이라 여겼으니 몇 십 년을 이런 시행착오의 과정을 거쳐 점차적으로 개선이 되었던 것이다. 그러나 가마를 운영한다는 것은 생각처럼 용이한 일이 아니었다. 나처럼 그냥 흙을 만지는 것만을 좋아 시작한 가마이고 보니 거기 따르는 잡다한 문제가 골머리를 앓게 했다. 대인관계나 융통성이 빵점인 나 같은 사람이 다달이 지출해야 할 금액과 도자기를 팔아서 들어오는 액수가 항상 터무니없이 모자랐다. 더구나 사기를 당해 떼어먹힌 일이 한두 번이 아니었으니……. 가령 명동에 롯데백화점이 개관할 때 도자기 가게를 열어서 위탁 판매를 해준다는 약속을 철석같이 믿고 수많은 도자기를 실어다 주었지만 단돈 한 푼 못 받고, 그 가게가 문을 닫고 사라진 뒤에야 알게 되어 고랑때를 먹고 말았다. 또 한 번은 인사동 믿을 만한 명성을 지닌 부인의 가게에 판매를 맡겼으나 몽땅 떼이고 말았다. 어디 그뿐인가? 웬 사기꾼들은 그렇게 찾아와 당장 떼부자가 될 것처럼 감언이설로 꾀는 일이 비일비재했다. 또 웃지 못 할 일은 지방의 권력 기관의 장이 바뀌면 찾아와 인사를 할 때면 공짜로 도자기를 얻고자하는 의도가 뻔히 보였다. 어디 그뿐인가? 가마에서 일하는 사람들의 못마땅한 언동과 작업 태도에서 오는 스트레스도 결코 가벼운 것이 아니었다. 농땡이 피우고 뒷소리하고 가마 분위기를 못된 쪽으로 선동하는 인간이 있어 터무니없는 불평불만으로 작업 분위기를 해쳤다. 당시만 해도 대체로 한 달에 한 번씩 불을 때고 작업 인원도 열 명이 넘었으니 지금에 비하면 큰살림이었다. 그러던 가마는 항상 불경기란 소리가 귀에 딱쟁이가 앉게 들리는데 점차 쪼그라들기 시작했다. 그럼에도 불구하고 불가사의하게도 빚지지 않고 오늘날까지 처음 뜻한 대로 끈기 있게 지켜나가고 있으니 그 고마움은 우리 곁에 수많은 우정에 넘친 이웃이 마음 써준 덕과 보이지 않는 뭔가가 보살펴 준 은덕이라고 믿고 있다.

나는 때때로 만약 도자기를 안 했다면 오늘의 나라는 인간이 존재할 수 있을까 감사하고 있다. 입버릇처럼 반복하는 소리지만 40년 전에 농사짓고 도자기 하겠다고 시골로 내려오지 않고 계속 교편을 잡았다면, 그러지 않아도 허약 체질에 도시 문명에 대한 불평불만으로 이미 죽어 몸뚱이는 썩어 뼈도 남지 않았을 거라고 생각한다. 전생에 무슨 좋은 일을 했기에 내 땅에서 나는 먹거리와 흙을 가지고 어린애처럼 재미있게 뭔가를 빚으며 '몸 움직이고 손 놀려 일하는' 소위 'manual work'를 이 첨단 인공지능 세상에서 원시인처럼 꿈틀대고 있는 덕에 방구석에 죽치고 앉아 있다든지 방바닥에 드러누워 있지 않고 생명력 스며나는 땅기운을 받으며 여유롭게 노년을 지낼 수 있다는 것이 기적이 아니고 무엇인가 하고 고마워하고 있다. 더구나 이런 삶으로 말미암아 꿈에도 만날 수 없을 것 같은 존경스런 분들뿐만 아니라 각 분야의 성실하고 따뜻한 마음을 실천하는 사람들을 만나 교류할 수 있다는 것이 참으로 분에 넘친 복이 아닐 수 없겠다는 생각이 수시로 떠오르는 것이다.

우리에겐 정신적으로 사표(師表)가 돼주신 세 분이 계셨다. 청정함과 철저한 수행으로 엄격하게 무소유를 부르짖으며 주옥같은 글을 써서 수많은 사람을 감화시켰을 뿐만 아니라 미적 감각이 누구보다도 높고 예리해서 특히 차 그릇을 만드는 데 절대적인 영향을 주신 법정(法頂) 스님을 들지 않을 수 없고, 다음은 서예와 국학(國學)의 대가(大家)이신 일창 유치웅(一滄 俞致雄) 선생님의 그 거룩한 정신에 수시로 경각심(警覺心)을 일깨울 수 있었다. 선생님께서는 뵐 적마다 "역사에 남는 도자기를 빚으세요!"라며 격려해 주셨다. 그리고 혜곡 최순우(兮谷 崔淳雨) 선생님이었다. 당시 중앙국립박물관장으로 우리 문화, 우리 것에 대해 지대한 관심과 영향력으로 우리 것에 대한 중요성을 강조하신 분이셨다. 결론적으로 이분들은 모두 저 세상으로 떠나셨지만 지금 이 순간도 살아계신 것처럼 우리를 곁에서 보살펴 주신다고 믿고 그 정신과 뜻에 어긋나지 않도록 최선을 다하겠다고 다짐을 하게 되는 것이다.

다음으로 살아계신 분들에 대한 고마움을 쓰지 않고는 못 배길 것 같아 몇 분 거론코자 하는데 자칫 그분들께 누를 끼치게 되지 않을까 걱정이 앞선다. 아무리 세상이 이해득실에 따라 엎어지고 젖혀지는 오늘날의 인간관계라 하지만 몇 십 년을 한결같이 돈독한 인연을 맺고 수시로 감동하고 존경하지 않을 수 없는 분이 계시다. 향원 이경희 선생님의 경우는 황송하리만치 지대한 관심과 후원으로 삶의 의미와 교훈을 깨닫게 해주시고 있다. 선생님은 서

예와 동양화에 상당한 경지까지 오르셨을 뿐만 아니라 그 인품이 후덕하시어 많은 사람들로부터 칭송을 받고 계시다. 다음은 신탄진에 있는 작은 절 성불사 스님을 말씀드리지 않을 수 없다. 비구니 행원 스님이라 지칭하기보다는 늘 성불사 스님이라 부른다. 연세는 나보다 한 이십 년 정도 적으시지만 고향 누님 같은 참으로 훌륭한 스님이시다. 이분도 인연 맺은 지 이십 년은 되는 것 같은데 절 안의 온갖 힘들고 궂은일을 도맡아 하시며 찾아오는 어려운 사람들에게 그렇게 후하게 베풀 수가 없다. 옛것을 귀히 여기고, 음식도 그 옛날 고향에서 먹을 수 있었던 순수한 우리 음식, 맛이나 모양에 신경 안 쓰고 자연 그대로의 신선한 재료로 재주 안 피우고 옛 방식으로 만들어 누구에게나 나눠주시는 것이다. 우리 역시 염치없이 힘들게 마련해 주시는 두부며 식혜며 동동주를 받아 일 년에 두어 차례씩 가마 불 때는 날 손님 대접을 할 수 있으니 이 고마움을 어떻게 보답해야 할지 이런 글을 쓰면서도 죄송스럽기 그지없고 따뜻한 고향의 정을 느끼고 있는 것이다.

끝으로 모든 사람이 존경하고 따르지 못해 가슴을 태우는 것 같은 '중천에 뜬 태양' 같은 천호 스님에 대해 속물근성의 진정성을 얘기하고자 한다. 여기서 스님을 따르지 못해 가슴을 태우는 것 같다는 표현은 요새 다섯 손가락 가진 사람은 다 들고 다니며 신주처럼 떠받드는 휴대폰도 없을 뿐만 아니라 바람처럼 자유롭게 나타났다 사라졌다 행방을 종잡을 수 없이 수행하시는 '진정 참 자유인'이라 믿기에 한 말인 것이다. 얘기하고 보니 자칫 운수행각(雲水行脚)으로 떠돌이 스님처럼 비칠 오해를 살까 마음이 쓰이지만 결코 그런 분은 아니다. 물론 예술적인 안목이 높고 비상한 머리의 소유자라는 것을 익히 알고 있기 때문에 예술을 하는 사람들의 상식에서 벗어난 끼나 처신이 눈에 거슬릴 수도 있겠지만 스님의 경우는 결코 그런 괴팍한 행동하고는 하늘과 땅 차이만큼 똑바르고 청정하다고 굳게 믿고 있는 것이다. 나는 무엇보다도 스님의 청정한 수행 정신과 칼같이 계율을 지키는 하루하루, 그리고 깨달음의 단계를 높이기 위해 인고의 참선을 지속적으로 실천하는 결의가 놀랍다. 뿐만 아니라 누구나 스님을 뵈면 편안하고 밝은 기운을 받아 큰 위안과 사람이 바뀌는 모습을 흔히 볼 수 있다. 그것은 스님이야말로 말과 행동, 이것이 바늘 끝만큼도 실천되지 않은 경우가 없다. 적어도 나하고의 관계에서는……. 그보다 더 대단한 것은 빈털터리 같은데 나누시는 일이다. 오죽하면 법정 스님 왈 '스님은 한 개 있으면 두 개라도 주지 못해 안달하는 분'이라고 알려주신 적이 있다. 그 실례로 우리가 입고 있는 은덕은 이루 헤아릴 수가 없다. 가마의 허술한 부분들을 눈여겨 봐놨다가 어느 날 갑자기 보수해 주시고 고쳐준 예가 몇 번 있다. 때로는 땡볕에 콩밭도 매주시고 엄두가 안 나 내팽개쳐 있던 것들을 손수 걷어붙이고 막노동을 해주신 일도 한두 번이 아니다. 아무튼 말없이 하화중생(下化衆生)하는 일상의 평범한 표정 하나만으로도 많은 사람들을 감화시키는 분이 천호 스님이라고 생각한다. 특히 나를 감동시키는 것은 스님뿐 아니라 누구라도 어려운 처지에 놓인 것을 보면 남모르게 앞날을 열어주는 일을 때로 엿볼 수 있었다. 나는 천호 스님과의 인연으로 정신적으로 크나큰 위안을 받고 있을 뿐만 아니라 수시로 내 못된 생각과 행동을 뉘우치게 된다. 단지 스님이 '그곳에 계시다'는 그 마음 하나만 가지고도 내가 전생에 얼마나 좋은 일을 했기에 스님 같은 훌륭한 스승을 만나 노년을 살 수 있다니 꿈만 같은 것이다.

번갯불에 콩 구어 먹기 식으로 무턱대고 시작한 도자기 가마는 허술하기 짝이 없었다. 무엇보다 작업장이라는 것이 겨우 비바람 막을 정도의 슬레이트 지붕에 시멘트 블록으로 의지간을 삼은 열 평 정도의 옹색한 공간이었다. 여기서 도자기 배우는 회원들까지 작업을 한다고 밀려들어 오면 구차하기 짝이 없는 만원 버스 칸 같았다. 그럼에도 불구하고 가마는 날이 갈수록 몸집이 불어나 적어도 회원 작업실만큼은 좀 쾌적한 공간으로 만들고 싶은 게 숙원사업처럼 숙제로 다가오고 있었다. 그러기 위해선 머릿속은 어떻게 우리 형편에 맞는 집을 지을까 하는 것으로 무겁기도 하고 한편 가슴 부푼 일생일대의 소원을 풀 수 있을 것 같아 날개를 달고 하늘을 나는 것 같은 기분이기도 했다. 명분은 가마 창립 10주년을 계기로 지을 생각을 진작부터 해왔기 때문에 서까래, 도리, 기둥, 마루판 같은 목재와 외벽에 붙일 냇돌도 여러 해에 걸쳐 모아두었다. 내 정서는 애초부터 가난한 것만 익숙해서 그런가 사람을 위압하는 듯한 거창한 구조물은 질색이었다. 무엇보다도 고향의 초가집처럼 편안하고 따뜻한 분위기의 소박한 집이 소원이라면 소원이었다. 그러기 위해서는 단층집을 꿈꾸었으나 전시관을 세울 터가 가파른 산기슭이어서 어쩔 수 없이 일층 작업장을 편안하게 길게 늘이고 그 위 중간쯤에 이층 전시장을 구상했던 것이다. 그러고 보니 우악스런 외양의 군림하는 듯한 인상은 전혀 주지 않고 다소곳이 오는 이를 받아들이는 듯 자연스럽게 포근한 얼굴로 맞아주는 것 같았다.

결론적으로 반년에 걸쳐 우리가 직접 지었다고 해도 좋을 작업장과 전시실은 별안간 하늘에서 뚝 떨어진 너무나 황홀한 모습으로 우리 앞에 나타난 것 같았다. 그 이유는 그 앞에 버티고 있던 옛 작업장을 철거하고 보니 새 집의 위상은 몇 배로 돋보였던 것이다. 뭘 모르면서도 자나 깨나 '우리 것'을 강조하고 끔찍이 여기는 나의 취향이 일부 이 건물로 말미암아 충족된 것 같아서이다. 전시장은 잣나무 우물마루, 실내 벽은 조선회로, 거기 진열대는 원형 그대로의 자연목으로, 그리고 우리 고가구로 채워졌으니 촌스럽고 투박하지만 깊은 정을 느낄 수 있고 자연의 향기까지 만끽할 수 있으니 세사에 시달리는 우리 몸과 마음을 고향집에 찾아온 것처럼 포근하게 감싸줄 수 있다면 더 이상 바랄 게 뭐 있겠는가?

40년이라는 세월이 길다면 실타래처럼 무척이나 길고 짧다면 눈 깜빡할 사이처럼 느껴지는 것이 사실이다. 나는 다만 그동안 수많은 사람들이 우정을 가지고 보살펴 준 덕이라는 것을 잊지 못할 것이다. 우리 식구들을 비롯해 수십 년을 함께한 가마 식구들의 보이게 안 보이게 애써준 은공을 생각하면 그저 고맙고 고마울 뿐이다. 능력도 없는 위인이 어쩌다, 진정 어쩌다 이 길로 빠져 허우적대는 꼴을 딱하게 본 우애 깊은 이웃들과 식구들이 아니었던들 내 깜냥으론 단 며칠도 못하고 때려치웠을 것이 뻔하다. 참으로 분에 넘치게 훌륭한 분들, 존경스런 선생님들, 각 분야의 인연이 닿아 울타리가 되어주고 이끌어 준 수많은 사람들, 이분들이 아니었던들 어떻게 지금까지 멀쩡히 살아서 40주년이라는 이런 회고담 같은 것을 쓸 수 있겠는지 돌아보면 아찔하다.

오직 고맙고 감사하고 또 감사한 마음만이 내 육신, 정신, 뼛속 깊숙이까지 스며 있다. 知軒

발문

활동하는 무(無), 그 신명

조정은
수필가, 문학평론가, 격월간 에세이스트 주간

자유는 후련한 것

나는 격월간 에세이스트에서 일한 지 올해로 14년째다. 여기 와서 얻은 가장 큰 보람 중 하나가 지헌 김기철 선생을 지근거리에서 자주 뵐 수 있었던 것이다. 그분을 뵙고 몇 마디 이야기를 나누다 보면 단숨에 후련한 자유를 느끼게 된다. 아니 자유란 10년 묵은 체증 내려가듯 후련한 것이라는 것을 알게 된다는 말이 더 맞을 것 같다. 『에세이스트』의 발행인 김종완 선생은 낯선 사람을 만났을 때, 대체로 먼저 이야기를 꺼내지 않는 편이다. 어쩌다 김 선생의 말대로 소위 '뼈다귀가 맞는 경우'가 있으면 이런 제안을 한다.

"우리 곤지암에 한번 갑시다!"

대부분의 사람들이 웬 곤지암? 뜨악한 표정을 짓지만 김 선생으로선 그게 엄청난 대우라는 것을 난 안다. 그가 곤지암 카드를 꺼내든 것은 맞선본 여자가 상대 남자를 자기 집으로 초대하는 것이나 진배없다. 독자는 곤지암이 김 선생의 본가라도 되느냐고 반문할 것이다. 아니다. 김종완 선생과 김기철 선생은 아무런 인척 관계도 아니다. 그런데도 호기롭게 김기철 선생을 만나러 가자면서 마치 자기 집에 초대하듯 자신만만해지는 저 객기는 어디서 오는지 모르겠다. 일단 곤지암 카드를 꺼내들면 그때부터 김 선생은 김이 오르기 시작한 떡시루처럼 혼자 냄새를 풍기며 혼자 익어간다.

그곳에 가면 우리가 한 번만 만나봐도 정신이 번쩍 나는 진짜 스승이 있다고, 그분은 세상에서 가장 맛있는 밥을 차려주시고, 세상에서 가장 멋진 찻잔에 진귀한 차를 주시고, 세상에서 가장 유쾌한 이야기를 들려주시고… 주시고… 주시고…. 장터의 약장사처럼 목소리 톤이 높아지면서 신명의 절정에서 늘 터져 나오는 말은 매번 똑같다. 무엇보다 후련한 욕 샤워를 한번 해보면 정신이 번쩍 난다, 진짜 살아 있다는 것이 뭔지를 목도하게 될 것이다, 자연적 죽음보다 더 무서운 것은 인위적인 죽음인데, 지금 세상은 모든 사람이 박제되어 자기가 죽은 줄도 모르고 뻣뻣하게 굳어진 채 '살아 있다는 자기기만'으로 살아가고 있다나. 진짜 살아 있는 정신을 만나보면 그걸 알아채게 된다나. 그렇게 해서 김기철 선생께 데려간 사람이 10년 동안 모르긴 해도 백 명은 훨씬 넘을 것이다. 김종완 선생이 '진짜 삶', '살아 있는 정신'이라고 보증하는 김기철 선생은 도대체 어떤 분일까?

나는 헛살았다, 라는 깨달음의 순간

2014년 8월 3일, 62호 합평회에서 김기철 선생을 모시고 수필가 강병기와 정아경이 대담을 했다. 그 자리에서 김기철 선생은 먼저 도예가가 되기 전 교사로 있을 때의 얘기를 들려줬다. 그 조직에서 목격한 권위적인 사람의 강제성과 억압성의 구체적 실증을 들면서 만약 자신이 그곳에서 그럭저럭 적응했더라면 도예가가 될 일은 없었을 것이라고 했다. 그 억압당하는 삶, 목구멍이 포도청이어서 그 꼴을 고스란히 감내해야 하는 노예적인 삶에 대한 일차적인 탈출구는 북가좌동에 황무지나 다름없는 땅 300평을 사는 일이었다. 교사생활을 하면서도 그는 그곳에서 꽃 농사를 지었다. 겨울이면 비닐하우스에 연료를 때는 등 일 년 농사 비용으로 당시 반년 치 월급이 나갔지만 꽃은 시장에 내지 못했다. 폭우에 떠내려가기도 하고 혹한에 얼어 죽기도 하고, 도통 이익을 남길 수 없는 일이었다. 부모님도 형제도 모두가 미쳤다고 했다. 그럴 즈음 김봉룡 선생의 나전칠기 전을 보게 되었고 그때 "이런 사람은 어떻게 이런 작품을 만들어 이렇게 사람을 감동시키나! 나는 헛살았다!"라는 깨달음이 그의 창조적인 본성을 자극했다. 순간 그는 자신의 삶을 다시 살기로 결심했다. 그즈음 대학 강단으로 갈 기회가 주어졌지만 유혹을 뿌리치고 곤지암 산속으로 들어가 버린 것이다. 산속으로 갈 때엔 농사를 짓기 위해서였지 도자기를 주업으로 생각하진 않았다고 한다. 먹고사는 걸 자급자족하면서 창조적 작업을 돈으로 환산할 생각은 아예 없었다는 얘기일 것이다. 그로부터 40년이 지난 지금 그는 한국 도예를 대표하는 거장이 되었다.

백일몽의 자각과 비애의 응어리

「눈」이란 작품이 쓰인 것은 한 3년 전쯤 되었을 것이다. 그해 유독 눈이 많이 내렸다. "아침에 창문을 열자 밤새 내린 눈으로 온 세상은 천상의 꽃밭보다도 더 화사할 만큼 사람의 눈과 마음을 홀리는 것이었다." 그런데 그 황홀경에서 그가 가장 먼저 떠올린 것은 가장 비극적이었던 절망의 순간이다.

우리는 전투의 길목, 문경새재 바로 밑에서 방향도 목적지도 없이 어디론가는 떠나야 했다. 추위는 고추보다도 더 맵고 칼날 같아서 그까짓 무명천으로 몸을 가린 신세로 세차게 몰아닥치는 눈보라 속을 허우적대며 발길을 떼어놓는다는 것이 죽음 그 자체나 다름없었다. 마치 형장으로 끌려가는 포로들처

럼 무거운 짐 보따리에 눌려 걷는다기보다는 굼실굼실 꿈틀대고 있다는 것이 제대로 된 표현일 것이다. 포성인지 천둥인지 간헐적으로 천지를 뒤흔들고, 무겁게 가라앉은 구름 떼는 앞이 안 보이게 눈발을 쏟아내려 굼벵이 구르듯 움직이는 우리를 금세 파묻어 버릴 것만 같았다. 그러지 않아도 길섶에 어린애들을 끌어안고 주저앉아 있는 한 여인이 끌고나온 너덧 명의 가족은 동사하기 전에 눈 무덤이 돼버릴 것이 분명했다. 어느새 저녁이 되고 캄캄해지자 신작로마저도 암흑의 장막으로 꽉 막힌 것 같았다.

"도루 돌아가자! 가다 얼어 죽으나 포탄을 맞아 죽으나 집에 앉아 죽는 게 낫겠다!"

앞장서 가던 큰아버지의 비장한 목소리가 울리고 우리는 오던 길을 되돌아갈 수밖에 없었다.

— 「눈」 부분

아름다움을 느낄 수 있는 것은 그만큼의 마음의 여유가 있을 때나 가능하다. 똑같이 눈 내린 풍경이라 해도 따뜻한 방에서 푹 자고 난 뒤 창문을 열고 보면 그것은 꽃밭처럼 화사하지만 갈 곳 없는 피난길의 난민들에겐 형장처럼 살벌하고 저주인 듯 참혹하다는 것. 아마도 이러한 균형성이 김기철 작품의 특장(特長)일 것이다. 그는 아름다움에서 비극을 찾아내고, 비극에서 아름다움을 건져 올린다. 특히 우리가 이미 잃어버린 고유어들을 자연스럽게 사용하여 서민적 흥취를 더하고 문장 내에서 여러 번 의미를 전복시키면서 판소리나 서사 민요처럼 진양, 중모리, 중중모리, 자진모리, 휘모리, 엇모리 등 다양한 장단으로 몰아가는 기법은 압권이다.

햇살이 미처 찾아들기 전의 눈 세상일망정 눈을 부시게 하는 별천지가 눈앞에 펼쳐지고 있었다. 이럴 때 도인인 양 지그시 눈을 감고 묵묵히 내면의 세계를 관조하는 것처럼 우두하니 서 있는 사람이 있다면 등때기를 한번 보기 좋게 후려쳐서 솔개가 병아리를 낚아채듯 끌고나가 강아지처럼 눈밭에 함께 뒹굴자고 야단법석을 떨 일이었다.

– 「눈」 부분

위와 같은 문법을 쓸 수 있는 사람은 김기철뿐이다. "등때기를 한번 보기 좋게 후려쳐서 솔개가 병아리를 낚아채듯 끌고나가 강아지처럼 눈밭에 함께 뒹굴자고" 할 대상은 문장대로라면 "도인인 양 지그시 눈을 감고 묵묵히 내면의 세계를 관조하는 것처럼 우두하니 서 있는 사람"이다. 그런데 그 도사연하는 이가 누구냐? 바로 그 자신이다. 아름다운 정경을 마주치는 순간 전쟁 중에 저 참혹하게 오갈 데 없이 얼어 죽어가는 난민을 떠올리고, 죽을 것 같은 두려움에 떨었던 자신과 가족을 떠올린 바로 그 자신! 시치미 뚝 떼고 아닌

척, 모르는 척, 자신을 객관화해서 야유할 수 있는 해학적 문법은 원래 우리의 노동요나 서사 민요, 서사 무가, 판소리, 탈춤 대사의 기본 틀이다. 걸쭉한 입담으로 은근슬쩍 자기 자신을 제물로 바침으로써 어떤 비극도 희화화해 버리는, 그것은 '민중적 삶의 본디 성품으로 신명'(김지하 「흰 그늘의 미학」)이다.

이어서 곤지암 보원요의 눈 내린 뜰로 안내된다. 그곳은 "티끌 하나 없이 순백 순결의 평원! 미지의 땅! 미답의 원형! 차마 이 속물의 발을 내딛기가 두렵기까지 했다. 나는 마치 처녀지를 탐험하는 무법자처럼 과감하게 발길을 내디뎠다"고 쓰고 있다. 그 신비하고 아름다운 정경에 대한 탐미적 묘사는 찬찬히 음미해 볼 만하다.

마당가의 원시인 옆얼굴 같은 자연석은 아주 특별한 면모를 하고 있었다. 성당 안이 아니라 활짝 열린 노천에서 미사를 드리는 여인의 미사포 같은 눈베일은 성스럽게 그 모습을 변모시켰다. 평소에는 늙어 쭈그러진 원숭이 면상으로밖에 보이지 않던 돌덩이가 아니었던가? (…중략…)

겨울 산의 능선은 그 나뭇가지가 연출하는 또 하나의 면모를 보여준다. 흔히 노루잔등 같다는 하늘과 맞닿은 능선의 세밀함이 머나먼 피안의 세계처럼 느껴지기도 하지만 모든 것을 떨쳐버린 본질만이 남아 있는 내 자신의 내면같이 보이기도 하는 것이었다. (…중략…)

길섶의 험상궂은 찔레넝쿨 따위의 가시덤불을 신기하게 눈여겨 살펴가며 발자국을 떼어놓았다. 그렇게도 사납게 엉클어진 줄기에 기적이 일어나듯 엷디엷은 눈꽃이 아우성을 치듯 피어 있는 것이었다. 툭하면 사람을 찌르고 할퀴는 그 앙칼진 가시가 저렇게 변모할 수 있다는 것이 거짓 같았다. 그렇다고 그것은 위선이나 위장하고는 다른 것이겠지! 인간이 흔히 더러운 심보를 가지고 세상에 없이 깨끗하고 바른 척 육갑을 떠는 것과는 근본적으로 다르리라.

–「눈」 부분

아름다움은 변화에서 만족스런 조화를 발견하는 일이고 자기 확장의 경험이며 즐거운 충격이다. 평소 찌그러진 원숭이 면상 같던 돌덩이(남자)가 하얀 베일을 쓰고 성당에서 미사 드리는 여인(여자)의 모습으로 변했고, 노루잔등(차안) 같던 겨울 산의 능선은 '피안'의 세계처럼 성스럽게 변했고, 가시덤불의 앙칼진(까칠함) 가시는 엷디엷은(여림) 눈꽃으로 변했다. 눈은 모든 것을 변화시켜 그 반대의 이미지로 거듭나게 했다. 남자가 여자가 되고, 차안이 피안이 되고, 까칠함이 여림이 되는 기적이다. 그런데 그런 황홀경을 있는 그대로 보지 못하고 "그놈의 전쟁, 후퇴, 추위, 그 원수 놈의 눈[雪], 아니 살인마 같은 죽음의 골짜기를 미끄러지며 자빠지며 죽을 고비를 한없이 겪었다"는 기억이 먼저 들어오는 것은 무엇이란 말인가? 그 질문이 이 글의 주제다.

꽤나 묵직한 철학적 명제인데, 그걸 심각하게 밀고 나가면 얼마나 재미없겠는가. 작가 김기철은 재미없는 걸 가장 싫어한다. 이 아름다운 정경에 대한 예의로라도 한 번 웃고 지나가야지, 하는 작가의 서비스. 그럼 눈 속에서 재미난 기억은 없었어? 있었지. 걸쭉한 만담체로 이어지는 이야기, 그 하나가 눈 내린 날 출근길의 "빙판 위에 벌렁벌렁 나자빠지는 젊은 여성들이 빙판 바닥에 등을 대고 사지를 하늘로 치켜든 채 버둥대며 비명 아닌 비명을 지르는 모습"이고 두 번째는 고궁 담장을 끼고 데이트하다가 찻집으로 들어간 연인이다.

이럴 때 재미없고 무뚝뚝한 남자라도 행복에 겨워 입으로 발설하기에 앞서 몸뚱이를 어떻게 해야 좋을지 모를 것이다. 설령 구두 속의 발가락을 꼬물꼬물 한다든지, 허리를 비틀든지, 심지어는 손가락을 가지고 거꾸로 꺾는 짓을 하든가, 입술을 오물딱거리거나, 콧구멍을 벌렁대다가 육중한 궁둥짝을 들썩들썩하는가 하면 양다리를 떠는가 했더니 어느새 발끝을 까딱까딱하는 현상을 보이기도 할 것이다. 물론 채신머리없는 동작이지만 속에서 좋아 죽겠는 것을 이렇게라도 풀어내야 하기 때문이리라. 오죽하면 좋아서 죽겠다고 하겠는가? 나는 이 두 남녀가 너무너무 행복하고 사랑하는 나머지 어디 호텔이나 모텔로 가는 게 아니라 한강 다리로 달려가 둘이 얼싸안고 투신자살이라도 하지 않을까 은근히

걱정이 된다.

—「눈」 부분

대담 중에 정아경 씨가 위 문장에 나타난 저 남자 심리의 형상화가 너무나 탁월했다면서 혹시 선생 자신의 경험이냐고 물었다. 단호히 아니라고 했다. 상상이라고, 상상은 문학을 풍요롭게 한다고까지 극구 덧붙였지만 저 남자의 일거수일투족이 어찌 그리도 당신을 닮았단 말인가. 그런 데이트가 낯간지럽고 멋쩍어서 쩔쩔매는 모습이라니! 달콤한 기억은 아직도 깊은 곳에 비밀처럼 숨겨두고 차마 내놓지 못하는 수줍음이라니! 그래서 작가 김기철은 아직도 소년 같은 순수를 간직하고 있는 게다. 그럼에도 철학적 명제를 내포한 그의 문장은 노련하면서도 농도가 짙어서 어떤 부분을 떼어다 인용하기가 미안할 정도다.

각기 다른 처지에서 각기 다른 감성으로 살아갈 수밖에 없는 인간사. 어떤 이는 게을러도 안락하면서 풍요롭게 살고, 어떤 이는 뼈 빠지게 일만 해도 사는 일이 녹록지가 않다. 우리는 이제 자연과 인공 구조물이 뒤엉킨 세상에서 살아갈 수밖에 없다. 작가가 40년 전, 규격화된 제도와 문명으로부터 도망치기 위해 들어간 산속이지만 이미 그곳에도 도시화가 진행되고 있다. 고층아파트와 전철 레일이 코앞이고 가마에 불 때는 날엔 소방서가 출동한다. 눈

속에서도 인공 구조물은 볼썽사납지만 실제 생활에 있어 편의를 제공하고, 자연은 때로 황홀경을 선사하지만 실제 생활에 있어선 고단한 노동을 쉼 없이 요구할 뿐 아니라 찰나적이다. 그 어떤 아름다움도 찰나적인 착각에 불과하다. 그러므로 모든 아름다움은 환상이며 속임수에 지나지 않는다는 것.

그동안 탄성을 질러가며 감탄한 자연의 세계는 어디까지나 환상이며 속임수에 지나지 않는 것처럼 느껴졌다. 어쩔 수 없이 잠시 동안의 환영이었고 가면에 불과했다. (…중략…)

잠깐이구나 잠깐! 눈 깜빡할 사이로구나! 꿈에서 깨어나는 시간은 너무나 짧았다. 세상은 다시 요란스런 소음으로 머리를 어지럽히기 시작했다. 이것이 세상의 실상인 것을 잠시 착각하고 있었던 것이다.

–「눈」 부분

그가 눈 내린 아침의 풍경을 극적인 황홀로 밀어올린 것은 그러한 찬탄이나 도취가 백일몽에 지나지 않는다는 자각을 위한 장치다. 어느 한 순간의 풍경이라도 그것을 바라보는 이는 일생 동안의 경험이 축적된 시선으로 바라보게 된다. 즉, 눈 내린 날 아침의 고요하고 아름다운 평화는 그가 일생동안 달려온 생의 가파른 언덕과 아찔한 벼랑과 가없는 사막과 혹한의 설원이 응축

된 결과라는 인식이다. 이 작품에는 곳곳에 변곡점이 산포되어 있고 원근법이 무시된 다초점적 양상이 나타나기도 한다. 숨김과 펼침의 반복, 이러한 연산 구조는 수필에선 매우 드문 경우이다.

다음 작품 「눈물」은 위 작품보다 더 난해한 복잡성을 띄면서 깊이를 더한다. 추석 다음 날 저녁, 108배를 하다가 울컥 눈물이 솟구쳤다. 이 눈물은 시원이 어디이며 또 어디로 흘러가는가? 이러한 질문을 밀고나가는 형식으로 쓰인 이 글은 얼마간의 집중력이 요구된다.

더도 덜도 말고 한가위 명절만큼만 하라는 오곡백과 풍성한 중추가절(仲秋佳節), 누가 봐도 가긍하게 보일 만큼 처량한 신세는 아니건만 멀쩡히 추석 잘 지내고는 생뚱맞게 눈물이 볼을 타고 흐르다니……. 실은 명절이라고 큰아들, 작은아들, 며느리들과 손자, 손녀들이 팔짝팔짝 뛰면서 나타났을 뿐만 아니라 형제 식구들도 거의 다 와서 명절 음식을 만들고 차린다고 법석을 떠는 집안 분위기이니 흥청거리는 추석 모임이 이보다 더 좋을 수가 있을까 보냐고 불쑥불쑥 자만심을 내뱉고 싶어 안달이 날 지경이었다.

–「눈물」 부분

그런데 왜 눈물이 나는가? 인간 내면의 복합성에 대한 탐구가 시작된다. 첫째 요인으로 짚이는 것은 딸의 부재다. 딸은 오래전 프랑스로 유학을 갔고 그곳 남성과 결혼해서 프랑스 사람이 되고 말았다. 사진작가로 세계적인 무대에서 활발하게 활동하고 있지만 그건 그거고, 아버지는 저 풍성한 음식을 딸에게 못 먹이는 것이 못내 마음 아프다. 그렇다고 우나? 글쎄……. 두 번째 짚이는 것은 둘째 형이다. "의협심이 강해서 불의를 보고는 못 견디는 성깔, 그러면서도 어려운 친구들을 극진하게 보살피고 감싸주는 자애심이 남달랐고 학구열과 그 인내심은 놀라웠다"는 그의 둘째 형은 일제강점기 말에 학병으로 끌려갔다. 어머니는 "날이 밝기가 무섭게 그 고개 마루턱에 가서 온종일 밤이 이슥하도록 기다리고 앉아 있는 게 일과였다." 안질이 나고 두 눈이 퉁퉁 부어 앞이 안 보일 지경이 되도록 기다리고 기다리셨다. 그러던 어느 날 형이 유령처럼 나타났다. 시베리아 포로수용소에서 탈출해서 몇 달간을 걷고 걸어서 왔다. "한 번 걸리면 죽는다는 시베리아 독감을 앓아가며 행려병자처럼 수도 없이 죽을 고비를 넘겨가며 수천 리, 그 먼 길을 송장이나 다름없는 몸을 기어이 끌고 와 고향집 삽짝에 들어서자 형은 쓰러지고 말았다." 온 가족이 그 형을 부둥켜안고 통곡하다가, 살아 있는 얼굴을 들여다보고 웃고, 또 울고, 또 웃고, 또 울고……. 식구들은 미친 사람들 같았고 형은 "썩은 나무 토막처럼 멍하니 앉아서 기뻐하는 표현도 슬퍼하는 표정도 없이 퀭하니 파인 두 눈만 멀뚱댈 뿐이었다."

나는 그때 피골이 상접하다는 것이 무엇인지, 양쪽 궁둥이가 주먹이 들어 갈 만큼 썩어 진물과 고름 범벅이 된 욕창이라는 것이 어떤 것인지, 너무 일찍 알게 되었다. 그를 씻기려고 벗겨낸 군용 내복에는 보리쌀 같은 이가 실올이 안 보일 만큼 소름끼치게 박혀 있었다. 한마디로 인간의 존엄성이 어디까지 추락할 수 있는가 하는 한계를 보여주는 것 같았다.

-「눈물」 부분

포로수용소에서 목숨 걸고 탈출하여 그 몹쓸 병마와 싸우면서도 그 끔찍한 추위를 뚫고서도 살아 돌아온 그이는 "고군분투 끝에 성취의 문턱에" 올라섰고 "막 두 날개를 펴고 비상하려는 찰나 요절하고 말았다." 한 여인에게 실연을 당하고 폭주(暴酒)를 한 끝에 사고로 목숨을 잃은 것이다. 이 아이러니를 어떻게 설명할 수 있을까? 그렇게 형을 잃은 작가는 신앙마저 버렸다.

지금 그 형의 제사를 작가가 지낸다. 이번 추석 차례에 형도 와서 이 풍요한 음식을 드셨을 게다.

첫째 눈물의 요인으로 꼽아본 딸은 자기 성취를 위해 먼 이국으로 갔고, 둘째 요인으로 꼽아본 둘째 형은 험한 사지에서 살아 돌아왔으나 성취를 코

앞에 두고 요절했다. 한 사람은 자기 삶을 살기 위해 멀리 가버렸고, 한 사람은 자기 삶을 살기 위해 돌아왔으나 어찌 보면 사소한 이유로 목숨을 잃었다. 이 둘은 '부재하는 가족'이라는 공통점으로 묶인다.

세 번째 요인으로 꼽는 것은 사촌 누나다. "벽촌 무지렁이 때를 못 벗은 가난뱅이 딸이지만 키가 훤칠하고 씻은 배추 줄거리처럼 하얀 피부에 이목구비가 잘생긴" 사촌 누나는 생긴 것 같지 않게 행동거지가 데퉁맞고 느린 데다 야단을 맞으면 심약해서 눈물을 잘 흘렸다. 그 누나가 시집을 갔는데 시어머니가 계모였다. 새파랗게 젊은 계모 시어머니는 "표독하게 앙다문 입이며 찬바람이 나도록 날쌘 거동"으로 당해낼 사람이 없을 정도였다. "자그마한 몸집에 날벼락같이 지독하게 일밖에 모르는" 위인인 데다 사람을 깔보고, 며느리의 친정 부모까지 헐뜯는다. 누나가 그렇게 힘든 시집살이를 하는 줄도 모르고 사촌 동생과 함께 누나를 찾아갔다.

가난뱅이가 잘사는 누나 집에 와서 맛있는 것 얻어먹고 실컷 놀고 떠들고 싶었던 것이다. 때로는 마당에서 노는 암탉을 잡아서 고아주었다. 동생과 나는 겨우 하룻밤 자고 오는 것이 너무나 아쉬웠다. 마음 같아서는 며칠이고 누나와 함께 지내고 싶었다. 그렇지만 떠나올 수밖에 없었다. 떠나올 때 누나는 십 리 길이나 되는, 깊은 냇물이 짙푸르게 고여 있는 절벽 아래까지 오면서 우는

것이었다. 말 한 마디 없이 그냥 우는 것이었다. 어떻게 눈물이 그렇게도 쉴 새 없이 쏟아질까? 두 눈이 시벌겋게 되도록 앞치마로 눈물을 닦고 또 닦았다.

—「눈물」 부분

그때 작가는 누나의 설움을 몰랐다. 설움의 정체가 무엇인지 몰라 위안의 말 한 마디 건네지 못하고 집을 향해 내달렸다. 누나는 동생들이 사라질 때까지 절벽 아래 그 자리에 장승처럼 박힌 채 바라다보며 손을 흔들었지만 그 설움은 아직 어렸던 작가에게 건너오지 못했다. 공감하지 못한 타인의 눈물이다.

그런데 작가 자신도 공감 받지 못하는 눈물을 흘린 적이 있다. 딸을 프랑스에 두고 떠나올 때다.

내가 겪은 최대의 눈물바가지는 파리에서 오는 비행기 속에서였다. 드골 공항에서 공부하겠다는 딸과 헤어지는데 그렇게 마음이 아플 수가 없었다. 딸이 프랑스로 유학 간 지 아마 오년 만에 찾아갔던 것 같다. 아직 어린애같이 느껴지는 어린 딸을 홀로 떼어놓고 돌아서는데 만감이 교차하고 기분 같아서는 억지로라도 끌고 오고 싶었다. 나는 딸의 서운해 어찌할 줄 모르는 표정과 거동을 보고 "그깐 공부 때려치우고 집으로 돌아가자!" 하고 되지도 않는 소리를

했다. 딸은 싫다고 고개를 살래살래 흔들며 금방이라도 울음보가 터질 것 같았다. 넉넉지 못한 살림에 억지로 외국 유학을 보냈으니 그곳에서의 열악한 주거 환경은 더욱 마음을 아프게 했다.

–「눈물」 부분

여기서, 딸은 공부하고 싶은 자기 마음을 알아주지 않는 아버지가 서운해 울고 아버지는 딸이 고생하는 것이 안쓰러워 울고, 같은 상황에서 각기 다른 이유로 운다. 이렇게 하여 눈물에 관한 고찰이 끝났다.

그렇다면 작가는 추석 다음 날 저녁 108배를 하면서 왜 울었는가? 그 눈물의 정체는 무엇인가? 이유가 분명한 눈물은 순수하지 않다. 108배를 하면서 불쑥 솟구친 눈물, 굳이 이것의 정체를 찾는다면 아마도 그것은 오래 살아온 자의 무한한 비애 경험의 집합, 그 축적일 것이다. 우리는 그것을 한(恨)이라고 한다. "한은 생명력의 당연한 발전과 지향이 장애에 부딪혀 좌절되고 또 좌절되는 반복 속에 발생하는 독특한 정서 형태로, 이 반복 속에서 퇴적되는 비애의 응어리인 것이다."(김지하 『흰 그늘의 미학』)

비애의 응어리, 즉 삶의 비의를 알아버린 자의 눈물이다. 결국 이 눈물은 성찰과 관조의 결정체다.

뒷간과 닭장

다음 작품은 「사는 맛」, 뒷간 얘기다. 우리의 뒷간이 언제부터 화장실이 되었는지 모르겠으나 화장실보다는 뒷간이 제 의미를 충실히 담고 있는 듯해 잃어버린 언어가 아쉽던 차 여기서 만나니 몹시도 반갑다. 첫째는 사촌 누님댁의 뒷간, 앞 작품에서 눈물짓던 바로 그 누님인 듯하다. 세월이 많이 흘러 이제 작가는 가난을 벗어났고 누나는 오히려 더 궁벽한 산골로 들어갔다.

> *이 시골 마을이야말로 문명의 찌꺼기마저도 스며들지 못한 원시 그대로의 원형을 고스란히 간직하고 있는 것 같았다. 한마디로 가난에 찌든 궁기가 서글플 만큼 구석구석 배어 있고 배설된 오물에서 풍기는 악취는 상을 찡그리게 했다. 그렇지만 수천수만 년을 그 자리에 그대로 자리 잡고 있는 산천은 그렇게 의연하고 장엄할 수가 없었다. 그야말로 자연 그대로의 위엄과 생명력이 거룩한 모습으로 현현한 듯 성현 앞에 경배라도 드리고 싶을 만큼 신성한 것이었다.*
>
> –「사는 맛」 부분

그런 누나의 집에서 하룻밤을 묵고 아침에 뒷간으로 향했다. "그 뒷간이야말로 금방이라도 허물어질 듯 삐딱하게 몸체를 지탱하고 있는데 그 안에 고여 있는 오물은 인간 최악의 치부를 드러내고 있어 눈을 감고 코를 틀어박고 싶을 지경이었다." 뒷간이 너무 허술해서 그 안에 고인 배설물이 밖에서도 보일 정도의 상황. 이 끔찍한 공간으로 들어가 볼일을 봐야 한다. 문을 여는 것조차 겁이 나는데 어찌 들어갈까.

그런데 이게 웬 일인가? 삐꺽대는 판자문을 열자 뒷간 안은 온통 늘국화 향기로 꽉 차 있는 게 아닌가! 똥 다리 앞에는 큼직한 오지버럭지가 놓여 있고 그 안에다 한 아름도 넘는 황금빛 들국화를 꽂아 놓았고, 밑을 내려다보니 그렇게 혐오스럽던 오물의 정체는 사라지고 생동하는 황금빛 들국화가 아우성을 치듯 향기를 내뿜고 있는 것이었다. 하느님 맙소사! 천지개벽이 이런 것인가? 숨이 콱 막힐 만큼 놀랍고 감격해서 세상에! 세상에! 이놈이 이런 면이 있었구나! 진짜 예술가야! 이건 예술이야! 살아 숨 쉬는 예술이야! 예술의 극치야! 실성한 인간처럼 중얼거리며 나오고 말았다.

–「사는 맛」 부분

누나의 아들인 조카 S는 작가의 가마에서 한동안 지낸 적이 있다. 작가는 가마 뒤에 달팽이 모양의 뒷간을 지어놓았다. 달팽이 모양으로 돌아들어가므로 문이 필요 없고 닫힌 공간이 아니어서 냄새도 고이지 않는다. 평자도 그곳을 몇 번 사용해 본 적이 있다. 여기서 잠깐, 김서령의 증언이다. 김서령 씨가 D일보 기자들과 동행하여 도예가 김기철을 취재하러 간 일이 있었다. 그때 선생께선 그녀에게 꼭 11시 전에 도착하라고 당부를 했다. 그러려고 일찍 출발은 했는데 차가 막혀 11시 반이 지나도록 도착하지 못했다. 선생께서 그녀에게 전화를 걸어서 버럭 화를 내셨다.

"올 것 없어. 꽃 다 시드는데 와서 뭐해?"

마침 5월이었고, 5월이면 선생 집 마당에는 그득히 자주달개비가 만발하는데 그 꽃은 정오를 기점으로 꽃잎을 오므리고 만다. 선생은 그것이 안타까워 돌아가 버리라고 소리치신 것. 유쾌하면서도 뭔가 가슴 깊은 곳을 건드리는 듯 저릿한 얘기다. 어찌됐든 그들은 정오 직전에 도착하여 쫓겨나진 않았는데 기자가 사진을 찍는 내내 선생이 그녀 뒤를 졸졸 따라다니며 뒷간 안 가느냐고 자꾸 묻더라는 것이다. 그녀는 이 어른이 참 이상타! 하면서도 결국 억지춘향으로 바로 그 달팽이 뒷간으로 주춤주춤 들어갔는데 순간 아찔해질 정도의 놀라움! 뒷간은 들꽃 향기로 가득한 황홀한 화원이었다. 아래쪽 똥통에는 초록빛 싱싱한 풀을 켜켜이 쌓고 그 위에 색색의 들꽃을 얹어두었고, 뒷간 바닥에도 큰 오지항아리에 찔레꽃을 그득히 꽂아두었더라는 얘기. 난 김서령 씨로부터 이 얘기를 몇 번인가 들었는데, 아니 그녀를 만나면 그 얘길 들려달라고 내가 자꾸 청하게 되는데, 그건 아마도 선생께서 당신 집을 방문하는 이들을 어찌 대하시는지를 재삼재사 확인하고 싶은 마음에서이고 또 뜨뜻하고 유쾌한 선생의 '살아계심'을 다시 한 번 음미해 보고 싶어서일 것이다. D일보 기자들이 오기로 해서 선생이 뒷간을 그렇게 장식한 것은 아니다. 가을이면 산국을 수천 송이씩 묶어 만든 꽃등을 전시실 천장에 달아두어 사계절 내내 그 향기가 그윽하다.

조카 S는 얼마간 외당숙인 선생에게 도예를 배우다가 포기하고 돌아갔지만 외당숙이 온다니까 바로 저 뒷간을 흉내 내어 꾸며놓았던 듯하다.

> *나는 팔자에 없이 조카 덕분에 그 어떤 청결하고 우아한 현대 문명의 화장실에서도 경험하지 못한 사치의 극치를 누린 셈이다. 살아 숨 쉬는 화려한 생화에 둘러싸여 가슴 뿌듯한 향기를 만끽하고 스스로 호사스러움을 어쩌지 못해 미친놈처럼 탄성을 질렀고 그 여운이 골수까지 파고들어 잠복해 있다가 수십 년이 지난 지금까지도 때때로 회심의 미소를 지으며 흐뭇해하고 있으니 말이 모자랄 지경이다.*
>
> –「사는 맛」 부분

'미친놈'처럼 탄성을 질렀다는 그 탄성은 일시적으로 사라지지 않고 골수 속까지 파고들어 수십 년이 지난 지금까지 때때로 파장을 일으킨다는 것이고 그럴 때마다 회심의 미소를 지으면서 흐뭇해한다는 이 문장 안에선 시간의 흐름 자체가 무의미해진다. 골수로 파고든 감동의 여운은 때때로 현재진행형이 되기 때문이다.

작가가 잊지 못하는 또 하나의 뒷간이 있다. 경상북도 첩첩 산중에 D 스님의 어설픈 초막에서다.

울퉁불퉁한 바위틈에 조심스레 발을 디디며 가야 까치집 같은 정랑이 외딴 섬의 등대처럼 서 있었다. 대체 무슨 마음으로 그렇게 험악한 데다 뒷간을 만들어 놓고 사는지 이해가 힘들 지경이었다. 혹 축지법을 하는 도력으로 사뿐 날아서 도달하면 모를까 우리 같은 둔자는 발목뿐 아니라 다리 분질러먹기에 똑 알맞았다. 더구나 캄캄한 밤중에는……. (…중략…)

그곳 정랑의 놀랍게 정갈하고 향기로운 실내 분위기였다. 정랑의 마루판은 맑고 매끄럽게 윤이 나고 일 보는 벽 앞에는 둥그스름한 오지단지에 연분홍 찔레꽃이 소담스레 꽂혀 있어 한 폭의 정물화를 보는 것 같았다. 마치 옛날 고향 누님의 뒷방처럼 아늑하고 은밀해서 뒷간이라고는 전혀 실감이 나지 않았다. 먼저 언급한 국화 뒷간이 물량주의로 사람을 압도하는 분위기라면 여기는 그 실내에 알맞게 조화를 이루고, 편안하고 우아한 향취를 느끼게 했다. 다시 말해 지극히 소박하면서도 다소곳한 옛날 고향집 뒤꼍 같은 분위기라 할까? 결

코 떠벌리고 번쩍대는 서양 문물의 과장성이 아니라 숨어 있는 내면세계가 보면 볼수록 은은하게 스며 나오는 아름다움이었다. 참으로 묘한 것은 그 꽃그릇의 연출은 인위적인 것이었지만 기교를 부렸다는 생각은 전혀 안 들고 자연 그대로의 신비로움이 느껴졌다.

—「사는 맛」 부분

"고향 누님의 뒷방", "고향집 뒤꼍"과 같은 비유가 은밀하고 정겨우면서 수더분하다. 너무 진하지 않은 향기와 색조를 품고 있어 오래 머물러도 질리지 않을 것 같은 공간이다. 이렇게 하여 뒷간 세 곳이 소개되었다. 그런데 이 글의 제목이 사는 '멋'이 아니고 사는 '맛'이다. 이상하지 않은가. 배설의 공간에서 맛을 느낀다는 것은. 드러낼 수 없는 부끄러운 공간, 일만 보면 방치하는 더러운(?) 공간인 뒷간을 아름다운 꽃으로 장식한 예들을 소개하면서 '멋'이 아니라 '맛'이라니? 바로 이것이 김기철 선생만이 할 수 있는 감각적 반전이다. 그는 멋에 대해선 그 격을 낮게 본다. 멋은 꾸밈이고 어떤 면에선 위선 혹은 위장이며, 해석되어야 하는 개념으로 간접적이다. 맛은 자연스러운 것, 꾸밈없는 것, 직접적인 몸의 감각이다. 그의 미학성은 꾸밈없고 자연스러우며 무엇이든 몸의 감각으로 접근한다는 점에서 탁월하다. 따라서 이 글은 「사는 맛」이라는 제목으로 하여금 그 의미를 전혀 다른 차원으로 확장시킨다.

입찬소리

「사는 맛」이 작가의 고매한 미학성이 숨겨진 글이라면 「입찬소리」에는 작가의 의식적 자화상이 숨겨져 있다.

그는 모든 인위적인 것들에 반대한다. 그런데, "평생 지키던 지조(?)를 헌 신발짝 벗어던지듯 내버리고 닭을 키우게" 되었다. 왜? "손 안 대고 코 푸는 식으로 닭이 뛰어놀 터전만 있다면 한 번 해볼 만한 절호의 기회가 왔다고 판단되어 모험을 하게 되었다. 실은 가마터 아래쪽에 40년 가까이 방치해 놨던 구지레한 공간을 정리해서 울을 치면 쾌적한 닭 사육장이 되겠기에 흥분을 감출 수 없었다." 여기서 "절호의 기회"란 무엇일까? 평자가 살짝 커닝을 해 본 바, 그건 토종닭 종자를 보존하려는 모 단체에서 위탁을 해왔다는 것이다. 토종닭 31마리, 그중 수탉이 4마리, 암탉이 27마리다. 닭장에선 젊디젊은 청춘들의 향연이 연일 벌어진다. 이리저리 뛰고 제멋대로 활갯짓을 하고 두 발로 땅바닥을 빼리집고 구덩이를 파놓고, 흙구덩이 속에 웅크리고 들어가 흙투성이가 되고…….

네 마리의 수놈들은 서로 꼬리를 물듯 서열이 정해져 있는데 그 특성이 제각각이다. 그 네 놈 중에 한 놈은 풍채로는 덩치도 크고 화려한 털빛이라 벼슬이 제왕 같건만 몸놀림이 우둔하고 겁이 많아 저보다 훨씬 작은 수놈들한테 쫓

기어 등신같이 한쪽에 외톨로 서 있기 일쑤이다. 또 한 놈 짙은 황갈색의 키가 늘씬한 놈은 벼슬도 작고 옆으로 찌그러져 험상궂은 폭력배처럼 못생긴 게 예쁜 구석이라곤 코딱지만큼도 없는데 양다리가 굵고 강철처럼 악세게 생겼다. 이놈은 걷는 법이 없이 뛴다. 비호같이, 아니 쏜살같이 뭔가를 향해 돌진한다. 모이를 먹을 때 잠깐을 제외하곤 얼마나 힘이 좋은지 달리기와 암탉 정복하는 것으로 이골이 나 있다. 아침에 닭장 문을 열자마자 양눈에 불을 켜고 암닭만 탐한다. 암탉들은 그놈이 싫다고 사력을 다해 도망질치고, 이놈은 기어코 눈독 들인 놈을 무지막지하게 뒤통수를 물어뜯듯 물고 욕망을 채우는 것이다. 어찌된 놈이 암탉을 구슬리는 법도 없이 기습을 해서 그 짓을 한다. 나는 그놈 하는 짓이 하도 얄미워서 "요 배라먹을 놈의 닭의 새끼! 고만 지랄 좀 해라!" 하고 욕을 퍼붓고 발길질이라도 해서 혼을 내주고 싶은 충동이 일지만 요놈은 얼마나 잽싼지 얼른 도망질을 치고 서서 '용용 죽겠지? 네가 어디 나를 한번 잡아봐라!' 하는 식으로 꼬꼬 꼬꼬 하고 먼 데를 쳐다보고 서 있는 것이다. '저놈의 달기 새끼는 순 색골로 돼 처먹었나 봐!' 하릴없이 중얼대고 포기하고 마는데, 속에서는 여전히 '아무리 짐승 새끼라도 염치가 있어야지 저렇게 야비하게 굴다니……. 쯧쯧' 한탄 비슷한 소리가 새어 나온다. 더욱 가관인 것은 다른 수탉이 암놈 위에 올라타기가 무섭게 어디서 감시를 하고 있었는지 득달같이 그 수탉을 밀어내고 제가 차지하는 것이다. 닭을 키우다 보니 별 거지 같은 사실을 다 발견하게 되었다. 수탉이라는 놈은 얼마나 시샘이 심한지 어떤 놈이고 간에 그 짓을 할 양이면 우르르 몰려와 서슬 시퍼렇게 방해를 놓고 마는 것이다. 결론적으로 한 우리 안에는 수탉이 한 마리만 있어야지 두 마리 이상이면 애매한 암탉만 골탕을 먹게 되는 것이다. 그 증거로 그 많은 암탉의 등은 거의 다 털이 짓이겨져 빠져버리고 하나같이 뻘건 살을 내놓고 있으니 그걸 볼 적마다 수컷의 횡포가 잔인하구나 하는 생각을 하게 된다.

–「입찬소리」 부분

위 문장을 소리 내어 읽어 보시라. 그대로 마당극이 펼쳐진다. 아마도 한국 수필계에 가장 걸쭉한 입담을 꼽으라면 위 문장이 순위에 들 게 틀림없다. 어쨌거나 저 청춘들의 뜨거운 향연의 결과로 이윽고 암탉들은 알을 품기 시작했다. 3주 동안을 꼼짝 않고 알을 품어야 병아리를 부화시킨다. 그런데 이 암탉들도 성품이 제각각. 그중 한 마리가 심상치 않다.

그중 한 마리는 꼭 전기망 울타리를 날아 넘어 담 곁에 있는 단풍나무 옆에 구덩이를 파고 알을 낳고는 다시 울안으로 넘어 들어가는 것이었다. 이 암탉은 야성이 강해서 다른 놈들이 낳는 둥우리에 낳지 않고 꼭 그 나무둥치 옆에다 낳더니 며칠 전부터 알을 품기 시작했다. 알을 품으려면 아늑한 둥우리에서 품어야 비바람, 추위도 피하고 도둑고양이나 기타 딴 짐승들로부터 안전하기에 알을 갖다 둥우리에 넣어줘도 굳이 그곳을 고집하는 것이다. 하는 수 없이 달걀 몇 개를 더 놔주고 지켜보고 있는데 공교롭게도 한밤중부터 비가 쏟아진다 하고 날씨도 추운데 걱정이 되어 안아다 닭 집 안에 앉혀놨는데 아침에 나오니 그 밤중에 다시 날아 나와 거기 쭈그리고 있는 것이다. 이거야말로 맹랑한 노릇, 하는 수 없이 거기다 짚을 깔아주고 구차스레 의지간을 만들어주었다. 어쨌거나 제가 하고 싶은 대로 하고 병아리를 잘 깠으면 하는 마음 간절했다.

–「입찬소리」 부분

폭신한 둥우리를 거부하고 나무둥치 옆에 제 식의 둥우리를 만드는 저 암탉의 거동이 왠지 낯설지 않다.

현실적으로 목구멍에 풀칠은 해야 하니까 감지덕지 기어들어간 직장(학교)에서 날이면 날마다 상다귀를 찌푸려가며 참고 견디는 것이 가상하였건만 아무리 궁리를 해도 나라는 인간은 조직 속에서 한 쌈에 못 끼고 외톨이 신세일 뿐이었다. 그럴 바에야 어디 산전 밭고랑에 혼자 앉아 호미질이나 하면 똑 맞겠다는 공상을 밤이나 낮이나 해댄 공로로 그 남들이 걷어차 버리는 문을 들어가게 된 것이라고 믿고 싶다. 다시 말해 궁극적으로는 좀 자유롭게 숨 쉬며 지

낼 수 있고, 죽을 때까지 무료하지 않고 뭔가를 키우고 만들고 살아봤으면 하는 소원이 이루어졌다고 봐야 옳을 것이다.

–「흙을 벗 삼다보니」 부분

어떤가? 이 문장에 드러난 작가의 성정이나 저 암탉의 성정이 어째 유사하지 않은가? 사람이 만들어 준 폭신한 둥우리에서 알을 품었던 두 마리 암탉의 부화율은 30%, 반면에 닭장을 벗어나 맨땅을 파고 제 둥지를 만든 암탉의 부화율은 100%였다. 작가가 직장에 무던히 적응했다면 평범(?)한 교사가 되었을 것이지만, 직장을 때려치우고 혼자 산속으로 들어갔으므로 그는 도예계의 거장이 되었다.

문제의 암탉은 작가의 무의식적 의식의 투사다. 수탉 중 한 마리에 그의 이미지가 투영되었다면 이 작품은 재미는 있지만 평범했을 것이다. 문제는 작가의 이미지가 투영된 대상이 바로 암탉이라는 사실이다. 왜 암탉이 중요한가? 여성성이 살림(생명성)의 근본정신이기 때문이다. 여기서 여성성이란 순수한 생명 에너지로 큰 강물처럼 결코 서두르거나 망설이거나 지치는 일 없이 자연스럽게 흘러가는, 일테면 노자의 곡신(谷神) 같은 것. 세계의 위기에 대안적 패러다임을 모색하는 연구자들은 문명의 중심이 대서양에서 동아시아/태평양으로, 이성 중심에서 감성 중심으로, 양의 문화에서 음의 문화로 그리고 남성 중심에서 여성 중심으로 변화해야 한다고 지적한다. 자연 생태계와 인간을 하나로 보고, 생명과 삶의 평등한 가치를 실현하기 위해선 이성과 문명, 힘과 전쟁 같은 남성 문화보다는 감성과 자연, 미분화된 카오스적 생명성을 지니는 여성 문화를 회복해야 한다는 것이다. 제임스 러브록은 1972년, '가이아 이론'이라는 가설을 내놨다. 가이아(Gaia)는 그리스 신화에 나오는 대지의 여신이다. 가이아 이론은 지구와 지구에 살고 있는 모든 생명체뿐 아니라 대기권, 대양, 토양까지를 포함하여 하나의 신성한 생명체이면서 유기체로 보는 것이다. 작가의 세계관도 이와 다르지 않다.

활동하는 무(無)

그는 누구보다 흙을 사랑한다. 생명의 근원인 흙으로 돌아가기 위해서 교직을 버리고 떠났다. 첫 저서의 제목이 『꽃은 흙에서 핀다』이고 이후에도 그의 책에는 늘 '흙'이라는 단어가 따라다녔다. 그는 흙을 만지고 주무르는 일이 가장 행복하다고 한다. 도예를 빚는 것도 흙장난이라고 이름 붙였다.

그가 산에 들자 주변 사람들이 먼저 당황했을 것이다. 왜 그러셨어요? 혹은, 어떻게 그럴 수 있었나요? 이런 질문들을 수없이 받았을 터.

억지로 이유를 대자면 그 좋다는 청춘을 너무나 구지레하게 살 수밖에 없었던 것과 내 이 비쩍 마른 가슴속 어디엔가 우뭉스런 애늙은이가 들어앉아 젊어서의 억울했던 것을 늘그막에서나마 누리고 싶어서였는지 모르겠다. 그렇다고 누구들처럼 고대광실 으리으리한 집에서 호의호식하고 떵떵대며 살고 싶다는 생각은 털끝만큼도 없었다. 다만 무료하지 않고 손발 움직여 활력 있는 삶이라면 더 바랄 게 없었다. 죽으면 썩어질 손, 뭐라고 놀려둘 것인가? 비상한 머리도 없으니 손발이라도 열심히 움직여 이 험한 생존 경쟁에서 살아남아야 하기 때문이리라.

–「흙을 벗 삼다보니」 부분

그가 선택한 것은 억압당하는 삶보다 스스로를 살리는 자유의 삶이었다. 몸을 움직이는 삶을 선택함으로써 정신의 죽임으로부터 자신을 구제했던 것. 즉 정신의 '자유', 영혼의 '삶'을 선택한 것이다. 죽임 당하지 않은 정신은 텅 비어 있음으로써 끊임없이 창조적 생명력을 유지한다. 무위자연은 바로 그러한 경지. 그것을 김지하는 '활동하는 무(無)'라 했다. 활동하는 무(無)는 신명이고 신명은 그 자신만을 살리는 것이 아니라 이 대지 위의 모든 생명체를 아우르면서 살려낸다. 김기철의 본디 성품은 권위적인 남성 신보다는 모든 생명을 아우르는 대지의 여신 가이아에 가깝다.

그가 빚는 도예 작품의 소재는 자연이고 주제는 늘 자유로운 생명이다. 그는 현대의 물레를 쓰지 않고 전통 방식에 따라 손으로 빚는다. 청개구리와 물고기와 기러기와 사슴을 빚고, 석류와 복숭아와 연잎과 연꽃을 빚는다. 그것들은 갸웃거리고, 파닥거리고, 깃을 털고, 귀를 쫑긋 세운다. 거기에 바람이 스치고, 이슬이 내려앉고, 달빛이 스미고, 청아한 비파(琵琶) 소리도 흐른다. 움직임 속의 멈춤, 균형 속의 불균형, 불균형 속의 균형이다. 우아한 연잎 모양 수반이나 항아리엔 반드시 한두 마리 청개구리가 팔딱 뛰어오르는 중이다. 능청스럽고 의뭉스럽고 익살스럽게 신명을 지그시 눌러 담은 채 얼푸시 드러나는 미(美).

합평회 때 작가는 말했다.

"나는 무골호인을 싫어한다. 뼈다귀 없는 게 사람인가. 사람은 성깔이 있어야 한다. 청개구리는 성깔이 있다. 시키는 대로 하지 않는다. 늘 제멋대로이고 거꾸로 간다. 청개구리는 나의 뼈다귀다."

최종적으로 불의 심판을 받는 도자기는 인간이 할 수 있는 최선의 경지를 넘어 불가사의한 힘에 의해 완성되기 때문에 신비성을 띄는 것이다. 이런 최후의 단계의 불 때기는 단순히 익히는 작업이 아니라 우리 육송이 타면서 뿜어내는 연기와 불길 속의 무한한 성분이 유약 역할을 해서 오묘한 빛깔을 탄생시키는 것이다.

이번 가마에서 나온 연꽃 작품은 이런 불의 조화로 더할 수 없이 맑고 신선한 빛깔과 질감으로 태어났다. 깊고 깊은 산골 인적미답의 숲 속 공기 같다고 할까, 아니면 금강산 옥류담의 맑은 물처럼 서늘한 옥색이 감돌고 있다고 할까? 어찌 보면 단 삼 일 동안의 영화를 누리다 허무하게 사라져 버릴 운명의 살아 있는 연꽃보다도 천년만년 영구불변한 존재로 세상에 나왔으니 만인의 칭송을 받아 마땅하리라 생각한다.

–「흙을 벗 삼다보니」 부분

단 삼 일 동안 피었다가 저버리는 연꽃보다 천년만년 영구불변하는 존재로 탄생한 연꽃 작품이 만인의 칭송을 받아 마땅하다는 저 말, 교만한가? 아니다. 그는 자기의 모든 작품은 자기 작품이라기보다 불가사의한 힘에 의해 완성된다고 한다. 불을 땔 때마다 겸손해질 수밖에 없는 이유다. 누구보다 앞장서 그 작품에 대하여 만인의 칭송을 받아 마땅하다고 찬미하는 것은 저 불가사의한 힘 앞에서 한없이 겸손해진 자의 자연에 대한 지극한 모심이다.

그는 눈 내린 날 아침의 황홀경을 "자연의 세계는 어디까지나 환상이며 속임수에 지나지 않는 것처럼 느껴졌다"(「눈」)고 설파했다. 그리고 자신이 빚은 연꽃이 불 속에서 "천년만년 영구불변한 존재"로 태어났다고 한다. 그렇다면 그의 작업은 찰나의 황홀과 잠시 동안의 환영을 낚아채서 영원불변한 존재로 다시 태어나게 하려는 끝없는 시도인가.

앞서 김종완 선생이 '진짜 삶', '살아있는 정신'이라고 보증하는 김기철 선생은 어떤 분일까,라는 질문으로부터 이 글을 열었다. 평자의 졸문이 오히려 독자께서 선생에게 건너가는 길을 방해하지 않았나 걱정스럽다. 선생을 알기 위해선 저서를 직접 읽어보는 것이 좋겠고 더 좋은 방법은 선생이 계신 산속으로 무작정 쳐들어가 보는 것이다.

곤지암에 옥수수가 익어간다고 한다. 옥수수는 물솥에 불부터 넣고 물이 썰썰 끓을 때 밭으로 따러가야 한다고, 따자마자 곧바로 삶아야 제 맛이라고, 먹으러 오라고 하셨다. 청매가 벙그러지면, 자주달개비 피면, 감자알이 굵어지면, 배추랑 무에 맛 들면, 단풍 들면, 산국 피면, 눈이 오면, 바람이 불면, 선생님은 '시도 때도 없이 감동하면서' 함께 먹자고 함께 보자고 우리를 불러주신다. 우리에게 그런 선생님이 계시다는 것은 얼마나 큰 홍복인가. 그런데 비밀 하나! 선생님이 늘 큰소리를 치시는 덴 믿는 구석이 있기 때문이다. 모든 뒷바라지를 해주시는 분은 부인 조남숙 여사님. 나는 이 사실을 깨닫는 데 10년이 걸렸다. 그것도 스스로 알아낸 게 아니라 이조경 선생의 글을 통해서였으니 얼마나 미련하고 모자란가. 주제에 선생의 글을 평한답시고 껍적댔으니 연잎 수반에 앉은 개구리가 다 웃을 일이다. 〈끝〉

김기철 전시 연보

|개인전

1979. 04. 06. ~ 04. 12. 제1회 김기철 백자전(선화랑)
1981. 04. 06. ~ 04. 11. 제2회 김기철 도예전(공간 미술관)
1983. 04. 01. ~ 04. 12. 제3회 김기철 도예전(선화랑)
1986. 06. 24. ~ 06. 30. 제4회 지헌 김기철 도예전(서울갤러리)
1990. 10. 28. ~ 11. 06. 제5회 지헌 김기철 도예전(보원 전시관)
1995. 10. 23. ~ 10. 29. 제6회 김기철 도예전(일민 미술관)
1996. 04. 17. ~ 05. 16. 김기철 초대전-알라바마 버밍햄 한국의 해(미국 VAB; Visual Art Gallery)
2001. 06. 16 ~ 07. 29. 김기철 초대전-스웨덴 에벌링 박물관(스웨덴)
2004. 10. 07. ~ 11. 04. 제7회 김기철 도예전-자연의 숨결(세오갤러리)
2009. 03. 13. ~ 04. 01. 제8회 김기철 도예전-봄春(샘터갤러리)
2012. 11. 07. ~ 11. 11. 제9회 김기철 회고전(이도갤러리)
2018. 10. 27. ~ 11. 10. 제10회 김기철 도예전(춘천, 데미안 갤러리)

|단체전

1982. 11. 19. ~ 12. 15. 현대 도예의 단면-한미수교 100주년 기념 미국 및 프랑스 순회전
1982. '82 현대미술 초대전(국립현대미술관)
1982. 한국 현대미술대전 초대 출품(문예진흥미술관)
1983. 07. 22. ~ 09. 04. 한영 한독 수교 100주년 기념 영국, 독일 순회전
1984. 09. 29. ~ 10. 14. 올림픽 주경기장 개장 기념-한국 현대 도예전(올림픽 주경기장 특별전시관)
1986. 12. 22. ~ 87. 02. 28. 백자 특별전-우리 백자의 어제와 오늘(현대편)(호암갤러리)
1993. 서울 현대 도예 비엔날레 초대전
1997. 10.22. ~ 10. 28. 한일 도자문화교류 400년展(일본 후쿠오카)
2001. 세계 도자기 엑스포 초대전(광주 조선관요 박물관)
2002. 05. 09. ~ 06. 06. 동방의 숨결전(영은 미술관)
2003. 현대 한일 도예전-공생을 위하여(금호 미술관)
2003. 03. 08. ~ 03. 27. 한국 도예 전통과 변주(미국 샌디에고)

꽃 피는 산골

1판 1쇄 인쇄	2018년 9월 10일
1판 2쇄 인쇄	2018년 10월 5일
지은이	김기철
발행인	윤미소
발행처	(주)달아실출판사
책임편집	박제영
디자인	안수연
마케팅	배상휘
주소	강원도 춘천시 춘천로 17번길 37
전화	033-241-7661
팩스	033-241-7662
이메일	dalasilmoongo@naver.com
출판등록	2016년 12월 30일 제494호

ISBN 979-11-88710-19-5 03810

* 이 도서의 국립중앙도서관 출판예정도서목록(CIP)은 서지정보유통지원시스템 홈페이지(http://seoji.nl.go.kr)와 국가자료공동목록시스템(http://www.nl.go.kr/kolisnet)에서 이용하실 수 있습니다.(CIP제어번호: CIP2018026488)
* 잘못된 책은 구입한 곳에서 바꿔드립니다.
* 책값은 뒤표지에 표시되어 있습니다.